# 寻 常 百 姓

郭正一 · 著

上海三联书店

# 目 录

**辑一　我的故事**

日常的故事

**辑三**　**年轻的故事**

## 辑 四　城里乡间的故事

辑一　　我的故事

岁月让
照片记下了
什么？

# 191 号

从小生活在一个大院子里，它的地址准确地说是中原路191号。

191号院中央立着一幢五层红色大楼。

在那个没任何城市规划的年代里，建筑前能留有篮球场般大小的硬化广场，可见它在那时的地位。今天看这个"广场"没什么，可当年它曾磨砺下许多故事。

从市里人说起西郊、西郊人说起市里起，西郊就有了这幢五层大楼。它外刷深红色，虽说多次翻新，但色彩一直未变。五层的含义至今恍悟是与五星红旗上的五星相连；在那个动荡的、政治为原色的岁月，红色无疑是表白自己的先锋与激进。哪年是它具体的建造期，很少有人记得。

它迎来送走了许多人。

从四五岁，也许是五六岁时，我已清楚地记得它的形象了。那时在我的眼里，在西郊人的眼里，它是那样高大和雄伟，几乎成了一个标志性建筑。从黄沙荡荡的碧沙岗到这儿是条弯弯的石子小路。大楼很醒目，从很远就能望得到。像血一样红的大楼，坐南朝北，东西横卧着，大楼顶部中心竖着个杆子，上面挂着国旗。大楼一半的房间能见到阳光，另一半的房间则从没有见过一天阳光。在没有见过阳光的一面切了个入口，入口大而厚的雨篷下有一个五级台阶，寓意就不言而喻了。台阶上有四根粗而笨的立柱，台阶下就是发生了无数故事的小场地——被骄傲地称为大院的"中心广场"了。也许是因为终年不见阳光的缘故吧，在那个充满"文化"又要"大革命"的年月里，两侧不标新也不立异地立了两个水泥方框，学名叫"门联匾"，象征性地放射着时代的光芒，红底白字写着："领导我们事业的核心力量是中国共产党"、"指导我们思想的理论基础是马克思列宁主义"。那时大篷下的立柱上挂的是"机床与工具工厂设计处"的牌，记得我快上小学了。在那对仗的门联匾的两侧各竖一高灯，一根电杆上挂着两只白球灯，好似天安门广场上的华表对仗着。在那个对称的年代里，一切是那么不可思议地时时变幻着它的场景气氛。恍惚中一切那么遥远，又那么真切。

记得有许多人聚集在这里，有头戴帽盔，手拿铁杠、竹竿、红旗的，喊着什么，示威般地抬着什么纸人，在那象征着终点的广场上焚烧掉。游行队伍从这小广场上出发，列队走到建设路（现在六厂101电车终点处），我跟着高出我的人，混在里面轰轰烈烈地一起朝回走着，然后又列队散回到这个小广场上——多少年后才知道这就是"文化大革命"。

记得还是在这个小广场的硬地上，已调到深圳的高工王家华、现在已去世的高工何福林，手戴白手套曾和许多人一起用喷枪画着巨幅的毛主席画像。特大的画像多少年后仍令人震惊，至今难忘。然后又有更多的人用了不记得的方法，把画像挂到了二层至五层顶部的中心立面部位。那画像在广场地上时印象那么大，可挂起后感觉又没那么大，远远看上去，真是逼真啊！

记得在这五级台阶上，一些很有风度的学者"老九"们，双手向后地被倒绑着，面朝地从大厅里押到了雨篷下。台阶下站了许多人。那时我是个孩子，站在"保安"身后的后台，从柱后躲着窥望着，恐惧地望着一个个跪在身边的人被押到了前边的台阶前朝着众人面跪。现在知道这些人都是一些了不起的大学者，很多都已不在人世了。

一个"大坏蛋"张××，头上带着白纸糊成的"孝"帽，手拄两米高的拐杖，低头时，孝帽落地，露出秃头。那头发不知是天生没有还是叫人揪秃的。几年前他也脱了俗，去世了。许多人互相转告着。退休办的人联名向他大连的家人发了份集体吊唁的电报，父母也登上自己的名字，还花了一百多元钱。他本人已是无从品味这唁电的含义了，但这些多少表达了活着的同事、生前的友人对一些岁月的感慨之情吧！还有一个叫李××的高级工程师，他也被倒背着手坐"土飞机"押到了台阶前。他最小的儿子小伍从小跟我们一起玩，那时都说他们家是大地主，有许多金银珠宝。

当时的许多脸熟的人，现在已不知去向了。

记忆中不全是一些阴森的场景，也有美好快乐的场面。记得台阶上的大厅里常放台电视，晚上，我们都会聚在这里，多是些穷人家的孩子们，前胸贴后背地紧挨着看电视。当放电视的人来晚时，大家都会默默地守在装了锁安了轮子的电视柜子前等。时近半夜，放电视的爷们儿还不来，大家就会陆续散开。当节目好看的人多了，演了一会儿，便会有人把电视柜子推到台阶边，本来就高的电视机在五级台阶上就更加高大了起来，摆治*得看电视的孩子们全部仰天长"看"，那荧光屏照射下闪动的鼻水、那痴迷微张着的嘴，都存到了小广场的记忆中。

我喜欢小广场，那时的我们都称"大楼前"。我们在一起玩"翻鞋"，守鞋时若鞋子被游戏参与者（同伴）打翻，你就得快速摆叠起，置成倒锥型。但在摆好之前，别人会拿另一只鞋不停地打你的屁股。谁翻甩出得近谁就守鞋。我从小不会打马车轱辘，所以翻鞋老是翻不远，所以摆鞋的也就常是我了。

除了摆鞋，还有常在全是水磨石的台阶上玩烟盒叠成的"喷儿"，我的烟盒纸，多是从垃圾箱中或单身楼的垃圾桶中捡来的，但最多的是父亲吸下的"勤俭""先锋"烟纸，用这些烟盒叠成的"喷儿"得分都不高，因为它们最便宜。我们还围着四根粗柱间藏猫猫、砸铁片、踢毽子、玩三角、打玻璃弹子。文明一些的活动便是坐在台阶上听同伴里的能人讲鬼故事，若是现在，那讲故事的肯定是我，但那时的我，百分之百是那听故事的人了。还有一种游戏是我们那时认为最有意思的，就是院内的许多孩子聚在一起时，分成两班，双手做端枪状威武地行进着，待互相冲到一起时，全力拼杀起来。最后谁赢了已记忆不起。一班扮日本鬼子，一班就是八路军了，嘴里全部整齐地高声唱着："一搭一，一搭一，一搭了一搭一，一搭了一搭了一搭了一。"在没有儿歌的岁月里，这首歌唱得那么嘹亮，那么有节奏，那么有情调。这曲调至今清晰在耳，可至今不知是啥意思。

过去的岁月像石缝流出的泉水，怎么收也收不回。小小广场，有喜也有愁。记忆中一些不惬意的事，每每想来也回味无

---

\* 河南河北方言，同"摆置"，有修理、收拾等意。

穷。就像大院子的围墙，从东爬上欲到西，宽宽的墙沿口随着一高一低的地势也一高一低地起伏着，在这"庄严"的广场上变成又细又硬的铁栅栏（大门），从东墙下来又爬上了西墙，真不知停顿了多少次的激情，中断了多少次连环的兴趣。

最恨人的一幕，就是当我用弹弓夹着"苦楝子"随意地射向两侧的一柱"华灯"时，平时打什么都偏的"弹"法竟十分准确，轻松地打中了其中一泡。随着"嘭"的一声，楼上的铁窗也"嘭嘭"地一扇扇打开，众人手指确认：郭玉山的儿子！我的心也随之"嘭"的一声垮了。不用说，回到家后，郭玉山"嘭"的一脚，使我至今又一回难忘。

在那个"战无不胜"的年代里，马列主义、毛泽东思想无时无刻不在武装着这个小广场，武装着途经小广场的每一个人。小广场上曾举行过声势浩大的忆苦思甜会，吃忆苦饭，吃野菜饭，听人讲报告，看人表演。说到"表演"，使我儿时脸上光彩的是我父亲。一次野营拉练回来时，他站在广场五级石阶的中央，用标准的男中音，面对台阶下众多的拉练野营成员放声高歌了一首《赞歌》："从草原来到天安门广场，高举金杯把赞歌唱。"好久没见到父亲的我，站在广场西侧的柏树下远望着，心中好生激动和骄傲。平时没怎么露脸的父亲，那幸福自豪的表情，宛似站在了天安门的广场上，那优美的仿胡松华的歌声真像回荡在天安门的广场上一样。那年我十岁。那时我骄傲地记得了我父亲，认得了我父亲，我的自豪留在了这平淡无奇的小广场上。

如梦一般，转眼二十九年后，我大学毕业，戏剧般调到这幢五层红色大楼里上班了。工作是专门手工绘制建筑彩色效果图。这时粗柱的牌匾上早已换成了"第一机械工业部第六设计院"。

每天穿梭于这小的广场，步行于五阶台上水磨石铺成的地面上，出入于当年玩耍的入口处。每每走过，仿佛儿时的凉风透过高而空荡的大厅吹拂我的脸。我西装革履地成了大人，风尘仆仆地往返于投标工作的进程中，说说笑笑，挥挥洒洒，在这小小广场上拍下了数不清的建筑外观效果图。

父亲几年前在这个小广场上照雪景，母亲嬉戏着朝父亲身上撒些雪花。在这小小广场上，调走的人、退休的人、参观的人，甲方、乙方，每每地在台阶前留着影，照着相，留着岁月的痕迹。

某年某日，记得长着酷似周总理模样的高级工程师杜朝凡——一位曾在这台阶上走动了一生的人——去世后，小广场上停了好几辆从公交公司租来的班车，把这里挤得满满的，几乎是当年台阶下活着的人都去了火葬场。班车不够，大门外的中原路也停了些临时新租来的车。某年又一个曾在这台阶上走动一生的人死了，他家属以为他也似前者，也租来了这么多车，但去的人却寥寥无几了。同样一生出入于这个小广场，同样一生行走于这水磨石之上，同样的公交送葬的汽车，结果却大相径庭。

不久，由于种种原因，在现代科技的发展逼迫下，我这个自觉一身武艺、能描会画并立下汗马功劳的大楼里的超级才子，也被这座五层红色大楼里负责的领导宣布"除名"回家了。1997，香港回归，我却被一个 A4 纸大的红头文件除了名，终止了我每天出入这小小广场的历程，宣布了我停止步行于这水磨石之上的权利。此时的粗柱上再一次更新了它的牌匾，成了"机械电子工业部第六设计研究院"。

在聘时，我曾建议大楼里的负责人重新装修一下大楼前的大雨篷，这是一个单位的主要脸面，都快新世纪了嘛，我可尽义务设计一下：把雨篷用塑铝板包一下，柱子换上不锈钢，地面贴上花岗岩。新的时代也呼唤新的面貌呀！负责人立即毫无表情地接道："不需要，刷刷白灰，干净一点就可以了。"继而又说："多少年了，都这样！"

是呀，多少年了。

这楼外已没了"华表"似的灯，已没了门联门匾，楼内已换了好几拨人，调的调，走的走，下岗的下岗，退休的退休，除名的除名。今天已少了老面孔，多了新故事。但凡曾经走在这上面的人，不论你现在调到什么地方，不论你在国内还是国外，不论你在内地还是在特区，不管你以前有权还是没权，不管你现在有钱还是没钱，留心的人都会发现，记忆中的五层大楼一点儿没变，不管刮风下雨或春夏秋冬，它在曾经的人心里不变。

中原路191号，我从小生活过的院子。

# 三　妮

听母亲讲，三妮生在一个祖辈都是木匠的家庭。

家里很穷，生有六女二男。在那个重男轻女的世道中，饱经沧桑的母亲生下三妮的第三天，就同往日一般推起了磨。除了推磨，她还要洗衣、摊煎饼，照顾九口人的生活。

忙碌的生活没有印迹，没有段落。没人知道何时生了个三妮，更没人去照顾这个三妮。

八个月后，百忙中阳光下的车篓里有个娃娃爬到车篓口，甜甜地叫"大大"时，人们才注意到这个木匠家的三妮。

三妮从小无吃无喝，更无人疼爱，根本谈不上受教育。

十岁后，她跟着两个姐姐干活。学会了捡麦穗、拾柴火。最远拾柴火拾到了二十里外的大山坡上。山路上总是能见她不知疲倦地往家里背着柴火。

她本能地活着，她在一天天地长大。

她不停地劳动着，只要一闲下，总有人会喊她去帮助自家地里种地、收庄稼。整个村上的人，几乎都把她当成了免费的劳动力。

记得有一次她从地里往家扛高粱秆，身上的高粱秆扑扑拉拉地挡住了视线，她一不小心就从崖子上跌了下来，磕掉了门牙。

悲苦的生活并没有拖拉住她。

她从小爱学习。家里没钱交学费，她只好跑到村东口的私塾学堂的窗户台旁，趴在那里偷听同伴们上课。时间久了，教书先生告诉了家长。他的父亲多次把她拉回去打。但不管怎样干涉，默默无语的三妮仍旧是勤奋地尽心学习。不长一段时间，她还是学会了不少字和词，而且还会读一年级的课文。除了这些，聪明的三妮还画了一手好画，有抬轿娶媳妇、媒婆坐马车，那媒婆坐在大马车上叼着旱烟袋迎亲送亲，有时还画些城里的短发女郎、日本女人等。临街的墙上画得到处都是，活灵活现。村人都夸她是个天生聪明的"小人精"。听说后来她的画还引起了驻扎在镇上日本人的注意，日本人到处派人找她。幸亏父亲把她藏了起来，才避免了一场灾难。

十八岁那年，生活更加困难。有一上门说媒的媒婆，介绍了一个几百公里之外的男人。父亲在收了一大笔彩礼后，欣然答应了这门婚事，就像出售一样商品。她被嫁到很远的一个小镇上。

命运更加悲苦。

她的丈夫是一个游手好闲的浪荡公子。婆婆是一个"母夜叉"，而且还是一个"虐待狂"，很像戏曲《王登云休妻》里的那婆娘。

她备受折磨，同时倍思家亲。

她掉进了苦海深渊。

在这远离家乡的小镇上，既没有家人，也见不到一个同情和安慰她的人。懂事的三妮，只好忍辱负重地等待着一年一次的年关。只有在那时，她才能回到娘家向父母诉说。

那是多么难熬的日子。

第二年，公公婆婆在镇上开了个车马店，起名"长顺店"。生意不是很好，里里外外全靠她和公公料理。公公负责打扫马厩和马车，三妮则负责招待客人和做饭。除此之外，她还要每天去镇上挑水。她每天要挑满两大水缸，待水沉淀后供家用和饭堂里用。

她每日每月地重复着这样的生活。

由于太累，她有次晕倒在端饭的大厅上，不但摔撒了饭菜和碗盘，还跌得自己鼻青脸肿。婆婆不但不去安慰她，还连推带搡地骂个不停。更叫人难忍的是婆婆竟然还叫她的儿子又教训了她一顿。

她崩溃了。

她一天也忍受不了这永不会抬起头的劳累和责骂。

在一个清晨，似乎有无限的哀怨蕴积在微微放亮的天色中。她整理了很久未梳妆的自己，利用去镇边上挑水的机会，绝望地跳进了镇外不远的大河湾里。

有人发现了她，救了她。

三妮今天还活着，八十多岁了，但已闭目躺在床上好几年了，成了"植物人"。

外表无知无觉的她，不知梦中在想些什么。也许她常常慢慢地静静地仔细回忆着她童年的姊妹们，还有她曾画过的那些东西和道不完说不清的生活。

不管她在想什么，从她现在紧闭的双眼和无语的嘴角上，仍能感受到她当年的那种刚强。

# 前进路

七转八绕竟然走到了叫"前进路"的路上。

真有些恍惚，怎么走到这儿啦？我又到了前进路。

多少年了？算不清，反正好多年没走到这里了。再向前一个路口，前进路与中原路的交叉口，那就是我儿时的旧居了。

小时候住的地方今天依稀可见，现在它被重新装修的新层面包裹了起来，外立面又加了新的结构柱，在它的上边盖起了很高的楼。不管这楼盖得多高，不管这楼翻新了什么色彩，当年住在二楼时的那扇窗户，今天它怎么也更换不了我记忆中的"少儿"时光。

我在此住的窗子面朝北，很小一点点的房子。从小窗户朝外望过去，这条路就叫前进路。当年还有旁边的村庄，每日沐浴在阳光里，唯独我的房间终日没有阳光。

可我从小就不稀罕阳光。

那时家里穷。因为家里穷，所以也没什么值钱的东西。出门去跑着玩时，门都是开着或虚掩着的。外面疯玩，享尽了阳光。

整个院里、路上到处是阳光，没事成天在外面乱呵、跑呵，也没怎么在屋里待着，真的不稀罕阳光。哪像现在的孩子们，肩上背着个大书包，脖子上挂着个钥匙，放学后像犯人，有人押（陪）着回家写作业。

窗户外的旮旯王（村），有一个孬孩儿叫"孬儿"，这货就住在前进路的路口上，真孬！当时像我们那么大点的孩儿，只要从这路口过被他碰到，肯定会被他"翻兜"。有点零钱但不多，不过玩的（玻璃）弹子、烟盒叠的"喷儿"，还有一些别的铁片、弹弓，都会被这货搜走。

西郊人把这种人叫"yα件儿（能人）"。

父母天天忙活党的事儿，才没空搭理这些"yα件儿"们的破事，只要不弄伤人，什么破铁片、弹弓类的，搜走就搜走。

可我们这些孩儿们怕得不得了啦！

现在想想也真幼稚，"翻兜"有啥呵？翻出来就给他呗，真是呵。用母亲的话说："有么嘛？"

是呵，有啥嘛。

说着是没啥，那是现在。若过去想将来我要有汽车怎么怎么地，那不就是个"神经病、妄想狂"吗？

我们可以为所欲为地乱跑着，满西郊地跑，可有孩儿说"去前进路玩吧？"屙裤吧，不去！

不去，不去也得去。那时家家都喂着鸡，因为老爹隔段儿时间会叫我们去给鸡打针，去给鸡打针的防疫站，就在旮旯王的北边，必须路过前进路。

那是个恐怖地段，搜走点（玻璃）弹子或喷儿，没啥，若抢走只鸡事儿可就大啦！

我和兄弟各抱一只鸡，一前一后离得很远。一旦前方发现了事儿，后面的兄弟便停下不走倒回去。正二从小是个胆小鬼，不执行这个方案，非要与我一前一后地跟着，真是不顾全大局。母亲不同意这样，她说："有么嘛！不就是几只鸡嘛，谁要就给谁！叫正二跟着。"那个时代，母亲说这样的话，好了不起啊。

"前进路"，好名字。

"前进路"，确是好名字。

在以后恢复高招考试后一大段时间里，我和兄弟二人拥挤在一间小屋子里，面对窗外的前进路，静心努力地复习功课。前进路的"前进"二字，一直鼓励着我和兄弟"前进"，朝前进步。

后来兄弟考上了军校，毕业后还上越南前线打了仗，现在已转业到地方上了。

若现在交给他十车鸡送到防疫站，他也不会在意啦！不过，这也是瞎胡想想罢了，因为前进路上早没了那个卫生防疫站；二是社会也早已"正规化"啦，也早已找不到"yɑ 件儿"了，即使见了这货他也老了、学乖了。

往事亲切。

今天又走在了前进路上，"前进路"让我全身心地感到了我在前进。

# 高　考

过了多少个六月六，从没有在意过。那是旧梦里的七月七了，已记不清太多了。记忆不起，也就没了回忆，更没了品味的余韵了。高考日对我来说，已是那么遥远。如今高考日从七月七换成了六月六，偶听电视新闻说现在已开通了高考加氧专送车，这又勾起了我那早已朦胧的记忆。

过去的生活贫苦而艰辛。

当时人们并没有这种感觉，因为人们都在贫苦之中。

记得我十六岁那年，1977年，全国刚恢复高考。那时是七月七，具体几点开始考试已记不清了，只是记得大早上去了不远的绿东村肉店，给家买回了肉，问清了家里没什么事，便自己步行去二十四中考试去了。那年高考考场印象只是人多——只是考生多——现在是陪考的家人多。那年没考上，印象深的是素描画了一个"草帽"什么的。记得考场上人挤得很，像过节，热热闹闹，熟人都打招呼，不熟的人脸上也带着笑意，挺好玩的。

十七岁那年的七月七，一切都正规了许多，早起散步在西郊的田野，手捧复习大纲背了多时，便信步走向了考场。那时已开始了心跳，隐隐地感到了高考日的使命感。那年也没考上。记不得考些什么了，只印象着自己的心境和水平越来越高了。

一年的时间也快了许多。转眼十八岁那年的七月七，又迎来了高考日。那年自己感觉已很好了，自认为学有所成了，水平也不一般了。心动的高考日的早晨，自己便与画友一块儿骑着倒蹬闸式的破自行车（据父亲讲是用了一袋信阳息县米换来的）去了远在北郊的老郑师。考试前悠闲的时间里，自己骑车在郑师的操场上转悠，因刚下了一夜雨，想不到的事发生了——我骑到了表面是水、下面却是沟的坑里了。自行车外露的轮盘齿扎到了左脚面上，这时离开考仅差十五分钟。不远处的窗户里跳出了一个青年搀扶起我，他后来成了我的校友和朋友，他大我两岁，他叫宋明辉，宋哥。待我从水中爬出时，周围已满是血，齿轮扎到了左脚面的血脉上，现在仍留下一个疤。怎么样开始的考试，怎么样完成的考卷已记不起了，只记得中午画友朱春谦（后来当了飞行员）骑自行车带我上医院去打了针，包上了厚厚的绷带，又回来继续参加考试。下午上楼时，我用绷带提着抬不起的脚，一步一抬上了考场。

西郊家中的母亲全然不知。下午的考试进行到一半便昏了头，只记得命题创作的题目是"收获"，还记得母亲是借用了一辆单位里普通北京吉普车来的。记忆中，无奈心疼的母亲面容慈祥，没有埋怨，没有询问（高招办的电话已说清楚了）。远远看着母亲站在吉普车旁边像电影里的大干部，这个镜头至今仍让我难忘。那年也没考上，只记得有很多的人帮助过我。特别是那个曾帮助过我的人，后来成了我的好朋友、好大哥。记住有一个和蔼的主考（河大王威教授），还记住了母亲和（北京）吉普车。

一转眼又一年的七月七日到了，到得那么恍惚，那么心动。家中已无法再一次地承受一个闲人所耗的经济及学习费用了，社会叫我们"待业青年"，那时我十九岁。就像现在的下岗工人一样，都是由于种种原因。有个人的，有社会的，就是没家长方面的原因，我再次承受了落榜的打击，我感到世界把我抛弃了，当年自以为不一般的我，其实也仅仅是个"我"罢了。那次接到落榜通知后，我上了很长时间的厕所，面壁一个狭小脏臭的空间。存在我记忆里的是个更加狭小的失落的世界。

二十岁那年，我回母校郑州一中又补习了文化课，那时叫"高考回流班"，弟弟正二也将参加高考。

没有一句怨言的母亲全力"支持（撑）"着我们兄弟俩，我们从心底感到了母亲的压力了。

我几乎是在拼命地努力学习。

真难想象若再次落榜的话，那我将无任何力量进行支撑了。当年我曾在繁华的西街上，现在的二七纪念塔下卖过军大衣，做过临时工，画过很高很大的广告画，收过澡票……什么都干。经济已成为生活中的一大障碍。正二与我同在一个九平方米的小房间里复习，墙上挂满了我的习作。我全力画着，自己欣赏着。记得有一次兄弟俩打架，正二力图要撕我墙上的素描习作，我声嘶力竭护着。母亲实在不忍，大方地拿出三十元钱，我去买回一台旧的小风扇，记得按下开关后须用手隔网弄一下才转起，有风没风不记得了，只记得风扇不会摇头，只记得正二的背上仍然流下的汗和轮流让扇吹的幸福时光。

考场如战场，又到了高考日。记得是赴长沙报考了中央工艺美院的书籍装帧。母亲拿出路费。当时长沙是梅雨季节，几个复试的画友一路各顾各地默默赴考。考得如何且不记，只记得回返的列车上，隆隆闪过的漆黑的夜和车厢两节节口处的喱喱声以及地上沉睡的我，记得画夹子展开铺到了地上就是个铺。

当年的高考制度有了些改革，艺术专业考生可以同时报考全国几所大学，只要时间不重叠即可。我像打赌一样，一头押在高头上（美院），一头押在低头上（师范）。世界已不能让我再等待。

回返就是为了第二场的另一所师范艺术系的考试。

在我身心疲惫地走向郑州火车站出站口的时候，天色已亮。我从人群中看见兄弟正二手拿家中煮熟的鸡蛋和路费，受母亲的嘱咐，监视着我坐上了开往开封师范学院的长途车。这一幕，多少年后回忆起仍两眼盈泪。这年，1981年，我考上了开封师范学院（现称河南大学）艺术系美术专业，成绩特别好。

我没有完成我青年时代的"美院梦"，却终止了我的"高考梦"，经济贫困的年代，上师范无疑是解决了学习费用问题。十六块五元的助学金使我"美院梦"成了终点。弟弟正二同年考上了解放军测绘学院——胆子最小的正二竟上了军校。军校也无疑解决了学习费用问题，全免的军需供给使弟弟正二走上了一条朋友、家人谁也不知的军旅之路。

咳，我的七月七，难忘的曾经。

# 受表扬

今天路过儿时的学校二砂小学，校园从里到外都变了样子。很陌生，但仍熟悉亲切。

学校也改了名字。

记忆像褪色的相片，已没什么值得回忆的了。但有一件小事却让我多年不忘记。

那是我小学三四年级时的事：

我在自己住的院子里，捡到了五块多钱。那时生活非常困难，很贫穷。那时的五块钱相当于现在的五百多块钱了。

我激动地紧握着拾到的钱，一路小跑地来到学校。记得那是个中午，我把钱交到了学校老师手里。在临上课前，学校的大广播里传来了表扬我的广播声。

念到了我的名字。

那是一个令我激动的时刻，我像在太空遨游般听着学校的表扬广播。这一短暂的时刻，却长久地留在了我今生的记忆里。

表扬稿的原话我记不全了。只记得有赞扬"拾金不昧"的精神，还有"让这种'拾金不昧'的精神继续发扬"的话。

今天，我受的教育越来越多，本事也越来越大，但已没有了儿时的纯真。我很难预测在一个没人知晓的时刻，当我再一次捡到了什么，还会不会毅然地交给"老师"？"拾金不昧"的精神还会在我身上继续"发扬"吗？

我说不准。

走在阳光灿烂的上学路上

# 攀　爬

俺小时候不值钱，所以爹妈都随孩子们的意，让我们尽管去疯。

那时俺常喜欢带领着我的兄弟们，爬上大院的宽墙头，从大院的这一头跑到大院的那一头，疯。的确没啥玩的，当年同龄大小的孩儿们都这样爬来爬去。

记忆中最刺激的一次是俺独自一人去二砂车间里，爬上十几米高的龙门塔吊。爬到一大半，才知道"恐高症"是一种什么病。黄昏中俺匍匐在那儿，死抱着大管架一动不动，全身僵硬地在风中等待来人救援。

现在的孩儿们被父母管得没脾气了，哪儿都不让乱爬，没这么幸运了。现在孩儿们的攀爬意愿，最多也只能是到游乐园里去实现。

有父母说："是个孩子都喜欢爬高下低，追求刺激。"

仅追求刺激不尽其然。

孩子们喜欢攀爬，我琢磨着更多的是因为"攀爬"会让这种行为不同于平时所见，就像母亲常把好吃的藏在高处一样，更多的是因为总会在上面发现惊喜。

成年人也不乏这种儿童心理，攀山登顶，为一览众山铤而走险。成人有更多的实际体验，有时也不见得比儿童更具有能力和想象力。因为是成年人，所以才不被人禁止左右吧。

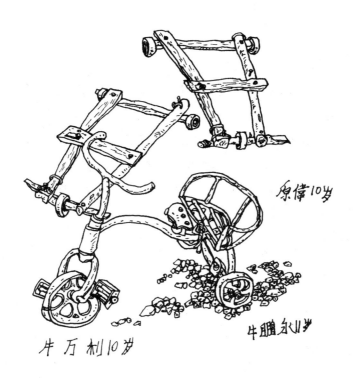

原伟10岁

牛万利10岁

牛鹏永11岁

# 收音机

年前清闲了下来。

想起母亲曾向我要了很长时间的收音机，忙得至今也没买。

在商场超市的柜台边，我挑了又挑，想买个好些的。手拿各式各样的收音机，感觉很长一段时间没有手捧着这玩意儿调台听广播了。它已基本上退出了我的生活，尽管现在的收音机样式很多，价钱也不贵。

买了个如课本大的收音机，先拿回了自己的家。还没给母亲，自己倒是先急着听上啦。广播的内容、声音，都让我新奇。我想起儿时，父亲曾给家里买回一台收音机。那玩意儿又大又响，比十个课本还要大，即使在今天也很壮观。

记忆犹新。

尤其是调台时左上角的那个绿色大猫眼，随着声频的低沉与尖刻，会叫它变得忽宽忽窄。收音机的正中，写着"东方红"。

那时我的家里，基本上是大院子里最穷的"主儿"，但当"东方红"大声地发音时，我便会站在二楼的阳台上，像首长似的异常骄傲，向院子里瞭望着。现在想想也振奋，当年父亲怎么买回那么大个玩意儿呢？真有点"不鸣则已，一鸣惊人"的味道。

我选了一个音乐台，把声音调得很大，整个屋里充满了世间的温馨。我穿上睡衣，去卫生间洗澡去了。

洗澡时哗哗的水声，仍遮不住从窗中传出的歌声。

当年的收音机也就是这样呵。不过那时台少，听上去每家传出的声音都差不多，更像偌大的一个"音响体验场"，混响着世界级立体声效果。

还记得那个收音机个子太大，所以很沉，没人挪动它。我便偷了些家里的零钱，塞（藏）在了它的背后。后来发现不仅我这样想，父母也这样想，他们把一些票据和欠条也塞（藏）在背后。

大学里也买过收音机，虽然精致了许多，不过声音效果差距甚大。有兴致时，我常会用筷子搭在铝饭盒上，再把小收音机面朝底地放在筷子上，为的是让饭盒有个低音的混响效果。

一轮明月又挂在窗户的外面，推开一条缝，一股寒气透了过来，这已明显是深冬季节了。想起儿时的收音机，满眼都是旧岁的风情，满心都是旧时的亲情，想起来心里暖洋洋的。儿童时代与我的现在，被远远传来的收音机里的歌声轻轻飘飘地揉在了一起，我已分不清过去和现在。

收音机以它独白的方式，絮絮叨叨地从过去自语到现在，它曾经陪伴着我们的艰苦岁月，走到了仍艰难不已的今天。在人们无伴或无语时，它陪伴着我们，叙述的故事像声波一样飘散在空中，我们也随同它一样思绪飘摇在空中，在优美的电波中散步。

正巧，收音机里传出一首非常熟悉的老歌：

午夜的收音机，轻轻传来一首歌，那是你我都已
熟悉的旋律。在你以往的日子，我依然还记得，明天
是否依然爱我。

这真是一首老歌了。从过去唱到了今天，不知还将唱到
多远。

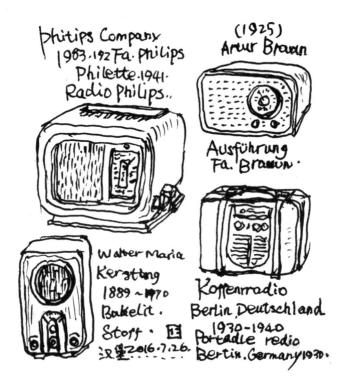

# 画

下班回来走到司家庄村口时，见地上有人用水画了一幅很大的儿童简笔画。

仔细看了一下，大概画的是一位兔姐姐或一个小女孩，她的头顶上还飘着大大的两朵云。

扭头见不远处有位小姑娘蹲在那儿继续作画，哦，她就是这幅无名水印画的作者啊。

这场景让我想起了小时候。

我的小时候也同她一样，在大院子里用粉笔到处乱画。墙上、地上，楼梯过道里，到处都留下了我的手迹。先画日本鬼子，后来画人哭、画人笑，最后画列宁、鲁迅、毛泽东。

那天在希腊使馆等签证，闲来无事，与同行的岗山兄说起小时候的事儿，岗山兄还激动地说起我那小时候在黑板上画的《毛主席去安源》，让他至今记忆犹新。重想起这些事时，屈指已是二三十年后了，今天这种记忆已成黑白，但仍清晰可见。过去对绘画的执着与热爱，今天想来真叫人感激。

我对岗山兄说："你知道为什么今生我与美术这么有缘？"

"……？"

我说贫穷。

因为贫穷，我们则很易知足，小有收获，就沾沾自喜。

从小生活过的设计院里，与大院外的二砂厂、电缆厂相比，就是纸多、铅笔多。老爷子知道我喜欢画画，嘀，好家伙！不知道"走私"了多少公家的纸和笔到家里。

日子过得太穷了，记得上小学时夏天放学，怎么就没穿鞋？望着日头下燥热的柏油石子路，兄弟俩怕烫，便憋足了劲大喊一声："跑！""呼、呼、呼"地就跑到了马路的对面。

现在与年轻人说起这些，很难让他们相信。那时的塑料鞋真的很塑料，鞋带处很容易断掉。每次断掉，集中到一起用火烧铁勾子，"嗞啦"一下，按住一会儿就粘住了。

那么穷的日子里，绘图板、绘图纸没缺过，绘图铅笔从 H 到 6B，从没缺过号。因为贫穷，故珍爱身边一切所赠与所得。岗山兄至今还记得当年我的桌前曾满满一笔筒的铅笔。

一天与赵司机说起过去的事，他感慨地说："贫穷，是一个锻炼人的好课堂。"

可惜，现在身边的孩子们已不知道贫穷究竟是一个什么样子。

# 看电影

没什么好电影的时代，却有那么多人爱看电影？！

小时候，离我们家最近的电影院是大院东边的"中原影剧院"。靠建设路那边的省工人文化宫虽然也有电影院，配套的花园也比这儿大，但就是比不过我家旁边的电影院有人脉。有人总结说"大师"就是有人脉的人。在西郊，我家的周围有许多牛 × 大厂，人多热闹，自然这里成了西郊的文化大师中心。

电影院的院外配有售票处。说是一个"处"，会有多大呢？一个仅四五平方米的小房子。坐里俩人还行，四人就得站那儿俩。朝外开了两个鸟窝大点的洞口售票，比雕堡的机枪眼还小。外面的人看不见里面人的脸，里面的人看到的都是外面人的手，没有脸与脸的呼应，那个年代不需要。

买票要挤压式地奋勇作战，男女都会肉贴肉地挤在一起拼搏着，战斗中不乏老少爷们，人与人也不乏激情。我喜欢从侧边"迂回式"地进攻。当中间撤离一个买了票的人，自然就会顺势侧出点空隙让我前进，侧着侧着我就包抄到洞口了。票价统一，一角五一张，有时二角。楼上第一排位置最拽，楼下第一排最屁。手伸进洞口伸出手指，顾不上是拽是屁了，像打哑语似的买几张就伸几个手指，卖票的人贼懂。我喜欢从有力量的男人侧面开始跟进，他是我免费的屏障、开路的先锋。但我极害怕头顶上的人在人堆上直轰过来，黑呼呼的天空叫人"晕顶"。

小洞口的上面是块小黑板，换内容时从里面抽走，用白粉笔手写着影片名字、时间和票价。好像从不预售什么票，单位包场的多，余票到开演前几小时才卖，也从不退票，但可以改签（重盖上一个时间就中）。有点像现在的火车票哇！？电影的演出时间可以随便地拿粉笔涂改。

随便改，为了看场电影我们有的是时间。一两个小时没啥，有时还会推后一两天呢！观众们很乖，没什么人闹腾，更没人投诉。那时的人虽然都不在监狱里生活，但生活意志品质，却个个都像正在劳教的人一样，不敢也不会投诉，且都听话乖得很。

红色电影节目大多是包场，单位里工作的正式工都有票，临时工有时也有。那时比现在人性化，双职工会多发一张票，让孩子或老人去看。像我们这样家里孩子多的常落不着个集体票，早俩小时就急头怪脑地在电影院附近转悠了。见到熟或不熟的大人，就像个要饭的似的平举双手，嘴里"叔叔叔叔、阿姨阿姨"地叫着问他们有没有多余的票。现在想想，真丢人！丢死人了！唉，那时我们没那么虚，穷到极限的人根本不觉得什么是丢人，都不知道脸长啥样了。

求不着票就该想孬法了。

有时会拿以前没撕下副券的过期票混，有时蹭摸着从侧面铁管中偷钻过去，有时在进场时让检票员错撕另一个角或者少撕点，然后兴奋地向兄弟一挥手，叫兄弟从旁边门缝里把票接出去，然后再看着他怎么混进来。

在中国，真的是"穷则思变"呵！

真混不进去了，只好等开演后不严时，看门人松懈，呼啦一下孩儿们就跑进去。跑一个跑俩没啥，孩子们嘛！孩子们一看这边儿都这了，跑！"忽啦"一下，另外三四门、五六门地都蹿进去了。若是看门人坚守岗位，那只能守在大门见人出来时要他的票对换进去了。一般此刻，电影都将进行到三分之二啦。不过也不一定，常常电影演一半时会突然出现"影片未到"几个幻灯字，字的旁边还画着一个低头弯腰前行送片子的人，头上还有几个大汗珠。这时人也会闷出来几个或一堆（人），那机会可就多喽！

丢人呵！现在想想，那时讨票时的熊样怪可怜的。那时我们真的那么好看电影吗？

嗨！

今天影剧院周围的大厂也都不那么牛×了，下岗闲散的人一堆堆地在自家楼下的大树下打牌下棋、闲扯着。中原影剧院已经拆除了，再也没有过去的踪影了。虽然不远处新建了万达影城，但超大微弧大幕下的环绕立体声，也覆盖不了留在我脑海中由它而生的电影往事，还有我对电影最初的情结，这些在我脑海里真的是无法抹去。

可惜呵，围绕着这个中原影剧院我生活了那么多年，这个再熟悉不过的沧桑建筑，到今天竟没有留下一张值得回忆的照片。

若把这些个关于电影的事儿说给眼前的这些孩子们，哈，他们一定会迷惑不解的，他们会脱口而出："我晕，无语！"

# 香味儿

切好姜丝，洗好鱼。

小火，反正两面热煎鱼身，上老抽染色，放水、糖、少许盐，想放完醋后微火炖，可找不到醋。

糖醋鱼、糖醋鱼，可是没有醋！

俺平时不喜欢吃醋，又甚少在家做饭，可怎么着家里也不应该连个醋瓶子也没有哈！现从五楼跑下去街上买，一没那个劲头，二也来不及了。

去邻居家借？

这一层就俺一户。

四楼的全家迁去了非洲。

三楼老两口常去儿子家住。

二楼不常说话。

一楼就更不可了，有那个劲儿，两步外就上街了。

突然想起小时候的大院：

每到饭时，家家一层几户，开窗敞门地炝锅炒菜，一派繁荣。没有抽油烟机，家家菜味相串，谁家吃鱼，谁家炒辣椒，老远都能闻到。

串门借调料的事太正常了，孩子们就去办了。赶上别人家吃好的，别人家还会用自己家的碗，盛些让带回来。自己家若也正做好吃的，也会顺便还碗时盛些回去。若没什么拿得出门的，就等饭后，洗净了碗，再送回空碗。

　　也不知怎么的，从小就印象自己家做的菜，总没有别人家的香。

　　父亲说我"没出息"。

　　咳，现在有点出息了，可还是觉得别人家做的饭比自己家做的好吃。

　　有时真想回到过去，回到那时虽贫穷但至亲至爱的大院子里。

　　想归想，张爱玲说过那句话："我们都回不到过去了。"

　　糖醋鱼算了，没醋就没醋吧！

# 探　亲

正二，我的兄弟。

1985年大学毕业后即分在了四川成都，成家、立业至今。满口川话，一年仅回郑一两趟。

趁周末两天假，从千里之外回郑探望母亲。明晚七时再飞回成都。

兄弟从车站直奔家中，进楼道跺脚，声控灯亮，隔门便大喊："妈！"走廊三层也能听见。

妹微笑开门。

未见母亲迎接，兄弟仍大喊着"妈"，径直奔向最里屋。

母亲电话里早知，所以不足为奇，一脸的平静。

母亲微笑见儿应了一声。

兄弟放下行李，张双手拥抱母亲。母亲少见儿此景，不知所措地被动应允着。

兄弟还嫌不够，除了拥抱，又顺势把身材瘦弱的母亲抱离地面。母亲笑得狠。忙乱中，母亲本能地不忘前几日切菜割破的手指，纱布包裹着的手指从儿怀中抽出，手臂高高举起。

兄弟前些日子，在汶川地震救灾工作中立了功，受到了中央领导人的接见，得了奖牌、奖金，互握了些领导的手。

兴奋之中，兄弟不由自主地娓娓道来。

母亲俗民凡人，没什么想象力和现场感，像听传奇故事般，也记不住什么事。

兄弟是"梦里寻她千百度"，围着俩屋边侃边转着圈儿。母亲是一直在仰着头，微笑地陪着身边一米八三高的儿子两个屋地转着圈儿。

我看得出母亲她没用心去听什么。她也无心去听儿子嘴中的什么国家大事，她关心的只是久违了的儿子瘦了还是胖了。

母亲像欣赏自己的作品一样，上下打量着她的儿子。

趁兄弟大侃的间隙，母亲望着我自语似的说："他怎么成这啦？"

猛一听像是说成都地震后至今，他怎么成了这个样子啦，这么会说，还学会了拥抱。更深一点的意思是他从小是个那，没人管的人现在成了个这。

实际母亲望儿产生的更多的是一种内心的骄傲。因为谁都知道：没有妈，无论儿子再能，再多有本事，怎么倒腾，都不会有他的今天。

此时，我理解母亲故作疑问中的骄傲。

# 年三十

记忆中这几年的大年下，家里都异常安静。

兄弟在成都成家立业，几年未归。妹妹有自己的家，独守其处。我们住在城东，一周才回家一次。

母亲辩护说："倒不是咱家里现在比别人家寂静，别人家也这样。"是平时也都这样，不显。可今天，外面比平时闹腾得慌，倒衬得家里冷清了起来。

大年三十前些日子，开始陆续听到户外零星的炮仗声。父亲放下了一年中的工业建设之大事，电话一一问了我们每个人喜欢吃的（饺子）馅。结果是七个人，除了我妹的小孩子不会说话，而且两人无所谓什么馅，我们四个人说了四种馅。

母亲一边看着电视一边朝厨房里准备盘馅的老爷子喊："我无所谓呵！照孩子们说的盘吧。"

父亲理都不理。

父亲眼下正在做一个大项目，投资不少，一年也难得这么静心地做个饭。整整一个上午，老爷子默默地在厨房盘饺子馅。

天色渐晚，我们回家。

见老爷子抽空在大年前最安静的时段蒙头大睡，他预言今晚谁也甭想睡个好觉。

我随意地走进了厨房，见到了老爷子早已盘好的饺子馅。好家伙！还真盘足了四种馅。母亲用山东话小声地说："你爹说了，这不是过年嘛！吃好吃坏、吃多吃少不就图个你们都满意嘛！有莫（什么）嘛！"

大年三十的炮声连续地响了起来。

有一个炮仗似乎是作对故意扔到了小院里。"砰"的一声真响呵。也许小院的高墙聚音，真的让所有在家的人吓了一大跳。父亲也被吓了一跳，他紧随着大喊一声："俺操他娘来，哪个小死孩子？"

父亲吓醒后起了床，开始忙着叫我们包饺子了。

母亲正看着的电视，在厨房的门口听上去，声音已被窗外的炮仗声所盖。除了鞭炮声，屋里什么也听不清楚了，乱七八糟"砰、砰"声响的窗外，反倒衬得屋内异常地宁静和温馨，这也许就是人们常说"家"的味道吧？

我的手机，不停地响着春节年拜祝福短信的提示音。我大概看了一下手机目录，近一百五十条，几乎全是转发的克隆短信，没有几个是亲手编写的原创信息。全社会，集体在做一个超低级游戏，人人像一个小学生在完成老师布置的家庭作业般，程序化地连发着嫁接信息，乐在其中。最蠢的短信就是利用谐和音"鼠"同"数"音发的祝福短信。满屏的"鼠"不尽的什么，"鼠"不尽的什么。真叫人颇感弱智。

父亲没有手机，他听不习惯这手机的提示音，他问这响的是什么，我说这都是新年祝福，而且几乎是一样"新年快乐"。老爷子不屑地说："都是些不打粮食*的短信。怎么就没人写上，

---

* 河南方言，表示不实在、没用的意思。

正一，新年了，你去领钱去吧？或者说，正一，快过年了，我给你寄钱了，你去××那里取了吧！"

哈！

电视里的主持人一高一低地时时传来"新年快乐"的祝福语。我一边包着饺子，一边想：电视、短信到处都是"新年快乐！""新年快乐！"新年真的能快乐吗？

饺子未包完，父亲又去了他的实验室。今天他的专家楼已无人看守，父亲说今晚全国人民都在瞅着电视，他的服务员和保安们，绝对也不会例外。他担心他的那些科研资料被盗。

父亲两小时后从实验室回来了。

母亲迎上去轻声地问："一切都好吧？"转身看着刚下的饺子已结成块，她内疚地说："全凉了！"

我也看见，刚才热腾腾的饺子现在真的是凉透了。

父亲微笑着边说边端起盘子，用山东话慢慢地说："凉了没啥，什么东西凉了搁锅里热热就行了。人如果心里凉了，就没什么东西能热的了。"

窗外的鞭炮声此起彼伏，随着春晚的大幕拉开，鞭炮声连成了一片。母亲手握电视遥控器，可两眼望着窗外，嘴里嘟噜地说："这放炮真烦人呵！"我知道她是在担心我妹妹一岁多的孩子，那孩子听到这声儿，一定吓坏了。

我听着新年的炮声在想，这放炮的人都是些什么人呢？首先删除二岁下的孩子、六十岁以上的老人们，还应删除那些好静的人以及专家学者们，剩下的是些好动的、好事的，年轻的、好玩的，或没事干的。唉！想这些无聊。

无聊之中我无聊地品起这炮声。我发现凡是来得急、来得响、来得猛烈的炮声都不长。它很像我们生平中的人和事。

老爷子吃完了重新加热的饺子后，又嘱咐我们在他的写字台上拿笔，在小纸片上一一写出了四种饺子馅的名称，放在盛饺子的盖垫上。他低声自语："（吃）什么东西都不要把它弄混了！什么东西什么味，不同的人有不同的偏好，它的味道也不一样。"

是呵，什么东西什么味。

父亲执意要回去，他说所有的"贼"都知道今晚人们都在瞅着电视。

母亲无所谓，老人家历经七十多个春秋，年下三十她看得极淡。守这三十又有个莫（什么）？在她看来，人的幸福不在于三十这天守着什么、吃上点什么，而是在一年的三百多天里守着什么，能吃上点什么。

"平时像过年，过年像平时。"这是母亲的口头语。这也是一种让平民百姓突悟和崇尚的生活。许多有钱人早已办到了，他们此时正在引以为豪。母亲虽没什么钱，也不以为意。

父亲把剩下没煮的饺子，重新在新的盖垫上撒了些面粉，怕粘，一一搬迁了原址，并且把刚写好的标签也一一放在队领。临走，他嘱咐母亲今夜一定要把这些饺子放到小院子里盖上布放好。母亲担忧这些未煮的饺子，会不会让院子里的老鼠吃掉，老爷子爽朗地大笑着说："操他娘来，今年'老鼠'不成了好东西啦，吃，叫它吃呗！有莫（什么）嘛？！"

父亲大笑着走了。

历年都不怎么看春节晚会，今年他更不看了。出门的一瞬，母亲轻声说："小心，别跌倒了。"继而又大声地说："小心呵！别让炮崩着了。"

春节晚会的主持人在向全国人民拜年，祝大家新年快乐。

打着招呼，我们也要提前走了，回家。

母亲温情似水地送我们到门口，抱歉地说："过年了，没让你们吃好。"

我说吃得挺好。

春晚电视正演到高潮，屋外仅有稀疏的炮声，似乎在孕酿着"厚积薄发"的场景，也隐约地提示着我，这是大年三十的夜晚。

母亲大院里的领导为了安抚民心，意喻美好地在大院子里的楼与楼之间的树中，挂满了长长的大红灯笼。每个大红灯笼里都亮着一盏灯，每个大红灯笼都在寒冷的深冬里不由自主地摇曳着。这寓着美好和睦的中国元素，在今夜看上去，怎么都感觉有些冷落和凄凉。

回家的路上，人迹稀少。我真怀疑这就是我赖以生存的城市，它原本也是那么孤独和静寂。

我们平时看许多事和人，都曾以为它是如此繁荣，其实我们只是看到了它表面繁荣的一面。就像这个城市，我们都曾以为它是一个张扬无度的喧闹者，其实它也有静谧与孤独的一面。

不信你看看这三十的夜晚。

# 看　望

　　有位日本友人，说起她的孩子很平静，淡定之中充满着对孩子的认知与骄傲。毕业于东京明治大学的儿子，在毕业后没有急于找正式的理想工作，而是做了一个餐馆服务生。

　　有天，我的这位日本友人和她的丈夫双双坐地铁，专程到达东京三环外的一个小餐厅点餐吃饭。因为那是她儿子正在服务的餐厅。接待她的不是她的儿子，是和她孩子年龄相仿的一个孩子。

　　她和丈夫远远地看着自己的孩子在餐厅里为人服务。孩子事先也接到了母亲的预约电话，很高兴。餐厅里的母子，还有父亲，远远地相互点头示意。在她的丈夫看来，连一个最简单地端盘子服务的事都做不好的孩子，一定是没有什么希望的孩子。

　　想起我二十多年前最落魄时，我曾在西郊的小岗刘（城中村）租一个画室。冷冬，让乡下的周在我的屋子里弄了一个带烟囱的炉子。深夜饥饿难忍，我便出院到村外陇海路边小摊买些吃的，带回来倒在不锈钢盆里，放在炉子盖上热着吃。最喜欢吃的是五香卤肉皮，配着烧饼喝几口二锅头求个小晕。

一个漆黑的夜里，记得我的母亲在老爷子的搀扶下来到了我城中村的画室。俩老人左右前后、上上下下地巡视着我的处境，唯独不注意我的新画。看看炉子上我吃的，摸摸我床上用的，没多久就离开了这里。

漆黑的夜里，爱我无限的母亲没说任何话。

送老人出了院子，老爷子以为我已离去。夜色中我听见老爷子在对我母亲说："没事，放心吧！你儿还是能对付一阵子。"

那年、那夜，母亲和老爷子的背影，今天我仍能清晰地想起。我知道作为一个争强好胜的儿子在母亲心中的地位，还有她对我的默爱。我也知道眼前的情景，在他们有限的日子里意味着什么？

今天母亲早已不在，我仍为之努力。

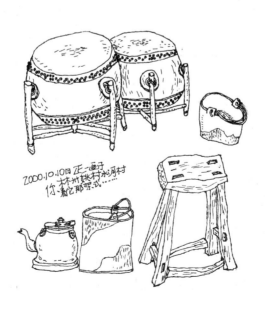

# 过小年儿

二十年前我年轻。

那年我在河南的林州市一边接设计也接装饰工程，当时林州叫林县。去林县没有高速，也没有什么大巴车，更没有自驾车。我除了拎个当时大款们流行的小腰包，还多带了一个文气的提包，因为现场需要应急的东西太多，图纸、预算、假公章、现金，还有富人人手一个的标志性的"大哥大"、BB机（中文显示）。

快过年了，我无奈地独自一人坐班车去了林县县城。这次来是要债。除了我欠别人的材料款，更多的是我欠江苏工长刘云国的工费。另外，从郑送玻璃的材料商们与当地的土豪们发生争执，后演变成一场斗殴需我来解决。情景如电视剧中般波折，敌人折断了我方的一只胳膊。

我看似一个挣钱的主儿，实则是一个真债主，我深知我的角色，但我已无力改变。"手拿大哥大，出事不害怕！"我真的手握中国移动的大哥大，自欺欺人地杀入这县城的乡民之中随机应变地处理着我一个文人前所未见的场景。

时势造英雄，我真的不知我当年的英勇精神从何而来，是手包里的现金？还是我堂堂的正义之心？反正我是有备而来。但甲方借辞推搡，各种理由欠款违约，竟然年关里分文未付。

在一个日落时分，我无奈地从林县坐上了返郑的最后一班城乡公交车，为的是明天一早去法院处理我欠薪的传票。

破旧的乡际长途车行驶在破旧的公路上，除了座位的铁椅不响，几乎所有的车窗玻璃和门都在哗啦啦地响。整个车上除了我一个乘客，没有第二人相伴。粗大笨拙的女售票员坐在车前半圆的油箱盖子上与大叔级的司机调侃着，真应了那句话："是个男女，只要把他们搁置荒岛，他们都会有性爱需求。"

一路上我百思不解，江苏工长刘弟为何通过我住的那片法院问我要钱，除了他不知今天现场的详情，他还会疑虑我的善良？做人真失败！

"哐啷哐啷"的车向郑州方向颠簸着行进，破旧的车厢里只有我一个人孤独地望着驾驶舱前的那对男女，好生凄凉。

破窗外，远处黑黝黝村庄上空升起了团团圆圆的烟花，冷落又淡漠，一簇簇不间断地展现在我的行程之中。

哦，今夜是祭灶，乡下俗称小年。

孤独的里程，逢大年下的节日里备显孤独。

我的生命历程虽显漫长，可那一日清晰在心。于心于人，不论是否在大年下，那都是个孤独的里程。今夜记录在纸上的文字恰逢二十多年后的小年之时。记起往事，不为诉讼诉冤诉苦，只为怀想。孤独与磨砺，真的是一种人生预防感冒的疫苗，在任何疫情放纵期间，都是抵御病毒的最好抗体。

今夜祭灶的小年下，颇为感慨。

多年后的一个晚上，与线（网）上合作的一位朋友吃饭。

旁边的帅小伙叫他"舅舅"。

"舅舅"的姐夫就是刘云国。

哦，好多好多年前啦，刘云国？刘弟？刘工长？

我问帅小伙儿多大，他说二十七，结婚了，一男一女。

哦，二十七。二十七年前，刘云国，那时他刚刚结婚。

我对他说："你父亲刘云国。三十年前我收到的法院传票，起诉人就是你的父亲。这是我收到的今生第一张传票，也是我今生至今的唯一传票。"

刘云国，让我与法院最早有了近距离的亲密接触。那年收到传票时，我心怦怦直跳。那是个年关，诉理是欠钱。

帅小伙说，这些父亲从没提起。

是呵，少有人给儿女道尽今生沧桑，更多的都在展示当下拥有的辉煌。殊不知每一个人的成长，都不是轻易用素线能描绘的，更不是用简单的词语两三行就能表述清的。

你只知道我的名字，却从不知我的传说。

你只知道我的现在，却从不知我的过去。

我对帅小伙说以往都是别人邀请我合影，今天是我邀请你与我合影。我真诚地对他说："希望你把今晚这张合影发给你的父亲，让他看看是否还记得当年的我。"

无意间重温旧时，让我感叹岁月真好。

岁月真好！

# 开封火车站

那年我二十岁。

我拖着疲惫的身体，肩背画夹、手拿正二捎给我路上吃的零食，从郑州火车站坐上火车到开封站下车，再乘车站广场上唯一的1路公交车，到达开封师范大学，加试美术的专业考试。

今天开着车在开封城里按址找工地时，转悠着转悠着竟来到了那年来过无数次的开封火车站。

开封火车站，扳着手指算算，竟然二十多年了，没什么变化？停在广场上的还是1路公共汽车。不过车身比以前的车大了点，外形也工整了许多。

开封火车站，唤醒了我对那年的回忆。

怀旧过去的时光不重要，但那个时候的我最重要。对我来说，那年行走在开封火车站及广场上的人中，我是主演。无助的参与，让我年轻的、经济贫乏的时光不失激情。

考上开封师院的当年，我和所有的"时代骄子"们，肩背行李被褥，满怀豪情地坐上了车站拥挤不堪的1路汽车，晃晃悠悠地去学校报到。没有接站的，连个欢迎的横幅也没有。我们像"敌后武工队"一般，深入到了开封府内，一待就是四年。

几年里，开封车站是我们这些"骄子"们悠来荡去的必经之地，是心灵的驿站。一块四毛钱的车票，就可以从开封车站的站台上，堂而皇之地坐上绿皮车到达郑州车站（中途只停靠中牟一站）。但，几乎所有郑州的"骄子"们都没那么多钱（一个月的助学金十六块五），我们常常集体逃票，逃票记录大概两星期一次。记得当火车进入开封车站站台时，我的心里像揣着个小兔子般"怦怦"直跳。我知道我至今为什么做不了坏人，因为坏人是需要"胆"的。我没胆，就算有也是个小"胆"。

刚上学那年，我的父母也是从这里坐1路车，慢慢悠悠地来到我上学的地方看我。主要目的光看我混的地方是否满意，并从我的情绪中感知我的满意度。老人那时没现在这么老，行动同我一样敏捷。当探访完我的吃住行居后，我带他们经学校西门穿豆芽街，坐1路公交在学院门下车，去吃了碗开封烩面，四毛五一碗，没要别的菜。饭后，父母续乘1路公交到开封车站买票回家，我沿1路公交线步行返校。

哈，没有像我一样逃票的父母，难以体验到当年我"回故乡"的窘迫与急切。现在也想不通，小小年纪，年轻的脸庞、澎湃的心灵，为什么每每周末都那么急切地想往回赶？

今天的开封车站这么多年来竟没有什么变化。关于车站上的我，过去的记忆像校园电影，定格在今天的小广场上难以忘记。

记得有一次从郑州回来车晚点，到达开封车站时天色已经很晚。1路公交车上满满拉的都是同校的"骄子"们，后来知道还有许多来参加明天加试艺术类的考生们。有位高个子的女孩儿紧挨在我的身边，随车一同摇摆。那是让青春期心里骚动的一刻。她圆圆的脸、身体健壮。北道门下车后，我俩一同走在回校的途中。没有路灯的途中，她告诉我她叫什么"蕊"，是来报考声乐的，还告诉我她是新乡的。夜色中我们走得很近，恍惚中我竟一直没敢看清她的脸。

那个夜晚叫艳遇，一见钟情让心中最早记忆下"心仪"过的女生。

我真诚，也腼腆、含蓄。

第二天一早我急切地带着荷尔蒙来到了声乐考场外找她。

她比昨天夜里见到的还要好看。

她背着她老家的"师姐"给我悄悄地打着招呼，不知道我们为什么彼此都那么慌张，回了个招呼我便匆匆离去。

那是一个诗歌的时代，人们相信缘分。但我从此没能再见到她。乞求天赐良缘，希望她能被录取，希望在来年新生堆里，能够重见"致青春"。

来年新生堆里没她，我们没能致青春，后年也没有致。

"蕊"成了由开封车站开始，由1路公交开篇，续写在第二天的灿烂阳光中结束的"心中秘密"，今天成了我开封老版的"致青春"。

青春如诗般美丽，共享与青春道别。

有缘无分，失落有时也是人生一种美好。

那个时间的自己，今天有心回忆起这些，是因为那时我们真的很真诚，都很腼腆，也都很含蓄。

今天我们的才华被岁月消磨着，记录让我们的一些"心仪"不忘，因为那时我们曾经年轻过。

四年后，我们坐1路公交车离开了开封，站台上我们谦让着互相购票送同学们"孔雀东南飞"。行李由学校托运，我拿着派遣证坦然地坐上了绿皮火车，离开了开封火车站返郑。那时学校已更名为"河南大学"。

今天看到依然如故的开封火车站，让我想起过去。想过去不仅是为了怀旧，更多的是珍惜眼前的幸福，比如夜灯下一摞摞书前认真学习的她，还有她流露出来的恬淡心情。

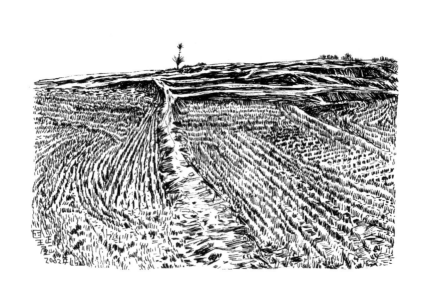

# 古树上的挂签

夏日的一个星期天。

很少参加婚礼的我，约了几个岁数相当的兄弟，为十多年前去世的"龙"的女儿"玥"的婚礼诚邀而至。

因为都是龙在世时的至亲好友，虽然龙相隔于世十多年，情似昨日。加之龙的女儿玥少时的脸庞清晰在目，兄弟们还是如以往的情深，人人都备了不菲的彩礼，表表自己的情谊。

在这扎堆的婚礼人中，我们这些龙生前最得劲的弟兄们，在人尽礼结的寂静之中走出酒店。当我们在酒意的互相调侃中悠然退场走出大门时，玥和母亲红伟在酒店门前直射的阳光中迎着我们。

夏日金水路上的晌午，虽然人迹稀少但路上的车依然多，燥热中加倍了城里的喧嚣。此时玥换下了白色的婚纱，穿着一身红色礼服彬彬有礼笑容可掬地等待着我们这些老炮。阳光中，玥非常夺目。

我开玩笑地问她："你还认识我吗？"

"你现在定居在澳大利亚啦？"

"平时都说英语吧？"

玥深深地点着头。

十来岁的时候，玥玥长得不好看，没眼下这么漂亮。我记得当时大家都说龙长得那么帅，大眼双眼皮，妞长得不中，谁知现在又高又漂亮，而且很有气质。

我这样说，她这样笑。

"我有一个珍贵的礼物，自从你父亲去世我就一直想送给你。"

她认真地低着头仔细地在听我说。

"你父亲在世时，我们曾经去济源的王屋山专门为你和你的妹妹在一个大树上挂签祈福。当时是你父亲亲自开面包车带我们去的。那个叫阳台官的地方，院子里有两棵大树，一个龙（男）树、一个凤（女）树。你父亲选了两个黄符，在上面一一签了祝言，认真地挂在了凤树上。"

陆续有婚礼撤宴的人与她打着招呼，但她仍认真地在听我说。

"半年后，你父亲去世。我想起了他挂在那棵树上的黄符，我再次到了那里。"

还是那棵树，还是那个位置，我在密密叠叠的黄符中竟然找到了它。我把它取了下来，存放在了我的办公室里一个永不见阳光的抽屉里。

我对玥说有一天我会把这两个黄符分别灌在两个玻璃水晶块里送给你。"也许这是你爸生前唯一能留给你的手写笔迹吧？"穿着一身红色礼服的玥，仍彬彬有礼地认真低着头在听我说。

夏日金水路上的晌午，真的是人迹稀少，但路上的车依然多。仍有婚礼撤宴的人与她们母女俩打着招呼。

我退去与阴影里的老炮们继续调侃。

许久，阳光中红伟在大声朝我们喊："都过来都过来，咱几个合个影、照张相。多有意义来，让玥玥带回澳大利亚。"

站在拍照前列的玥玥在不停地抹泪。

红伟埋怨说刚才还好好的，这会儿咋哭上。"别哭了、别哭了，结婚的大好日子哭啥咧！"

是呵，结婚的大好日子里哭啥咧！

是呵，哭啥咧！可分明我的眼睛也让我看不清对面的拍照者是谁。

# 王宽梅

那年，他带着十几个兄弟从江苏泰兴来到河南平顶山揽了一个大活儿后，他就没有走，到今天几十年。人也从几十人发展到了上千人，一年几个亿的流水（账），企业叫美祥。当年的那个王宽梅，今天封自己为董事长。

那晚在美祥新春答谢会上，他独唱了《母亲》这首老歌。

这是首很煽情的歌。

伴着过门的音乐，他深情地娓娓道来："昨晚给老家泰兴的母亲打了个电话，告诉母亲今晚我要办大事，有许多知名的大牌设计师和行业领导参加，心情忐忑同时也很激动。"聚光灯下看着他挺激动："电话那边的母亲无语，但感觉她一直在笑。母亲从小对我是少言鼓励，常说梅儿做事只要是下了念儿，就一定会成功。"

听上去更像是在励志。

不过母亲永远信任有志向和为此努力着的孩子，即使你今天在做一个儿童般的游戏，她也会恍惚地鼓励你，你在她心里一定是最棒的，我知道天下的母亲一个样儿。

他仰望天幕深情地唱了起来："你入学的新书包有人给你

拿。"舞台上喷起了白雾，缥缥缈缈地让我想起了我小时候上学的情景。

我小时候上学，我的母亲没那么好。好像那个时代的母亲们都没有那么好，她们每天都在为共产主义伟大事业而奋斗着。特别是我的母亲，一个优秀的共产党员，好像每天都离不开那个二楼办公室。我们这些孩子们，大多是自己顾着自己，别人家的孩儿们上学怎么去报名我们就跟着去报名，别人怎么上学我们就怎么跟着去上学。兄弟小我两岁，他该报名时，母亲就更不管了，跟着我去就行了，更省事。到我妹更惨，是我们俩带她去报到。她当时数数还数不到五十，学校不给报名。我们俩就耐心地一直帮她去记忆和复读。最终还是达不到，至今怎么上的学也不知道。

"你爱吃的那三鲜馅（饺子）有人给你包。"歌词很煽情但太离谱，一定是"80后"写的吧？那时的人哪儿吃过"三鲜饺子"？过年才吃一回，而且饺子不够吃时，母亲都是先让喝一碗饺子汤垫垫呢！

河南的江苏王宽梅唱得很投入，好像这两年一直唱的是同一首歌吧？世上关于"母亲"的题材总是那么容易打动人，真的是"不管你多富有，不论你官多大，到什么时候也不能忘咱的妈。"

呵，挺感人的，不论你多牛，不论你多大亨，见到你这个娘、你这个妈，你就乖点吧！母亲怎能忘记呢？一生中她就是生活中的一棵大树。

今天我的这棵大树倒了，我们都晒到了大院子里。回趟家都那么显眼，孤孤单单地见那么多人给我打招呼："回来了。"回来了，母亲不在了这也是一个家呀！

王宽梅唱得很投入，因为他的母亲依然健在，他仍那么钟情，好儿子，有福。

我强抑思念，不去矫情地思念这些，一个人生前对母亲好点，让她高兴点、吃好点，多给她一些当儿子的荣耀比思念要好得太多了。

给王董伴舞的人有二十多位。

他唱得很投入。

有两位年轻的人伴舞——戴着假发扮演一对老年夫妻从左走到了舞台的右边，动作很呆滞但很专一。也许他们不是老人，很难体验出老人们缓慢的步履中不是悠然，他们的情怀中更多是不得已的"慢步世界"。伴舞的又缓缓转回了舞台的中央，中间摆了一个桌子，他们俩此时在扮演的是老两口洗碗做饭的情景。

艺术真是感化人！戏剧性的动作竟让我回想起母亲在世时，每个周六我们都要百忙中抽时间回院里吃饭的情景。每次都是周六前一天母亲打电话问我，真挚幸福地问我明天想吃点什么。

我意识到此时这位河南的江苏王董事（长）的歌声已把我带回了我避让克制自己不想回忆的一个禁区。我真的克制着，而此时母亲的笑容却清晰地浮现在我的眼前，她在对我微笑。

王宽梅很投入地在唱，强烈的聚光灯下我看到了他眼里也盈着泪，黑暗的台下我知道我此时眼里也有泪。

"这个人给了我生命，给我一个家，这个人就是咱的妈。"此时我已真的知道自己坚持不下去了，我已忍不住。我含泪向台下观众群望去，少有人如此落泪，我安慰自己：也好，也许他们的母亲今天都依然健在，不会如此悲伤吧！

重读这篇小文已是第二年，恰逢今天又是一个母亲节。

有好多朋友在母亲节这天，轻描淡写地在微信中写上"母亲节快乐"。他们是多么单纯的人呵！不过细想，妈妈，一个母亲，有儿女这样的祝福，真的是多么单纯的幸福。

不知不觉，今天我又双眼模糊。

相见，俗套地亲热你，我原来以为是件很容易的事。今天，不，今世，已成为我最难的事。

# 扫　墓

清明，回老家为母亲扫墓。

母亲葬在老家北黄村的铁道北。

这里埋的都是老家的人。

祖坟周围添了不少新坟，高高低低、大大小小。

除了关注母亲的墓，老爷子还在关注母亲墓边周围新添的这些墓碑。

好大一片，从最近到稍远，老爷子在弯着腰认真地读着碑刻上的名字：

"郭玉清，这是大嘴子。"

"郭玉文，皮盒子。"

这是谁呢？

老爷子在问旁边祭奠烧纸的人家。

"哦？郭玉顺的外甥？"

"郭正玉，小辈儿的人啦！他爹郭玉顺，长尾巴狼！小时候扛坏呀！"

"郭玉军在哪儿啦？"

正伟说在西边那头呢！

西边风吹草动，祭祀的烟雾中颇感苍茫。

老爷子手执树枝仰望墓群，感慨地说："这些人都是小时候一呼就来的小兄弟，叫他到村东他不会到村西。这些人，今天不用叫，一个个都到这儿报到来啦。"

清明时分没有雨。

"操他血娘来！"老爷子迎着春风，望着母亲墓前的纸灰，感慨地嘟噜着。

辑二　　日常的故事

# 活着真好

战国五十一岁。

一辈子在国棉三厂里搞宣传，酷爱摄影。

几年前，棉纺厂不景气，集体破产倒闭，他也下了岗。

靠这几年省下的钱，他买了个比在厂里宣传部还要好的相机。闲散的时间多了，没事他"背上背包、打起行囊"就出发了，去他想去的地方。

爽！

但今年的夏天，对战国来说是个灰色的夏天，他得了原发性肝癌。检查出右肝后段有个大小4.1cm×2.3cm×3.8cm的小瘤。四次住院，三次介入治疗，一次保肝治疗。

"祖国要我守边卡呵，扛起枪杆我就走"，当年那股劲没了。

在第三次介入治疗后，他的身体彻底垮了。肝功指标均发生了改变，肝表面凹凸不平，并出现了黄疸、腹水、肝硬化。

一个月，体重下降二十公斤。

四肢无力的他，每天需滴两瓶白蛋白来维持生命。

风云突变，让白变成了黑。

本来战国的意志品质就没经过什么"人生考验"，在突然失衡的"生与死"的天平下，百分之百地失去了自控力。

靠当今的医疗水平来拯救自己的生命，定是奢望。

晚饭后，疲乏的家里人，都借故离开医院各忙各的去了。

他走出了病房，在走廊的窗前，静静地独自望着平日里走过无数遍的文化官广场，听着夜幕下练习者的号声、戏曲声，他的悲哀像黑夜般，重重地积在头顶。

文化官里的那些自娱自乐式的业余活动，是他平日里最不屑的，他认为这些没有成绩也不会有什么结果。可今天听上去，那不专业的号声、走调的戏曲演绎声，都是那么的动听。

他无限感慨，活着真好。

时间给每个人的长短都是一样的。不过在每个人的分配中重要的程度是不一样的。一天二十四个小时，每人没多一分钟或少一分钟。

# 街头老太

两个老太太路遇闲聊。

"明天包饺子来。"左位老太说。

右位老太接说："俺孩儿最不爱吃饺子啦。"

"是呵，太麻烦，俺妞也不让弄。"左位老太一脸的幸福，她继续说，"麻烦才弄来，一个星期才一回，何况也不是每星期都弄。"

右位老太顿了下认真地说："包饺子也中，但孩儿们吃惯了韭菜肉的，我上礼拜用莲菜、豆腐做了一次。孩儿都没吃出来，光说好吃。他问来，'妈，这饺子里包的啥来？'他没吃出来。"她哈哈哈地笑着。

左位老太自语似的说道："莲菜豆腐还能包饺子来？"看来她老人家也从没吃过莲菜豆腐包的饺子。

右位老太走出了很远，又回头嘱咐左位老太："豆腐要过油煎一下呵。"

"中！行！"

我突想起明日又是周六了。

# 老人和狗

夏夜已晚。

偶见一对老夫妻在金水河边的石阶上，双双面朝东静坐着。养了三年的小狗也静卧在老人的双脚下。

一切都很静谧，静静的夜色下默默无语。

好几天常见此景相同，愈发感觉悲凉。

细聊才知老夫妻一生钻研学问，一生无果，唯有一女远嫁美国。天各一方，每日有无尽思念。虽然默默无语，可老人的那颗心上有一个遥远的地方，在那个遥远的地方有着千言和万语，那是一种思念，挥之不去。每到深夜，老两口相伴，许久远眺。

老夫妻寂寞，把这已三岁的狗，当成养了三十岁的儿女陪伴左右，以此打发平静的时光。但在心上的一个地方，还住着一个与他们恍若隔世的人，他们在两个相隔遥遥的世界。爱犬也解人意，从不疯跑，随同永不会快起来的节奏，不紧不慢地走着。几年的光景，狗守护在老人家的身旁，尽染着老人家的横秋，如水般融入主人苍茫的年华之中，源远流长地陪伴在老人家的意志和品质之中。

狗如人意，人随狗意地相唱相颂，静静地共度着一段平凡且非常有限的寂寞时光。

　　老人家看透了人间聚散。

　　就让一家人为彼此祝福吧。

　　我不敢说我会爱这对老人，但我会记得他们。无论我在哪里，他们都是我悠然的梦。虽然默默无语，老人千言和万语，那是一种思念，挥之不去。每到深夜的这个地方，总有着最深的思量，世间万千的变幻，爱把有情的人分隔两端。

　　沉静片刻，老太突感有些凉意，老头猛然回顾，轻声地说："哦！都半夜了？回家吧？"

# 说 谎

建坐在沙发上歪着身子，斜望着身边的涛。

涛的"山寨版"手机，虽没用免提功能，但那手机里的说话声，他老远能听见个一二三。

"你在哪儿？"

"我在考试。"

听见电话里那女的气愤地说："昨天说得好好的嘛，今天考什么试呵，何时回来？！"

建的神情很怪，他一边听一边编着谎话，一边诧异地注意着涛的表情。在他的眼里，这是我们一圈子人中的"好孩儿"呵。正儿八经的"好男人"，怎么会说谎？

"下午还开会呢，事大……"涛很投入，那语气旁若无人，言语中充满了无奈。

建的眼神似乎在问："没看出来呵，你怎么是这种人呢？不会吧？"

一下子涛变得陌生起来。

建不大不小也是个老板，生意场上的人，说谎对他来说是轻车熟路，随时能编出个花儿来不稀罕呵。即使人在山西，编出个北京、浙江什么的，都没什么问题。

一直以为自己说谎很专业的人，突然觉得自己有点"小儿科"了。

在一脸困惑的建看来，像"涛"这么一贯老实的人也会说谎，而且那么自然从容，真是叫他意想不到。

"娘哩，这世道现在都成这了吗？"

此时坐在涛身边的建，倒显得有点单纯和可爱了。

这世道哪儿没谎言呢？又有谁不会说点谎呢？男的女的、老的小的，从个人到组织，从学校到社会，从传闻到传媒，从报纸到电视，哪儿没假话与谎言？

看着涛，最叫建长见识的是：一旦老实人说谎，可要比野蛮人厉害得多！

# "穷命头儿"

徐师傅的老婆是个修鞋的。

徐师傅与老友会面前，特意从遥远的广州发来了一箱日本苹果。

徐师傅的老婆勤俭节约，女儿在北京上学，平时自己很少吃得上这些，所以特别珍惜，每日收工后回家，都仔细挑拣出烂的苹果，洗净削皮去籽吃掉。

每日如此。

结果直到一箱苹果吃完，她都从没好好地正儿八经吃一个囫囵苹果。

徐师傅逢友人每次说起此事，都会鄙夷地冷笑他的老婆"穷命头儿"。

吃烂苹果，叫我想起自家的老爷子，常见每顿都先拉开架势吃上顿的剩菜，留下了新炒的菜，新菜成剩菜，待下顿再"干掉"。

有天从家出门，不经意间听见老爷子望着一堆剩菜，用山东话充满幽默感地总结道："我（这儿）不成了一个垃圾箱了？"

是个"生活"就不会太容易，可转了一个大圈子才发现有时"生活"也不难，包括好"生活"也一样，稍有点浪费，小资些，让它稍带点奢华，有什么不可以的？还是那么多玩意儿，稍超前赶半拍，生活会惬意许多，一切会更加自如。

我们常常疏忽今天，在意明天。所以常把握不住今天。殊不知人活一天，就自然走近了一步人生的生死谷。每一个"今天"，对活着的人是多么的珍贵呵。

今日荒芜，明日不补。

# 藏　品

大多艺术家思路活跃，都独具慧眼。

文衡与我同行，是个画家，钱虽不是很多，但从不缺钱，骄傲地说他与大多艺术家一样都特立独行与独具慧眼。

喜欢收藏古董的文衡，平时常在城西的古玩城里溜达，大多的玩家对他都不生疏。

有天从一个陌生的土货主那儿，看到了一尊还粘着土的镏金佛。一向冷静的文衡，见到这物件时眼前暗自一亮，主动向货主抬价八千准备搞掂。

土货主大喜。

待出店外取钱时，土货主那货被另一玩家嗅到了味儿，也主动抬更高价一万五，实实地搞了定取了货。

文衡开始郁闷了。

郁闷还没缓过劲来，抢先拿货的这玩家手里的镏金佛因欠另一主儿三万，还没抱稳的镏金佛就被另一玩家直接顶了债。

文衡又一次地郁闷了。

郁闷之余，文衡快速找到顶了债的那主儿，这主儿此时直抬价五万。

他叫价的神气劲儿，叫文衡又一次地郁闷至极。

五万就五万吧。

郁闷至极的文衡，气、闷、至急到头顶。择日便与媳妇一起携五万现金，准备看货付钱。此时这主儿变了卦，信裘吧叽地要价八万。

走裘了，不要啦！

心里那个郁闷呵，真他娘的不好受！

不要了！

对呵，哥儿们，只有"放下"不要了，才能摆脱掉郁闷！

可后来还是忍不住暗自去打听了一下那"镏金佛"的去向。

Kao，一问，真的更郁闷了。十五万！镏金佛十五万被北京的一位收藏家买走了，据说是六朝镏金佛的一种。

真他娘的不好受，郁闷呵！

这还没完呢，前些时翻看《中国收藏报》时，竟看到了这尊"镏金佛"在一个藏宝拍卖会上竞拍出了五十八万元的时价。

Kao，彻底地郁闷了。

郁闷呵，这就是发生在自己身边的事，不信也得信。这消息旁还存附了照片，照片上的这尊镏金佛就是当年那尊曾准备用八千元搞到手的镏金佛呵，不过这尊镏金佛今天的佛体很干净，没了那些土疙瘩，有些部位还闪着高光。

咳，这真是"收藏"收来的郁闷呵。

# 陈坤尧

在台湾花莲机场接团的导游陈坤尧，在大巴车上自述：

"大陆河南的朋友你们好！我将陪伴你们来台旅游八天。八天中我会带你从花莲向台北方向环岛游，最后再转回到花莲（这里）。"

车上光线昏暗，看不清他的脸。

"我姓陈，但你们不要叫我'陈导'，因为叫'陈导'会显得太正式了，朋友之间是最易和谐与沟通的。我虽姓陈，但按照大陆人的习惯，最好也不要叫我'小陈'，一是因为'小陈'太小，太过服务性；二是叫'小陈'的话，满大街会有不少人回头张望。因为台湾本土的姓氏太少，'张王李赵陈'一呼百应，太不方便。"

天黑了下来，从车窗朝外望，（台湾）花莲镇有多大是什么样看不清，"台湾"是个啥更不得而知。

"我叫阿土。"

阿土，土气的土？

他停下讲话，在动荡的巴车上，开始双手逐座发名片。

"你们仔细看看我的名字上有几个'土'？'陈坤尧'在大

陆简体字上有一个土，在台湾繁体字中'堯'有三个土。我的名字中共有四个土。"

他似乎很骄傲，用麦克缓缓地说：

"在台湾，所有的土地和房屋都是个人的。拥有土地就是拥有财富与金钱！在我的名字中可以看出，我父亲对我的今生抱以无限期望，他用了四个'土'。而我愧对我的父亲，因为至今，我拥有的'土'地，仍然在纸上。"

由于旅行疲劳，他后面说的什么注意事项及有关异地规章我都记不得了，只清晰地记得这一路上将要叫"阿土"的导游。

# "太 扯"

好不容易呵，终于等到了"我们"的张总得了闲，约我下午去给他新装的豪宅挑灯了。

张总太忙了，做房地产的。

做房地产的主儿，身边几乎都亮起了告急的红灯。灯越是红亮，人就越苍茫。

张总有钱，平时买什么都不在乎钱，可现在不同当年，罗锅腰上树——前（钱）缺。想买灯扯又价不开面子，刚到楼下便遇见从没正式名命过的"副总刘"，便喊着他顺便捎了一起过来。

坐在奔驰车里的"刘副总"，像团长委以重任般，一脸严肃的"连长"相。从下车到商场里的角角落落，他都紧跟在一米八几的张总身后，寸步不离。

"刘副总"紧跟在张总身后，随时都在渴望着全面回答老大"团长"提的疑问，哪怕是老大的自言自语也不放过。

根据自己设计的风格，我选了两款最适合张总挑空层顶部悬挂的吊灯。

张总仰头望灯微微摇了摇头，不太满意。一是水晶珠不好打理，二是价格太贵。

另一款还没等我讲评，"刘副总"便打断我的话，以他自己的所见所感，评论起了我的不是。他已经基本了解张总的意向需求。

好嘛，张总身边除了我又多了个"军师"。

张总随手指了一个灯与我商榷，手还未放下，"刘副总"便快速地接上了话，拐着弯儿地一阵赞许，然后对着这盏灯肯定了一番：雄浑大气。

张总点上了烟，坐到了明亮的灯具商店的沙发上，自我欣赏地边听边仰望着吊灯吐着烟雾。

"刘副总"来了兴致，由感而发，似乎自己喜欢这个灯也到了极致。

我懒得说了，此时心里全看"我们"的张总领导自己的心智了。

定了，付款，就是它了！

"刘副总"像中了头彩般兴奋地与业务员砍着价，他太有成就感了。

我听着他的话，抬头望着这盏憨笨无趣的吊灯暗笑。

张总憋不住去上厕所了。

我从没觉得"副总刘"审美档次这么低，平时还觉他挺小资小调的，真亏了张总对他的"欣赏"。

我指着这盏灯，对装着一脸严肃认真的"刘副总"说："这倒挂的灯碗，像不像男人的生殖器呵？好看吗，刘总？"

刘总忍不住小声笑着对我说："管它像个啥裘来？老大说好就是好。"随后嘟噜道："反正这灯给我我是不要！"

"不要"就是自己不喜欢。

Kao！

很久的南朝，就有一些柔媚的词臣，在帝王面前献诗作赋，鲁迅称这种人就是权门的清客。称这种权门的清客也得会下几盘棋，写一笔字，画画儿，识古董，懂得些猜拳行令，打诨插科，这才能不失其为清客。鲁迅说这种清客，还是要有清客本领的，虽然你有骨气对此不屑不为，可不是你想为之就能去胜任的。

今天的"清客"，他们把身边当作了仿古演练的舞台，而我对他们这套本领既不羡慕也不遗憾，心里觉得他们真 JB 扯淡。

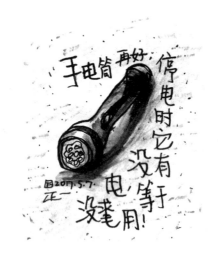

# 酒桌上

小燕站在冯局的身边，一手举纯白酒杯，一手似搭非搭在他的肩上，面朝这桌"老大"位上的男人说："唉、唉、唉，大家听好了，以后冯局就是哥哥了呵，要比亲哥哥还亲。"

一阵欢喜声。

小燕极兴奋，因为冯局是她的头儿的头儿，对她工作的单位来说，冯局的位置一向很重要。冯随便指点一下她的前程，其效果就会在她未来"前进"的道路上增辉不少。

酒桌虽小，却是个大世界。有人面对大世界游刃有余，有人东张西望，有人却晕头转向。

小燕是中者。

社会上有句话说得好：

高手是在他"啥也不是"时跟他玩，不要在他"是个啥"时才跟他玩。

可她老是以势量身，很像她戴的那副眼镜子一样，"近视"。

生活中的小燕常慢了半拍，常在他"是个啥"时才给他玩。

这不，在她拱手相送时，冯局已借酒的东风，左手搭在了她的腰上，抚慰着他的满心关怀。

小燕不是高手。

第二天一早借机去冯局办公室切磋时，冯局旁有人正参事，漠然地对她头也不抬地用手一指："××老师，你先坐一会儿吧。稍等！"

"稍等"中，让她突觉她们从不相识，更没有昨日相聚的暗识。眼前的一切，一点都不乱，顺理成章。

结果她还是她，他，也还是他。

有些事，不是你说行，它就行？

# 可　怜

　　司家庄与城东路口有个小鞋城，只做鞋不卖鞋，生意一向不咋好，许多店下午很早就关了铺面。

　　下班时走到庄口，天色已完全黑了下来。

　　看到一个良家女孩，手提着一个包包，慌里慌张地从我身边快速跑去。

　　为什么说她是个良家女孩呢？因为她衣着、相貌都很朴素，就连手里提着的那个包包，也没有任何亮眼之处。

　　很快，一个骑着电动车的成年女人，也从我身后边行边骂地快速撵了上来。

　　昏暗的路灯下，我看见她的车架板上，还驮了一个很小的孩子。

　　从我身边奔跑过去的那位女子，逆光下很显身影。

　　那中年女人大声喊着话，其中夹杂着脏话："你给我站住，鳖孙女！妈的×，你跑不了。"

　　听得出她语气很矛盾，有敌我性，同时也有内部性，她俩肯定认识。

　　跑到不远处，只见她身体一扭，拐到了鞋城中的一个胡同里。

没人理会她们，但都远远地看着这两个女人，前后消失在鞋城中的同一个胡同里。

你别说，我天天从这路过，还真不知道这胡同通向哪里。

正瞅着，那中年女人从胡同里反骑了过来。

她一脸的焦躁，乞求似的对我说："大哥，你瞅见那妞儿朝哪个方向跑了？"

我指着胡同说："就这里呵？你朝里追呗？"

她哭诉着说："俺追了，里面有好几个岔口，都是朝鞋城通着气儿的啦，朝哪儿追呵？"

"追那妞儿干吗？"有人问。

"俺寻了她俩仨月啦，今天终于寻见她了。俺有四个孩儿啦，她还勾引俺老头（丈夫），她以后叫俺咋过来？俺找她算账来！"

她几乎哭了。

车上的那个孩子，像个从不会动的布娃娃，仰着头看着她的母亲，她不哭、不闹、不叫、不动。

有人说："你找那妞儿说个啥耶，回家找你老公去说呗，根儿在他那儿呢！"

她真的哭了，说："他一个月都没回家啦！咋过耶。"

是呵，根儿在她老公那儿呢，找这个妞儿有啥用来？

唉，一个男人导出的一出子戏，这叫他妈的啥 JB 事呵？

两个可怜的女人。

还有那四个孩子。

# 秋风来

雨刚停了下来，天气冷飕飕的。秋天不自觉地让人感到一种萧瑟。

天色很快就暗了下来。

下班的人流虽然熙熙攘攘，却无声息。城市的七彩霓虹拉开了城市的夜场。

突然想起什么，我又急返了办公室。

办公楼下"真爱歌舞厅"的广告牌下，我看到了那位停车场收费的女人。

我很诧异，平时晚上她走得很早，因为停车场在夜晚时的使用权归歌厅的保安。

我与她打着招呼。

不知是霓虹灯的反射还是雨后的冷风吹的，她的脸色不同以往。她不好意思地微笑着说："没啥。下午有两辆车停这儿，人去了歌厅唱歌到现在也没出来。我再等等。"

哦！她在等那把车停在她车场里的主人。

我忽算了一下，平时一辆车不要票四元，要票五元。今晚她在等这八块钱，车主若心好她会收到十元，车主若喝了酒耍大的话，她就可能一分没有白等啦。

十块钱对现在的城市人不算什么，可对她来说，这十块钱可能够她家的晚餐了。她早几年就下岗了，政府劳动再就业特殊照顾下岗特困户，安排在这里看车收费。有时我在车场等人时会与她闲聊，但她从未提起过她的孩子，我只知道她的老公是个瘸子，天气好时常会来这儿陪她守一会儿。

站在大厅前的台阶上远远地回望夜幕七彩闪烁下的停车场，刚才她还在的位置上，忽然没了她的身影，只看见那两辆车灯鲜红的倒影中，她在要钱时不停变幻的身影。

# "孬 儿"

周六老婆（夫人）就已去旅游啦，把我自个儿撂家里，没啥吃的了。我给孬儿打电话，说城东路上有家风味店不赖，杂面条，乖乖，比老婆做的还好吃来。

一起吃饭的这位大哥是卞哥的朋友，外号叫"孬儿"，他说坐在我旁边的这位朋友也叫"孬儿"。

我问他为啥都叫"孬儿"，卞哥说他们都是从小一起光屁股长大的，小时村子里穷，好多叫"孬儿"的，人孬点不吃亏，也好养活。

孬儿说："拉裘倒吧，从小叫'孬'，一直都没好起来。"孬儿喝了口酒继续说："叫'孬'是真不好，还不知咋了，同学老师就对咱不好了。上来就先没上进心了，后来学不成留级了，成了留级生更改不了。"

孬儿又喝了口酒，意犹未尽。

孬儿从小待的村庄，现在是"都市村庄"了。近几年城市扩城扩建开发，赔出了许多的城市新贵"百万富翁"，孬儿家就是其中之阶层。

有了钱啦，原来一个个邻居都成了城市中的新贵"百万富翁",都他娘的有钱啦!感觉好得很啊。叫吧,继续叫"孬儿",好听!

现在的社会已不是以往头几年按部就班的社会了,"有胡(子)便是爷,有(牛)奶便是娘"。有钱就是城市贵人,就是成功人士。

从孬儿脖子上的大金链上,我就明显感觉得到他身上的纨绔之气与优越感。

是呵,不说这大社会,单就说一个人也一样,人人都讲一个平衡。平衡本来是一种物理现象,现在已彻底是一种人文现象了。

"我没文化但有钱","我没钱但有文化",你漂亮但是"二奶",我不漂亮但生了双胞胎,还 TM 是龙凤胎。

孬儿很盛,挺胸凸肚。

他又喝了一口小酒,举杯去敬同桌对面的那个女人,那女的见他小猖狂,也挺着不端。孬儿有些尴尬,满脸通红举着个杯说:"俺两手举杯敬酒来!"

"八只手来咋地?不喝。"

孬儿笑了,在他看来生活中这些不依不饶的女人够味儿、有主儿,不一定不好。倒是那些说啥是啥、说东不西,见眼色行事的女人太功利,没素质!他自言自语似的说:"俺没八只手,俺只有两只手。俺这两只手可是好手,俺的两只手从来干干净净,从来也不做恶心人的事。"

听卞哥说,孬儿现在做得不错,物流,南方一带都是他的"线",上海最盛。

听到说"上海"二字,孬儿笑着说:"你说邪性不邪性?我在上海一家可偏的饭店吃饭,碰到了一个熟人,你猜是谁?"

没人愿猜。

"俺村的小玉！"

"那不是你同学吗？"卞哥说。

"唉，叫'同学'多不亲，说'俺门口的'多亲。"孬儿酒意已基本到位了，感觉也好得很，他微笑着眯起小眼睛说："你说这人和人真是有缘啊，哥们儿兄弟住一个城市，几月都见不到一面，俩人在恁远恁偏的上海，还都能见上面！缘分啊。"

我身边也坐着一个孬儿的"俺门口的"孬儿，他比孬儿大些。他朝"俺门口的"朋友说："孬哥，那天咱俩去吃的那个店，说好是去喝杂面条呢，最后喝懵了，回去第二天我想好久也想不起了，咱俩最后喝杂面条了没？"

孬哥说："咦，乖乖来，你喝了两碗不拉倒。"

孬儿听后心里很惬意，因为他太喜欢喝杂面条了，有钱吃燕翅鲍不一定"得劲"，那都是作（显）摆。喝了就舒服，有钱是个裘，舒服就中。

"对了孬哥，快冬至了吧？该吃饺子了。"酒多言不失，孬儿一脸的敬重，"今年冬至，你对孬嫂说俺几个都去，只包饺子，白菜大肉、韭菜粉条鸡蛋，就这。其他酒、凉菜，俺几个备了，中不？"见孬哥犹豫，他继续说："唉，这也是为孬嫂好耶，孬嫂恁胖，也好叫嫂子退休了忙活忙活减点肥嘛。"孬哥笑了："你这孩儿嘴真得劲，能吃也能侃！"

"哈，还孩儿呢？孬儿快六十啦！"卞哥说。

孬儿高兴了，不仅是为这句话，他高兴的是他从小好玩，真没少玩，快六十了人更好玩了，相比"俺门口的"那些人来，这辈子过得真叫个"舒坦"呵。

倒上，再喝一盅。

孬哥说再打开一瓶就剩下了，孬儿说："咦，剩下就剩呗，咱啥时做过小生意在乎过这，只要'得劲'再打开一瓶。"

约好饭后他们几个哥们儿兄弟去泡澡堂："都吃点饭吧，孬哥，要不会晕堂。"

晕堂？孬儿喝恁多还在嘱咐大家。

林州姚村永河 2000.10

# 选　择

　　小区保安在广场的施工现场，见卢总心情不错，便轻声地向卢总汇报："N 号别墅有个刘总，你知道吗？"

　　卢总迎着朝阳微笑着说："知道呵。"欲听下题。

　　保安顿了一下为难地说："刘总说，他一定要在自己的别墅周围安装一套智能监控设备。钱他自己出。"

　　卢总嘴角撇了一下，有些不高兴。

　　"他让我转告你一个要求。"保安继续汇报，"他自己安装的监控设备的监视屏要放在咱们物业的保安室里。"

　　没听说完，卢总便打断了话："小偷进家偷东西，我们都是闭上眼睛，小偷爱拿啥拿啥，拿够了走人。"他做着闭眼的动作，嘴上继续地说："可他倒好，安上个监控，发现小偷叫保安，保安未到，小偷一急，'嗯'一下，他不就裘了！"

　　卢总轻蔑地做了个用刀刺人的动作。

　　保安无言，晨光中静听老总的教诲。

　　卢总接着说："这些人忙活了一辈子，啥都没学会！不知啥重要啥不重要，不知道自己是个啥了，只知道自己有几个骚钱！"

老总生气了。

他认真地告诉保安："监控器他随便安，但监控屏不能放物业保安室。给钱也不行。他最好放到他自己那个卧室里。他睡着觉看，睡醒了也可以看，老两口想咋看咋看。"

过了许久，卢总像自语似的说："这多得劲呢。"

挣钱了，挣钱了。

# 保温杯

坐在出租车的后排，偶然看到前排两座之间的防护网上，绑着一个保温杯袋子。我仔细地看，发现它是一个穿旧了的保暖裤改制而成的保暖袋。从细细的针脚和用裤带子捆绑的花结上可以看出，这是一位细心的女人所为，我甚至还能辨得出这保暖裤的牌子。蓝色的塑料保温杯，憨实地被保暖袋包裹着。

我注意了一下司机的面容。的哥的面色平静从容，沉静无语地注视着前方。

我透过这简陋的保暖袋，体会到了一种由此而生的爱。

我们从小就把它挂在嘴上并高呼一种爱，那是为它的牺牲和完全的奉献。

我们视之为真爱。

可静下心来细想，我们真的不懂什么是真爱。我们自认的那种牺牲和奉献，多么像初中生们构画的超级大片，至今也无从实现。

今天我们已长大成人，我们已不再寻找和追求那种真爱，我们已不再渴望这超级大片的诞生，我们只需顾及悄然而至的细心关爱就已足够了。

# 王　总

　　赶上王总的父亲去逝周年，跟王总和夫人孩子一起回了一趟老家。

　　王总生长在农村。什么时候从农村进的城，我从没问过。王总现在已是一位很有钱的大老板了。从王总回乡时兴奋的表情，可以让我感受到，他非常爱他的老家。灰头土脸的老家，一切都叫他喜欢。他今天像个爷们似的指点着坡下的田野和村庄，全车的人都茫然地认同着。毕竟不是出生于此，心距万里呵。

　　父亲去世一周年，长期在外的亲朋今天陆续都要回来的。说起过世的父亲，王总平静地说："好父亲呵！父亲生前说过，人的一生，无论事情有多少，一定要分出哪些是重要的事，哪些是不重要的事。"

　　去看了老人的小院。院外的栅栏里长满了蒿草，母亲被接到了城里安享晚年，院里院外一切都已荒芜。青砖青瓦、青灰色的堂屋孤独地立在一处，其余的旧迹旧物都被一扫而光。唯有父亲的父亲种下的一棵大枣树，让工整的青砖瓦墙围着它，方正地拐了个弯，更显这棵枣树的盎然和尊贵。王总说这棵枣树上的每一个枝杈他都非常熟悉。是呵，一生中记不住几个故事，可儿时树上的枝丫，有许多忘不了的故事，而且岁月越长，越是显得那么的清晰。

王总父亲的骨灰放在小院唯一的大屋里。我问王总为什么老人的骨灰不入土，王总说："他在等我母亲。"

王总父亲的灵堂很干净，也很讲究，弧面玻璃扣着黄巾覆盖的骨灰，正香、两侧贡盘，中上方父亲慈祥的黑白遗像端正地挂在墙上。王总在缓缓地上香、磕头。我在看侧墙上写在宣纸上的一段碑文：

## 家乡人的丰碑

王玉海老师的一生是很优秀的一生。他虽然没有那些惊天动地的故事，但他却有一个完美的人品。人品大于一切，人品比名利珍贵。他就像一座山：在冰天雪地的岁月里是山，在姹紫嫣红的岁月里是山。他又像一条河：在风雨摇摆的日子里是河，在春光明媚的日子里也是河。他的每个脚窝都踩得很正，他的每一道纹络里都镶嵌着光明磊落，在他人生的日记里只有和谐，在他生命档案里谁也调阅不出一页暴风骤雨。他有大海般的胸怀，又有蓝天般的理想，尽管命运不准白云接近太阳，但白云绝不与世俗同宿在一个客栈，他的七十三岁就像是七十三把火炬，又像是七十三支永不熄灭的蜡烛。如果人生是一篇文章，他的这篇文章写得很逼真也很动人。如果死是人生的句号，他的句号像十五的月亮。假设真的有天堂地狱，他的灵魂毫无疑问地会升入天堂，因为他是好人。好人不仅生前能得好报，而且死后也同样得到好报。忠恕是他生命的缩写，仁爱是他做人的信条。他时常用心跳去抚摸国旗，又总爱用眼泪向那些贫困的乡亲承诺。当呼喊着建校的嘴唇裂着带血的口子时，他仍给他的孩子们最先送一瓢清澈的泉水。育人，是他澎湃的凤愿；教学，是他动感的希翼。五尺讲台，是他人生的全部路程。一摞子教案，吞噬了他那五彩缤纷的年华，然而除了他那爽朗的风格，谁也听不到他与社会不谐调的旋律。由于劳累他终于落下了一身疾病，尽管家乡的人们天天为他祈祷，然而他似乎太累了，他仿佛需要在上帝的摇篮里睡眠。

　　我们回返了，离开了王总的故乡。王总一边沉静地望着坡下生养过他的村庄，一边手扶着肚子说："家里的捞面条真好吃呵！"全车人无语。

　　高速行驶的丰田越野车很快就驶离了村庄，已看不到王总熟悉的家乡了。车快进入横水乡的时候，有一段笔直的但很长的路，王总若有所思地说："那年，我一个人用架子车拉着一头猪去县城里卖，当时觉得这条路真长呵！遥遥无期，好像永远也走不到头。卖了猪，还要拉着空架子车回来。"

　　在上海读书的儿子接话说："一个人卖猪？你还卖过猪？瞎编吧？"夫人也笑着说："你还卖过猪呢？没听你说过啊？"

　　王总茫然地望着远方无语。

# 董　晓

董晓，小学同学。小时候，记得我见她时，常会对着她边唱边做出切菜的动作"咚咚咚咚、小小小小……"她不恼，只是笑。

我最羡慕的是她家住在二砂露天舞台右边的家属楼上。我们看个电影要拿个板凳从前进路很远才来到这里，有时还要提前两个多小时来这里占位。待到电影开映时，是里三层外三层的人互相围着挤着看。广场影幕的前边，人都坐在地上，中间的人坐在小凳子和砖头上，外圈人站着，更外圈的人站在自家的凳子上。有时拥挤时的人群一拥，可以乱半场。而董晓她家，像奥地利金色大厅的右包厢似的，在窗户口端着碗吃着、看着。真是羡慕嫉妒恨呵！

小学毕业，全班同时升到中学，他仍是我的同学。一起上学放学，一起去常庄水库后的道李村"学农"，一起去二砂厂里"学工"，一起去黄岗寺"扫墓"，一起应付不重要的"开卷考试"。

初中毕业，我们没换座位没换班级地升入了高中。董晓，仍是我的同学。高中的最后一年，我转到一中上学，同学也终于不再同学了。

三年后，当我在开封参加开封师范学院艺术系的美术专业复试时，人群中我远远地看到了她，我的同学董晓。我疑惑地想她怎么会在这儿？哦，她在加试艺术系的音乐专业，她报的是声乐。

她会唱歌？

1981年，我被开封师院艺术系录取。

开学报到时，人群中有她，而且我们是同一届一个系中的不同专业班。音乐美术两个班合起来也没上中学时一个班的人多，我们竟在一起上公修课，英语、艺术概论等，这一上就是四年。上公修课时没有固定座位，两班男女各选各自喜欢的异性自由搭帮找位子。我若坐前排她就坐后排，我若在队后她就在队前。记得我在开封车站站台上准备逃票回郑州时，她竟远远地与我站在同一站台上也准备逃票回郑州。我们熟悉得连个"招呼"也没有。音乐班每届班级的汇报演出是大学校园里最期盼的艺术活动。音乐班每次毕业汇报演出时，小小的报告厅挤满了理工科来看艺术系女生的人。面对熙熙攘攘的人群，她的一曲《我爱你中国》令我记忆很深。

唱得真不赖呵！

大学毕业。

我们各自手拿（国家包分配）工作报到用的派遣证，在学院大礼堂的广场各自托运着自己的行李。我远远地看到了她。她在几个男生的帮助下笑得很灿烂。大学四年，孔雀们准备各自东南飞啦。同学们在大礼堂的台阶上托运行李时，心里都在各自幻想着属于我们这些"时代骄子"的未来工作是个啥。

回到了大城郑州，我怀揣着派遣证，在郑州南边骑着自行车穿过郑州城郊的小李庄村，索址去找派遣证上的工作单位。老远就看到了一面五星红旗在一个院子里高高飘扬。我兴奋地想："这，就是我要报到的单位吗？"村里人平淡地说这不是，这是小李庄小学，你们要去的郑州师范学校，还要绕过前面的养猪厂左拐，再向前、再向右。

老远看到绿色的田野上醒目的红白色相间的五层办公楼，心里凉凉地感知没戏了，这个郊外将是我以后留守的地方。

走进建筑施工的临时大门，按门上指示方向报到时，我才发现我的"超级同学"她也在报到的队列里。

天哪，她和我竟分配在同一个学校当老师。

粗算二十多年来，我们竟毫无知觉地悄悄同窗相伴，像同路的旅客一路走过那么多站竟毫无知觉。在郑师，我们一块开音美组教研会，像在大学里一起上公修课。一同开校务会、开调研研讨会，带着一样的帽子充当着校运动会的临时裁判。

多年后我调离了这里，至今我们再没有一点联系，连个电话号码也没有。

偶想起"有分无缘"还是"有缘无分"这个词，用这个词形容我们俩，那是再也恰当不过了。不过还有人说你若还存留了儿时的一个普通作业本，今天翻阅时，你一定会珍惜无比，因为它记载了一个人人生的空间演绎，那是岁月的留影和传说。我与董晓，谈不上相知，更谈不上相爱。仅是相识，但相识也是缘。何况几十年的同窗与同影相随，这缘怎么的也让我难以忘记。

岁月有痕。

也许这也是人生中一件有意义的事吧？

我与老郑师的朋友打电话问她的情况，朋友说今天这里已升级成师范学院了，但她仍在这里工作。

"我知道呵，有什么事吗？她很忙也很累。"我与儿时的老同学打电话问她的近况。老同学诧异地问："你怎么会突然问起她了？那么多年都没问过，现在想起她来？"

许久无语。

老同学会意地说："好吧，哪天我约她与你一起坐坐、说说话！"哈，偶然发现岁月让我在变老咧！

# 神经病

　　记得大院北边有个红色的单身宿舍，一幢长长的三层红砖楼被一大片树林子包围着。那时不叫幽静，叫冷清。后来才知道这种建筑叫"筒子楼"，很形象的比喻。筒子楼东西有两个小黑门洞，进去后拐弯就上楼梯，不论你从哪个门进都可以横蹿到灯光昏暗的每户门前，然后再从任意一个门出来重见光明。

　　小时候家穷。父亲抽的都是最便宜的烟——"勤俭""先锋""菊花"之类，连"许昌""大前门"之类都少得很——所以用我们手里的烟盒与小伙伴们玩"三角（游戏）"分儿都不高。我常去单身宿舍里搜索每户门前的垃圾桶（现在叫拾荒），看看那里有没有贵些的空烟盒，因为那里住的都是些"一人吃饱全家不饿的人"。

　　业精于勤，我的收获不小。

　　后来就不行了，和我一起玩的小伙伴知道了我的致富信息，也开始陆续穿行于筒子楼之中。但大多的小伙伴都是从东边那个门进，搜索后仍从东边那个门出。因为西边那个门洞口的楼梯下关着一个神经病，现在知道这叫"精神病"。

那时的孩子们虽然每天疯玩，天不怕地不怕，但也仅限在自己的大院里，因为这里有父母和家。不过在这个楼梯下的一层三角形的小黑屋却真叫人恐怖，这里关着的"神经病"每日像工作般，按时地从小铁窗口向外怒骂着。本就是乱七八糟的语句加上浓浓的地方口音，我从来就没听懂一句。

小伙伴们真的都被惊呆啦！

我没有被惊呆，我发现他在嬉笑怒骂之时，经常是指着天空和太阳，还有侧面门洞外那片冷漠寂寥的树林。还有一些什么关于他的愤怒，长大以后我才慢慢懂得。记得偶尔有孩子路过被他发现时，他便会静音，无声无响、无怨无语地扒窗窥视着我们，不再号叫或怒骂。无语的对视反而让这些孩子更加惊悚。

我不在意，因为我分明看到了深陷的眼眶中那透着温柔情愫的眼神。这也是我长大以后才慢慢懂得写在纸上的文字。

他看着孩子时的眼神，让我至今记忆犹新。也许是我学过画画的缘故罢，那双眼，还有他那黑白混沌的头发和胡须，还有他那种将军决战时的窥洞眺望的战姿，今天如果有谁需要，我仍然可以默画于纸上。

母亲说他曾是一个军官。师长？旅长？团长？至今也不清楚，只知道是抗美援朝时的英雄。据说他在朝鲜时深爱着一位朝鲜女人，他想战争结束后留在那里。我军发布命令将士幸存者一个不留全返。

他倾城、倾心、倾情地渴望留在她的身边，但一切让他心痛欲绝。在接受军事法庭处罚后，他因政绩担保，"迫降"于地方单位聊度余生。

好多年，他意断气绝地成了个这。

又好多年他去世了。在一个清凉的早晨，送早餐的人没有听见他的骂声……老爷子说他姓尉。他的去世让一些部队大领导很重视，追悼会前给他穿上了那身抗美援朝时穿的呢子军装，还戴上了好几枚军功章。火化时，那身军绿色的服装烧不着，又派人换了下来重烧。

又过了好多年，一帮穿戴得花花绿绿的外国友人在院负责人的陪同下，来到了这幢筒子楼前转悠着。其中有位年轻的男人手抱着一个骨灰盒，冷静却很痛苦。这就是尉先生在朝鲜时与她有关的家属，但没有当年那位深深纠缠着的朝鲜女人。那年单身宿舍楼寂寞清冷的小树林已没有了，盖上了好几栋家属楼，我家就在其中。楼前面已做了地面硬化，没有了树和土，一阵阵风吹过来也没有什么声响。常来常往的人穿行于此，没人注意这帮人是谁，又与谁有怎样的故事。

又过了好多年，单身宿舍楼被彻底拆除，盖上了红色釉面砖装饰的五层办公大楼，虽然不高，却像国旗上的五星一样，庄重、大气，傲视着中原西路。

那幢长长的三层红砖楼——被一大片树林子包围着的单身宿舍，今天只存在于与它相识相知的故人心中。那些从小在院里长大今天遛着狗的人、退休后仍在兴致勃勃打工的人、曾在院里工作了一辈子如今退休的人，还有当年同我一起穿行于筒子楼里拾荒的小伙伴们，说起当年那个扒窗窥视的"神经病"，一定会点头为他平反：

"他不是神经病，他是精神病。"

是啊，小时候记着的那位神经病姓尉，他不是神经病，他是精神病。

# OK

OK 脸长得像"口"，四四方方。

当你还没说上个大概，他就会点头说"OK"了。时间久了，别人就会称他为"OK"。

至今我也不知道 OK 的真实姓名。

那年 OK 在一家大装饰公司任施工监理。

我做的设计常与他沟通，不论他懂与不懂，最终他都是以"OK"告终。记得那年冬天他穿双高筒大靴，一米八的个儿，站哪儿坐哪儿都有范儿。

OK 的生活不全是 OK。

在没称自己"OK"前，他在乡里谈了一个瘦瘦小小的女孩，她非常爱他。

他没那么热，觉得一般般。

在 OK 进城忙活之时，她几乎每天守在乡下 OK 的母亲身旁，像个标准的儿媳妇般帮 OK 的母亲做饭、喂猪、干田间的农活，期待着他回巢同眠。

不久，OK 的生活随工程的扩大和利润点的猛增，理念与现实差距变大。OK 毫无理由地提出与那个瘦瘦小小的女孩儿分手。

那个瘦瘦小小的女孩儿早已认定她是 OK 家的人啦，坐在属于 OK 的床上终日厌食、茶饭不思。

OK 母亲的劝慰不但没有化解儿女间的情思，更加重了儿女之间莫名遗弃的至爱。见她极度悲伤，母亲也流淌着无奈的泪水。

世上少有父母能左右儿女情长的关怀，但泪水加重了她的悲哀。她让母亲告知儿子他必须回来，要快。

OK 从百忙的工地中回来。进院时已是晚上八点。过了吃饭的点。OK 的母亲说我们也什么都没吃呢，她已三四天没吃任何东西了。

"在你那屋呢。"

OK 心里沉重，他知道一个乡下女孩儿不会像城里的女孩儿那么会思考和解脱。乡下女，她们仅为简单的爱赋予了简单的激情和简单的归属感。一切都很情绪，很简单。

他敲门，敲得很重很响。

他听见她在屋里回应说："你爱不爱我？"他跑到窗户口隔窗与她对话。面对眼前这位故意娇宠自己的小女孩儿，OK 说一切就是这样了，不爱。又补充说"不可改变"。

隔着窗户，他敲窗警告她、强调她真的不要任性。

她裹着他的被子坐在床中间泪流满面。

OK 说他要走了。

她裹着他的被子坐在床中间依然是泪流满面。

在那个乡下，一个夜色依然的晚上，一出悲剧正在上演。她用 OK 在家中储存的汽油，倒在包裹着自己的被褥上，儿戏般地点燃了。当 OK 的母亲发现有烟雾时，一切已晚。

她已被火燎得不成样子了。

年轻的她也不曾知，世间玩火是一大祸。母亲短信告知时，OK 已离家甚远。

回乡的路本就遥远，今晚，无奈、无语、无助、无辜，让他觉得路途更加遥远。被 OK 小视，淡漠、淡泊、淡而无味的一个小女人，竟能如此哀举，让他不知所措。

当他见到黑色雾炭中的她时，她已没了眼泪，只有一双期盼的眼睛望着他。他换了床新被褥，重新包裹住她抱着她到了门口的三轮车上，妹妹已哭成雕塑般守候在她的身边。一路上拖拉机"da、da、da"地陪着他们驶向镇医院。

镇医院无助，建议转向市医院。

一路又"da、da、da"地驶向市医院，此时已过了三个小时。

市医院最少两千元押金，OK 身上只带有七百五十元。望着昏暗的灯光下，妹妹怀抱着炭火烧熏的她，OK 终于流淌出怜悯的泪水，而且一发不可终止。他对妹妹说："我现在回市里找熟人借钱，马上就回来了，等着我！"

在去市里找他的老板借钱的途中，他的妹妹打来电话，说她已不行了！

在医院昏暗的走廊上，OK 抱着这个为他衷心追命的女孩儿泪流不止。望着烧焦的脸，他已不再认识她了。他不理解为何无辜让他承担？为什么她会以死相许？她是不是太疯狂？值得吗？

生活真不全是 OK，这是 NO！

后来的生活，OK 真不全是 OK 了。

那个自焚女孩儿的亲属们，从没有放弃过对他的报复，特别是她的哥哥，还是 OK 的同学，更是不依不饶。OK 也难忘她裹着他的被子坐在床中间泪流满面时的情景，毅然离开现有的装饰工程公司去了深圳。伤心之旅、远离他乡，一去多年不见了他的踪影。

岁月记载了多少故事，佳人回眸一笑，让世间百感沧桑、百味咀嚼。不论爱与情仇，曾经被爱今天记起时，她，一个瘦瘦小小的女孩子，让人想起就俨然是一种失落。

年前偶见 OK，开一越野车，携一胖大媳妇回乡。微笑之余不愿谈及多年之事，计划初一之后自驾回川中媳妇家。好与不好、惬意与懊恼都不重要，过去的就要过去。"今儿要心诚，谁都能生活下去。"他说。

母亲健在。

望着年已四十多面目显沧桑的儿子，她拉着不常见的儿媳妇的手再三叮嘱："和孩儿好好过。"

OK 摇下车窗："放心吧，妈。"却已泪流满面，没说完"再见"，就看到母亲祈盼的眼神。

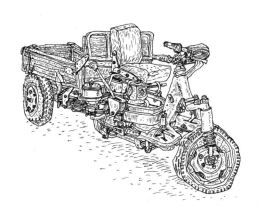

# 你的心

吃完晚饭，准备埋单。

柜台边打了起来。

一个时髦的女子与一个潇洒的男人在争吵。乱哄哄中男人拿了个杯子砸向那女人，那女人竟用自己手里的水杯分秒必争地砸向那男人。

那男人是一时兴起，那女人是早有准备。

眼前是一阵骚乱。

女人毕竟是弱者，听不清她表白着什么，倒是那男人声音铿锵有力、落地有声地说："尼玛×，你要啥没给你？我的车……我的……"真奇怪了，都是广东粤语都能表现得那么清晰。

我醉眼蒙眬中实在地听清了那男人今夜总结他付出了什么，却怎么也听不见他说他付出了多少"心"。

唉，也难怪！在大多物质困乏的时代，物质是最高尚的，没人会认知"心"会有多重。心意、心情、心灵、心绪、心烦、心痛、心寒，以及心酸和心的悲怆，没人会有那么多的理会和解释，更无法与一个有重量的物质调换。那个义愤填膺的哥，更不会去解读那女人心目中的车有多重，还有那啥……

　　唉，人生中人情世故有时看似复杂，有时从某一个角度看上去却显得那么单纯与幼稚。

# 光　阴

那年夏天的一个黄昏里，我去一个小城的大河湾吃野味。

邀我同去的牛总带着个漂亮的小情人。同时受邀的王总也带着一位小情人，长得不亚于牛总的那位。

王总很傲爽。

大多有钱、有势、有运之人都如此，落落大方中都带有一种霸气。王总吆五喝六地说："这哪儿是我的情人？是我的老婆呵！"

"哈，对对对。"牛总见到王总谦虚多啦，因为王弟铺排的摊子比他大，"老婆老婆，小老婆……哈哈！"

大河湾很静，五米外放个屁，狗都会左右张望。黄昏的色彩像一个拙劣的画家乱涂似的毫无审美，几乎是单色平涂。

这不影响心情。

两个小情人穿着事先备好的泳装在水中闲游，愉悦耳目的笑声反射在水面传到岸上清晰得很，这让牛总王总惬意无比。从竹竿竿的缝隙望去，两个年轻的女人让人顿感青春的活力和价值。多好的契机呵，牛说王刚刚离了婚，美女就出现了。人生真像一副牌，除了手气好牌运好，还要该出手时就出手哇，王总自信地甩出了"大王"。

牛说这个年龄的人啦，苦了半生，今有"微创"小有所成，想干点啥就干点啥吧。王"赞"一个，补充说这就是"福"气啦！

夜色中不知从哪里飘过来音乐声，隐约还是邓丽君的曲子："小城故事多，充满喜和乐。"多熟悉呵，不但曲子熟，词也熟，还有人与人之间的那些喜和乐、苦与悲也那么让人熟。牛王们、情人们，不，未来的小老婆们仍是惬意无比，特别入镜。王的情人坐到了王的腿上，柔情似大河湾流淌着的水，搂着王总的脖儿，一杯杯地劝着他昂起头来饮下这昂贵的中国酒。

那天我们都喝了不少中国酒，及时行乐，不枉此生耶！

年前又去了一趟小城。

牛总明显胖了，手拍着圆圆的肚子感慨地说："咋办呢？你说咋办呢？"好像不是在承认错误，更像是表彰先进。

"这年头没啥办法，生活已养成一种习惯，吃什么、喝什么也改不了多少啦。"岁月缠足，好多的梦想和愿望都已成真，反而不觉得怎么了。"钱多钱少也没那么重要啦！高兴的是身边这帮朋友玩得更好啦。"

咦，想起来了，"当年那个大河湾见过的那个王总咋样啦？"

哦？哪个王总？"现在认识的朋友太多啦。"

"哦，是当年那个大河湾一起吃过饭的王总吧？"

他现在收停了不少投资项目，谦虚多啦，与我们玩得也少啦。那年那个小女人整了他不少的钱，最后背着他偷偷又谈了一个小老板儿，弄走了不少钱，跑了。牛感慨地总结道："不要问别人为什么，多问问自己凭什么。凭什么二十八九岁的小姑娘天天跟着你混？"

"现在呢？"很想知道现在的王怎样啦？结婚了吗？又找了小情人？

牛总感喟地说他现在低调多了，没再找年龄悬殊的小妹妹啦，找了位三十多岁的女人，她还带着个孩子。"他说这母女俩怪可怜的，那女的说老王人挺好、挺实在的。"

那个王在春节前给这个女人买了不少东西，还把她的家简单地拾掇了一下，换了壁纸和窗帘子，又买回一个可大的电视。"给那女人感动得呀，见人就夸不在乎他钱有多少，人好。"

岁月荏苒、时光流逝，我们都在告别过去，删除着过去的记忆。不知不觉中，我们以为我们是在追求低调，其实是我们在变老。

今天别人说你那么平静与淡然，只有你自己心里知道，今儿的平静与淡然是用多少眼泪学回来的；此时此刻的波澜不惊，又曾被多少波澜几乎淹没过。生命中所有的挫折与伤，所有的经历，都是为了造就你和锻炼你。

"不要总说岁月残忍，它其实温柔了你。"

# "广州老梁"

"我是这个房子的主人，我叫梁××。"

六十多岁的人，上白下黑，穿着典型的职场工装，头戴普通耳麦神态自若地等我们"注意"他的时刻。他说话的声音已通过无线功放遥控在天花喇叭上，走在任何一个角落，说话的声音都像欧洲教堂里的声音，不知来自何方。我不太在意眼前的实况，这不外乎是些科技技巧罢了。

他，HDL河东企业董事长，是国内智能系统界的高人。知道我们从很远的内地来体验"我家智能"，他很兴奋地一早从浙江赶来主持。他头戴耳麦兴奋地说："很高兴我今天有这么多的朋友，也很高兴今天有这么多的朋友来参观我的智能住宅。"

他很高兴，也很兴奋。

他拿起身边一个矿泉水瓶说："十年前，如果有人拿着这个矿泉水瓶敲开你家的门，你一定会撵他出门。那时家家户户都在喝自来水，矿泉水肯定不是刚性需求。今天……"他拧开盖喝了一口矿泉水说，"今天，我们就是当年那个推销矿泉水的人。"言外的行业艰辛，掩不住今天他炫耀着的智能家居场景即将在线的成功喜悦。

大家还没能完全了解他的十年江湖传说，他便先提到了他的夫人，一个北方人称为"老婆"的人。她对他的事业赞赏有余，对他的一键式家庭智能设计相当认同，这是一种幸福，幸福感让年过半百的老人，每天充满了工作的快乐。

一个穿着上白下黑职业装的老人，像孩子般说他的老婆至今有多么喜欢他的事业和他的智能家居时，真的感知到他是一个把企业当成事业去做的人。而我们人人都需要这样的认知与鼓励。

我可以看出来。我留心注意着这位六十多岁的广州老梁。

远远地望着他，我耐心听着他的汇报。当今这世道，少有人把天天与己相关的事、挣钱的事，还有自己仅会的那点事当成一种事业，而是不得不去干，凑合着去干，忽悠着去干。不多说了，参观老梁的家居智能，评语是成功的。硬装软装的实景中，智能化融入了生活的情趣，让家居固有的生活模式二次延展。互动的体验中，在变幻着的"归家模式""浪漫模式""离家模式"之中，我感受着他的得意与精彩，还有永不枯燥乏味的浪漫之心。

院外的阳光下，老梁非正式地邀请我们参观一下他的"房车"。哦，这是辆极普通的七座越野厢式车。他去掉了越野车中间的一排座，在中间空出的地段订制了长约一米七的软垫，他解释说他的身高一米七，正好。后车厢盖上翻时，他借势设计了围帘，可以围合一个简易室外淋浴房。在后排座的储物区里，设计排布了车载冰箱、微波炉，饮用矿泉水及可以洗澡用的自存水。花洒、电瓶、工具箱一应俱全。车上还有整套的电炒设备和厨房工具，还有必备的各种维修工具及超大蓄电池。

阳光中，"广州老梁"的气色也充满了阳光。 他兴奋地说她老婆很喜欢。两人老了才更能体会出二人世界的优美，他说老婆高兴去哪儿，他随时就会开上他们的房车去哪儿。十五分钟内他可以蒸熟一锅米，炒上两个菜。

"人都是幸福的，只是你的幸福在别人眼里是那么用心。"

我们每天似乎都在追求着幸福，总是在仰望和羡慕着别人每天一顿饭花去几千元后的幸福，而老梁用了不足几千元的设备改装了自己的车后，这个晌午他却发现自己正在被别人仰望和羡慕着。

老梁一口一个"老婆"地称呼着，一次一次地重复着"老婆"对他的认知。也许这个年龄的人，老婆的欢愉，才真正称之为"底气"。从早到晌午也没见到老梁的"老婆"，倒是感觉老梁的"老婆"好像一直就在我们的身边。

"这个世界不是有钱人的世界，也不是有权人的世界，它是有心人的世界。"大凡用爱心去做事的人，他的生活及待人处事的细节大多不同凡人所想，定有美妙的不同之处。写这段文字的时候，我已离开这里回到了郑州。

想起一段话：我们每个人出生时本来都是原创，可多数人渐渐活成了生命的复制品，毫无原创的优雅之处。

# 小公交

小公交285在我的前面，到站又离站。

一个老太太颤悠着从车后惚惚跑来，用手轻拍了下车尾。

晚了，老太太，司机根本看不到呵！

三米远，那车开始缓缓停下。

老人家微笑着跑过去，姿态幸福着。

车走了，站台空了。

我看不见司机是男的还是女的，是老些的还是年轻些的，只是猜算他一定是个孝顺的人。

眼前的平凡让人感动。

今天我没有了母亲，望着老人家拙笨的背影，内心感谢着司机。

有时我们把善良说得那么美、那么高尚，似乎是感天动地的事，其实善良是那么普通和平凡。

# 媳妇们

孬儿的媳妇从司家庄里出来，腰里斜抱着一个椭圆大西瓜，身体左旋 x°，胳膊肘上还挎着一嘟噜菜袋子，茄子、苦瓜，还有 N 个西红柿。中！全是实家伙。大门口有人问："恁远卖弄啥？院门口也有哇。"二百多米来，孬儿他媳妇说司家庄里的便宜。

真中！

刚子的媳妇管理着一个设计公司，工作尽心尽职，爱岗敬业。但她每天按时下班，从不加班。今年见她这样，明年见她还这样，特具有持之以恒的精神。有人解释说在她心里，按时回家照顾她的妞妞，比公司事务更重要。公司方案不悦可以重做，女儿人生差距却不可重来！母心千斤呵。

修车胎的他，夕阳中一脸的微笑。每天路过东明路的拐弯口，他穿着"轻轻松松挣大钱"的文化衫低头吭哧着，少见他闲。今天他的媳妇，幸福地坐在他的后背，像抱个孩子似的悠然地抱着坐在小板凳上的他，抱着满身油腻的他，媳妇眼里及笑意中流露着对今天的美好认可。老远看去，这孩儿今天一定是"叼"住钱啦。此时夕阳中恍恍惚惚的街边，变得像电视剧中的某一个剧照。

我驱车而过，窗外他与媳妇的情景生动逗人。

徐厂长在天快黑时打他媳妇的电话。媳妇说应去南三环物流提货。徐温柔地说今天先到此不忙了，回家去吧！人的一辈子，忙起来哪有个终点？媳妇诧异，今天什么节日让你如此变异不同往日？哦，徐厂长的小女儿明日要返校，媳妇生日却在后天，今日要提前过。儿女都知，各自分工准备，唯媳妇不知。今晚生日一定快乐！

罗师傅的媳妇做好全家晚饭，像食堂的打菜员一样，公平地分好了儿儿女女家的饭菜。自己不吃，先送份饭到大门口，给这个头发全白的看门老公送上饭。待看大门的罗师傅吃完，她才会回去横扫饭局、收尾，随后静享属于她的电视晚剧。

收垃圾的媳妇在尽力收着全天最后一车垃圾。改装后的垃圾燃油车"嗒嗒嗒嗒"地扰攘着楼前每一家的窗口。有户人问"咋你一人来？！"那女的在"嗒嗒嗒嗒"的燃油车声中大声说："让他晚上喝酒来。"

楼下"奔驰"的媳妇，每天骑着一个彩色的小助力车送儿子去上学，多年了。她有一辆小丰田，终日擦得很干净，但很少开。不会是因为仇日吧？车标糊上了红色的中国国旗。偶有一天问之，她说"开车终归是不方便"。是啊，男人天生爱钢铁，女人天生爱柔软。看来人世间"爱恨情仇"的民族情结，并不全在日本。

赵司机他家在老郑大家属院。赵师傅每天皮鞋锃亮，旁人夸赞。赵师傅骄傲有余，夸说一切都是媳妇有心所至，"羡慕妒忌恨"去吧！但所有人一旦获知赵师傅的媳妇是个钉鞋、修鞋的，每日自觉地"早出晚归"守点，一点点"羡慕嫉妒恨"

都没有了，满满的都是同情。

牛逼哄哄的工长小宗的媳妇，每日不知疲倦地在制衣厂打工。从计件优等工提升为小组工长监督，又从工长监督升为车间总监。工钱翻番，也有所余。可怎么监、怎么有余，也监督不到老公在外面赌博、嫖女人绰绰有余，真有余。

薛工说着地道的安徽话，高调也有余。他带着媳妇大小场合牛逼见山口，不见不吹，不问不答，一副自由江山自由定的模样。熟悉的人知道他的媳妇不是正宗行货，仅是"山寨版"而已。而山寨媳妇全然不知他是在玩"山寨"。

何栓媳妇在院门口卖鸡蛋煎饼，风雨无阻。不过太大些的风雨，还有连续的风雨，还有公众的"休假日"，例如年下和黄金周里，她都不会坚持。她很聪明，知道有些事，作为女人坚持也没什么用。不论我怎么感动，最让我感动的不是一个乡下媳妇的坚持吃苦，而是一个女人内心有什么"梦想"，会让她每天天色微明时坚持站在这油锅前？而且从不见她的老公何栓的身影。

清晨的马路对面，我驾车与我的媳妇相错而过。慢慢摇下车窗，我见我媳妇肩背一兜子蔬菜瓜果，从菜市场迎着朝阳健步回家。青春昭然，无怨无悔。她在为自己准备中午和晚上的饭菜。她理解我像何栓一样忙，暂顾不得媳妇们的生存与现状。夜晚回到家，见楼梯口一大桶矿泉水已不在。在没有我的帮助下，满口背诵着德语单词的媳妇，用尽全身力气把十几斤重的矿泉水桶抱到了十几步远的饮水机上，毫无怨言。

今天去济源王屋山乡下。

石礅他媳妇，听说我要带着她的女儿石如玉从山下的城市里来看她，特意从冰箱里取出葡萄用清水洗净放院台边凉着。

恁热的天将近一小时，当我客气地偶尝一颗时，冰凉和冰酸让我半天睁不全双眼！她认为我的表情为好吃。临走时，她下到地里为我砍了南瓜和西红柿抱在车前，说这全是"新鲜的"。

石碾站在一旁看着媳妇傻笑。

当女人号称"媳妇"时，在我这个年龄的人看来，这个词其实不亚于第二个母亲。这是个光荣称号，中国自古俗称"新娘"。

"媳妇"的职称，让人尊重。

媳妇买的葡萄（pú táo）最甜的是在我最渴的时候。现在不好吃了，因为不渴了。

# 民工老大

在古荥镇较远的一个乡村十字路口，一位中年乡下女人坐在破旧的电动助力车上，专注地观望着从城里返回的每一辆小公交车。

我的车停在她的旁边，因为她的身后，是这路口边上唯一的一家卖卤肉的小店。

天色已经暗了下来。卤肉店里的暖黄色灯光很显眼。我想将就着买点晚上的下酒菜，不再去远点的镇上转悠去了。

我下车正好碰上她迎着刚下车的他。

她一脸的怨色，问他为什么会拖到这么晚。他一脸的笑容，很灿烂。他塞给了她一些东西，她便返回到原有的容颜了。

他解释说今天是星期天。

她也说今天正好是礼拜天。

我没在意这对乡下两口的对话，只在意我能在"这里"买些勉强接受的东西，因为这里真的是"条件堪忧"。

听见那男的说想吃肉，那女的直接对着卤肉店的老板说："来一斤猪头肉！"

"猪头肉？"好久没吃过猪头肉了，小时候家里老爷子过年过节喜欢弄这吃，看着肥吃着不腻。不过好多年我都不怎么吃了。多少钱一斤？不知也不问，我先要了一小块，七块钱。

听见他跟媳妇小声说："买一斤太多了吧？"那女的小声地说："我也想吃。"

离开时我听见那民工哥小声问媳妇："孩儿吃了没？"那女人似乎想起什么，对卤肉摊里的师傅说再加一个鸡腿。

回来时，走在坑凹不平的乡村小道上，我心里在想，"猪头肉"会好吃吗？当年离现在是几个"世纪"啦，过去认为好的东西，现在不一定就是好的。岁月赋予时代感的东西太多了，两年一个时代，人说变就变了，别说一个吃的东西了。不过想来想去，有一种东西很难变，就是人与人之间的真情和实意。

我看了一下车载时钟——8∶30。

不论我们怎样显摆我们今天与昨天的不同，也不论我们今天"艺名"更换为何称，水准有多高，记得住的、值得让我两眼浸泪的，确实都是些真情与实意。再累再苦、再怨再难，有真情实意的认知，一切没法表述的心绪也都没啥了。

# 快　乐

　　1950咖啡厅的操作间里传来厨师哥的歌声。声音越唱越嘹亮："我愿做一只小羊，依偎在他身旁。"身旁没有她，却见一位阿姨在认真地洗着早餐清下的盘子。动情时不一定她非在身边，有时相反。

　　的确，她真的在身边不一定会动情。

　　俩小妞吃完工作早餐后返回咖啡厅。

　　穿着红白条衫工作服的 A 弯腰背着 B 向店里回。幸好 B个子小些，又幸好 A 块儿头大些，笑着背了很远都没放下。A一定是吃饭时赌什么输了，而且输得很血性，老远还能听到俩小妞的笑声，真是累并快乐着。

　　废旧物品回收街里大大小小二十多家。

　　玉她婶子用心与邻铺里的女人们打着麻将，全然对玉的来访视而不见。嘴巴里叽里咕噜地解释说："哪儿赢了那么多？才赢了四块钱呵。"玉不高兴，说现在的亲戚们都这么冷漠。我说也不是，一是你不理解她们的快乐，所以你体会不出她们的快乐。

　　草民的快乐是原始的，所以也是简单的。

"若想让她们快乐很容易，简单点就行了。"她喜欢听啥，你就说啥，她喜欢吃啥，你就送点啥。之所以简单并快乐，也就不喜欢那么含蓄了。什么情呵，义呵，日久见人心呵，都是虚头巴脑的托词罢了。

　　不信你走出这条废旧物品街，去街头水果摊上提点水果、奶制品，花上个二三十块钱，不用寒暄说话，你婶一见你，立马会推倒牌局，笑容可掬地来迎你。

　　草民要快乐，只需要你恳奉献一点点，他们就会快乐起来了。

　　不用试，一定的。

闲，是多么惬意的一种状态呀！
但那是对忙的人说的。
2011.5月.

# 别来无恙

四川幺妹小吃店。

许多年轻人都爱吃这"幺妹"的麻辣面，小店的招牌面，许多年轻人都是为此而来。

川味的辣香老远就能闻得到。

过晌许久，店里人少，十分寂静。

桌对面一对青年男女神情凝重地望着他们的餐桌前各放着的一碗麻辣面。他们已明显超越了"年轻"的妙龄时节。年轻不仅仅是相貌，年轻还代表着不会有那么多的心事重重的凝视，因为年轻，可以一切从头再来。

女人桌前的那碗面几乎没动一下，筷子斜插在碗里。男人面前的那碗面吃了一半，他低着头避着女人悲戚的眼神，用筷子在碗里漫无目的地搅着。

没听清那女人说了什么，男的接着说："俺也没法。"

凑合着吃完了午饭，我起身离去。

离开店门时，顺眼看到了那女人眼里盈满了泪，那男人也停了搅面的筷子，镜头像被定格了一般。

店外阳光刺眼得很。

隔壁小店的高音喇叭传来了当下最流行的歌曲："你是我的小呀小苹果。"

# 面　馆

司家庄口有一个小破店，一碗肉丝捞面六块钱。

大瓷碗盛面，肉多面多，葱花、蒜薹、西红柿浇面，夯实、得劲，饿着时备感好吃。

坐在黑不拉叽的店里横眼一扫，周围一水儿的"民工"哥。每人面前一碗，不乱，各付各的钱。中国农民工式的 AA 制，与世界礼节接轨，自然不虚套。有点钱的人还多点瓶啤酒，显摆。

有位刚入道的年轻人，一个劲儿地叫"哥、哥"。这帮队伍中他最小，有的是求人帮忙的地方。看来一个小团队就是一个小世界呵。

对面有个烧鸡店飘过来一阵五香大料味，人人闻香感慨。

"今年过年吃肉吃多袭了，现在一见着肉就恶心。"

没人接话，都知道只有"二球货"才会吃肉吃伤了呢。

有老大说吃饱后大家"斗地主"去，设计得不赖。看那架式，他是准备把吃饭的面钱赢回来？

有人喊老板娘再拿几头蒜来。

老板娘不知道人堆儿里哪个喊的，对着这一窝子大老爷们咧着大嘴说:"咋来?看着不要钱的东西狠吃来?"

"给,吃吧!"

"哄——"一阵男笑。

这有什么可笑的?纳闷。

想起姬总一句话:"你怎么知道穷人不快乐?你怎么知道富人都快乐?"

# "有爱有兄弟"

老曹是公司材料配货员，大多时间都不在商店，而在离商店较远的仓库上班。去年认识了仓库里工作的另一个女人，趁春节一箭双雕地回家完了婚。

十五后上班的第一天，老曹带着媳妇按时来上班。

在仓库的大门口，老远就见公司大大小小十几人都列队站在那儿。走近才知道是公司人设计了这个活动——专门为迎接新人今天以新的身份（小两口）上新年第一天的第一班。

还有人点燃了一小挂鞭炮。

听惯了乡下过年鞭炮声的老曹，一下子被眼前这挂小炮催得泪奔。从背影看上去，他像个首长似的与不分次序地列队在那儿的同事们一一握着手，队列中还混着他的头儿老买。与首长握手不同的是，他几乎是握一个手擦一把眼泪。感谢生命有过的精彩，还有最纯粹、最挚爱的兄弟们。

"感谢！有爱有兄弟！"他在自己的微信中晒出这样一句话。

是呵，生活中除了那么多俗望，其中还有爱，有兄弟。

# 说句好

去山西阳城，不到四点有点饿。

趁助手打图之机，我看见街边上有个小摊卖乐山面，四块钱一碗。

"好吃吗？"年轻的小伙子在问一位正在吃的姐。

他是摊主。

摊主高兴地对她说："我也喜欢吃。"

王婆卖瓜，自卖自夸。

我也要了一碗。不是十分饿，我说面少点，不要辣椒。他笑着说："放点辣椒吧？出味！""我的辣椒加有麻椒，可香啦！"

无所谓啦，地方小吃。

他又笑容可掬地对我说："放点白糖吧？我爸说放点糖好吃。"哦，我知道专业厨师都是菜里放点糖提香，相当于味精。他的父亲一定精通厨道。

有位哥吃着说不满意，为什么放那么多炸过的黄豆，不好咬。小伙子说自己喜欢，并殷切嘱咐下次来提醒一下。

下次？我想路边生意哪有下次。

不过吃摊的人多了起来。有一对老人离开了桌子让出了位儿。

有位妹子喜欢，一个劲儿说好吃，叫摆摊儿的哥兴奋不已。他口无遮拦地说："谢谢妹子说好，把人多引点多帮助我一下吧？我是一个刚劳教过的人。"

哦！

说话时，我停下吃，注意到刚才离摊桌前的一对老人在不远处的阴影里，整整齐齐地站在那里望着我们。我知道那一定是摊主的父母。那位挂着拐杖的老人，一定是那位精通厨道的人。

人活着都是需要帮助的。

此时我觉得对于一个真正需要帮助的人，帮助才显得更具意义。因为真正需要帮助的人，他知道真正的帮助远远大于帮助自身的价值。

# 清明说吧

清明节。

广场上的"清明说吧"。

一位中年农民工，在对着吧亭中的摄像头说话。

今天是清明节，我很想念已去世的母亲。

小时候家里穷，家里人吃饭时都不在一个桌子上。母亲看人盛饭。每次吃饭时母亲总是说："我先吃过了，你去吃吧。"当我们都吃完后丢下碗，母亲才凑合着吃点东西。

每次上学去，母亲都送我到大院口。

母亲去世十一年了，慈祥的面容依然在目。

后来在县城上学，一个星期才回来一次。母亲知道我喜欢吃豆腐，在我将要回来的那天，她都会提着一个大菜蓝子去街上排队买豆腐（那时一人最多只能买一斤），回家做给我吃。

今天我一切都好。

我仍然喜欢吃豆腐。十一年了，每次我吃豆腐时，都会想起母亲看着我时的慈祥面容。（抹泪走出吧亭……）

# 免　费

那天，豫东监狱长高建刚走出商丘站，坐上一辆出租车。

一路上的士司机无语。

从车内后视镜里，高建刚职业化地见司机不停地紧张地向后看。

到达地点下车付车费。

他支吾推辞着不要。

为什么不收？坐车付款，理所当然。

他坚决推辞着不要。

"为什么不要？"

"我认识您！"他支支吾吾地说，"很高兴今天能为您服务"。

一脸的激动神情，还有对方紧张的神情，让这位几十年熟知监狱生活的监狱长，果断地判断出他一定是曾在他的监狱中服过刑的人。

他爽快地握了握他的手说："好吧，那就谢谢你！"

没敢说"再见"的高狱长，走出很远，仍见的士司机站在原地许久未动。

# "可费布"

大铭装饰网络平台。

有信息告知我，一位市民急切索要我的电话。哦，因为要装修房子。可装修房子为什么必须要找我？那么多的设计师！我对网络平台的人说："这个急切要找我的人，他一定是多年前认识我的人。"

当电话拨过去的时候，我发现我的手机电话号码屏上竟然显示着他的名字"张伟华"。这曾是我电话记录中的一个人？我认识这个人？可是我一点也想不起来这个叫张伟华的人。

电话里面的张伟华很激动，他几乎是话不成句。他急切地再次确认："你是郭哥吗？"

我努力搜索以往的记忆，细分这个人的声音。

"哥呵，你不记得俺了吗？俺叫伟华。"对方很诚恳。我应酬地说我的电话里还存有你的名字呢！

"我知道你叫张伟华。"

对方沉默了许久，感觉很激动。

他说哥呀，我知道你记不得俺了。"俺是当年那个帮您贴地板砖的'大个儿'。您当年给我起的外号叫'可费布'。"

哦！

一下子想起来了，好多年了呵，兄弟！

西郊马寨村农民工中的其中一人。那时他跟邻村的周自领们一起帮我干些零星的装修土建活。记得大家都超赞他一米八的个儿，特别是干些超高的活儿，都是倒铪着让他上。他腼腆地说："人家都说个儿长得高可中，俺媳妇不耐烦，她说个儿高有啥好的？别人做条裤三尺布使不完，俺就得三尺七，媳妇说俺可费布。"从此他的外号就这样叫了起来。

他停顿了一下问："想起俺了吗，哥？"

停！

一下子又想起来了，他的孩子还是我托人给他媳妇接生的。

好多年了呵！

记得"可费布"的媳妇是个从小患了小儿麻痹症的女人。由于先天缺陷，她生产时双腿不能像正常女一样完全展开，许多医院都不敢接收。

我急问："孩子现在怎样了？几岁了？"

电话里的他很激动，他说上初中了，学习可好来。

"我一直很想您，儿子今年十四岁，我跟儿子说你要好好学习，要不对起你这个城里的大伯。"朴实的话语中，我领到了他的感谢，还有他的感恩之心。上初中？十四岁啦？那就是十四年前的事啦。

那年的夏天，"可费布"用三轮车拉着他的残疾媳妇，来到大石桥下的妇幼保健院。由于产前不祥症状，家人没有来得及准备任何女人生产所用的必需品。从贫困的郊区来到城里的两口子神色慌乱、不知东西。媳妇的同学陈萍大夫，当年在妇产科负责接生，真的是帮了大忙。她问"可费布"两口剖腹产后会很疼痛，能否加用镇痛棒，"可费布"问多少钱。

"两百元一支。"

"可费布"的媳妇说不用了，"只要生下孩子，再痛也能忍"。"可费布"媳妇说的话，我和陈萍都很感动。后来讲给我媳妇时，我媳妇也很感动。女人为了儿女，本就超级坚强，何况这位天生残疾的女人，更是让我记忆深刻。后来陈萍大夫说："我还是给她用了镇痛棒，不过没算她的钱，替他们省省钱。这样的女人为了孩子何等的不容易，不是母亲是不会理解的。"她曾笑着对我媳妇说："你看你老公结交的都是啥人吧？什么闲事都管，还亲自去给她买裤衩、卫生巾。"不过这么多年，我和陈萍大夫作为挚友，相互默默地欣赏，也许就是心底存留的这一点点善心罢。

"可费布"说媳妇现在就在电话旁边，她不好意思说话，她说她家房子的装修一定要交给郭哥，不管郭哥今天网上多有名，也不管郭哥今天做多大，更不管郭哥要多贵。

"……"

一个乡下人，为他们做了一点事，他们都记在了心里。这么多年不常联系，不是因为忘记，而是作为乡下人，一直没有找到回报的时机和本钱。今天，在一个雾霾天气爆表的午后，我驱车来到了他们的新房。这是在原来旧址上回迁的新房，在一片亟待开发的城乡接合部中，这几栋高层显得特别的高。

都老了许多，乡下人更加明显。寒风嗖嗖的冬日里，两口子站在寂静无人的小区门口，拘谨地等待着我的到来。"可费布"满面红光，穿了一身军绿色的野战队队服，很精神，媳妇穿了件绸缎小棉袄，满脸是笑，手里抱着一袋子刚磨好的黑面。

握着"可费布"的手，粗大而冰凉，听他断断续续地说："哥，我可想你啦！我可激动……"

阳光下我瞅着"可费布"的媳妇头上已有了零散的白发，凑过去问今年多大了。她笑着说："四十二啦，哥！"

站在十三层的家中，遥望着远处的村庄、田野，还有贾峪的坡岭，以及不远处正在轰轰隆隆开发着的新田城，心中升起了美好，这是充满了对生活的一种美好，是真美好。

我对"可费布"说装修可花钱了，装修是个无底洞，多少钱都不够花的。

阳光中，"可费布"笑容真挚地对我说："哥，俺没有数，不知道咋弄。您看俺该值多少就看着弄吧！俺们家交给您啦！"

他说这是赔偿的回迁房，赔多少本就没数，何况独生子加残疾人补贴政策。"一共赔了三套，最大的一套已卖了一百多万。剩两套，一套俺住，一套孩儿住。"说话的时候，他打开手机翻阅儿子的照片主动让我看，媳妇扭着身子抢过手机亲自翻找，嘴里喃喃自语："手机里全是儿子的照片。"

我看到了一个阳光中农民儿子的好多照片，"可费布"的儿子。

出电梯时，我对"可费布"的媳妇说："你们家现在可以啦，又有房子又有钱了，再也不用过过去的那种破衣烂房的日子啦！"

她跟在我身后淡淡地说以前想钱，真有钱了也没觉得啥，一家人都好好的最重要。是呵，由于贫穷我们想钱，多么渴望得到更多钱。真有了点钱也没觉得啥，一家人都好好的最重要。

用了十四年，我写完了这篇短文。

乡下"可费布"，不，张伟华的一家等待了我十四年，终于体面地回报于我。我收下了他们一家人的诚意，还有那位没见过且努力学习的孩子，这是多么大的一笔收益。还有这位天生残疾为人之母的女人留给我的一句"有钱了也没觉得啥，一家人都好好的最重要"。

临别时小区大门外仍没什么业主，只有一些身着崭新制服的保安，毕竟还没正式交房。我摇下车窗笑着对两口子说："你家了不起呀，房子装修还请来了一位设计大师，放心吧！"

倒车镜中我看见了冬天干枯的枝丫下，那位穿着绸缎小棉袄的女人在抹着眼泪，还有那位一米八的大个儿在向我不停地摇着手。

# 保温煲

中午十一时三十分。

人民路丹尼斯北街合记烩面馆。

不到正晌午，怕人多我趁早溜了进去。

哇！

这么多的人，才想起国庆假日未完呵？

找个最靠墙角的小桌坐下。与我先后到达墙角小桌的还有一位个子低矮的老男人，他坐在我的对面。我们的烩面几乎同时端上。我发现我俩点的烩面一模一样，都是店里价位最低的羊肉烩面：十五块钱一碗。我们如同事般的同时吃了起来。吃面、喝汤，吃糖蒜。我发现他不喜欢吃半肥半瘦的羊肉，我正相反。最后，我剩了一半的面，他吃得干干净净的碗里是几块肉。

我打电话。

对面这位个子低矮的老男人，拿出另一张票，告诉女服务员他还有一碗要打包带走，同时顺手指了指桌上的保温煲。

哦？他要替另一个人打包带走。

哦！街的对面是河南中医学院。

怪不得他来得这么早，先吃上来！原来此时才是最佳的饭点，正午十二点整。

我的电话拖时，似乎假日时段里的所有事都要在明天上班时的第一天大汇合。在我耐烦地听讲时，我看到我对面这位个子低矮的老男人把新端上的烩面谨慎地倒入自己带来的保温煲里，然后用筷子认真地将自己碗里没吃的羊肉，一块一块地重叩回到保温煲里。

此时对面的老男人，他的假日用心还没打动他的儿子，却抢先一步打动了我。

感动。

老一代，他们对儿女的情长意深是一两句话难以概述的。

# 温　柔

从燕庄地铁 C 出口出来，是金水河岸。

"他长得太丑啦！"夜色中，其中一位女人说。"他不但长得丑，吃得还特别多。"另一位女人应和着。

天将黑尽时分，两位中年女人与我同列行走。

"他妈不嫌他。咦！乖乖来，每天都是在忙活着给他孩儿弄吃的来。"分不清是哪个女人在说。其中一个女人此时万分感慨，说到那个吃得特别多的母亲，比她的儿子长得还要丑。

不知从哪儿冒出来的湿润，让黑黑的夜色中的我看不太清回家的路。也许"母亲"这个词太让我敏感，我知道天下母亲一个样儿，一生都是对儿女"倾尽心血"。在我的万丈情怀中，唯一能摧毁我的不是父亲的坚强，更多的是母亲的温柔。

# 春　日

开春。

公园的阳光依然阴冷。

白兰花首春报晓。

一朵朵儿，像烈士墓前等待纪念的小花。

"十年前丈夫去世。"

刘妈坐在冬树下说话。

"好长一段时间，我每天都悲伤。"

初春虽冷却有暖暖的春意。

悲伤仍未将冬送走，仍继续着迎春的冷。

"他去世那段时间，我天天想他。开始觉得他没有死。死是什么？思念，让我感觉他去了一个我不了解的地方。他在那个地方等着我呢！"

周围似乎多了些阳光。

"过好应该过的日子。希望在未来的那天，我离开这里去找他。"

有些动心。

她喃喃地自语他那么爱我，一定是在为我准备着。

她盈泪望开花的冬树。

双双无语，望着开着花的冬树。

# 情

前老公喜欢我穿红色的衣服。

每个清晨开车送我到商场后再去拉货。

风雨无阻。

意外车祸。

没留下一句话，走了。

心痛，无尽的悲哀。

被默爱才知心在那个地方。

两年，悲伤总在心痛的那个地方。

改嫁两年。

恍惚想起，隐痛难忍，即便有阳光。

爱，让我难忘。

年前偶去前老公乡下小村。

他的母亲比想的要好，没那么老。

母亲几道菜，多年的心意。

厨房里母亲忙着的背影并没让我动情，倒是独自转悠到母亲的床头，看到了陈旧斑驳的墙上挂着好几张前老公的照片。除了我未曾见过的他年少时的旧照片，其中还有我的身影。

泪，瞬间盈满了眼眶。

走出屋子，阳光中仍有抹不干净的泪水。

唉！

爱，让我如此脆弱。

# 涮羊肉

那时家里都穷。

韩四开封人。韩四的父亲老开封人。

韩四的父亲受老开封的习俗影响,特别喜欢吃涮羊肉。老爷子认为世上最好吃的肉就是羊肉,羊肉最好吃的方式不是炖,而是涮着吃。

小时候过年,别人家都吃饺子,老爷子比别人家多一道席,就是吃涮羊肉。大年夜里,吃完涮羊肉后,用羊肉汤下饺子,富裕着呢!

韩四兄弟姐妹好几个,那时家里吃涮肉,是一年当中最让人期盼的事儿。"那时候吃涮羊肉,家里可是没有铜锅和木炭。"韩四说那时吃涮羊肉,都是老爷子在厨屋里用铁锅煮好后盛出来,然后均匀地分到每个孩子的碗里。孩子们不论男女和大小一律均分。

"咦!乖乖来,还没弄好都在厨房门口瞅着来……"韩四说起这些激动得不行,"老爷子一锅一锅煮,一锅一锅分,yangwei(开封方言:现在)可认真来!"好像蒜泥、芝麻酱也比现在香,似乎穷的时候什么都是真的,包括味道和感情。

"多少年都是这，平时再难再穷，年下必吃涮羊肉！"韩四说。

今天的韩四已是建材界大老板，过年年夜饭必有涮羊肉。不再是铁锅涮了，而是大号全铜涮锅加无烟焦炭。每年年夜涮锅时，韩四都会郑重地讲起当年老爷子的年下涮锅，比吃起来还有味道。

几年前老爷子病故，享年八十六岁。

余下这几年，每当大年下吃起涮锅时韩四仍会讲起这些，每次都多了些泪，年龄让他也步入了老爷子的当年，慢慢地感知了当年父亲的儿女情怀。每在涮起羊肉时，韩四都会轻易地打开对父亲的记忆之门。

# 跳　舞

四环外一个还未成熟的小区。

有着急的主儿购了房，急不可待地抢先装修住了进去。

靠北的有户一层小院里传来了音乐声，远远看去小院子装修得很农家，木亭子、秋千椅、花架，还有院边的四垄菜地。区别于农家院的是院子三分之二的地方都是硬化地，铺了一些廉价的广场砖。

走近时，音乐声中见一个黑衣女人伴着音乐在跳舞。只看单调的舞蹈动作，我觉得像广场舞。走近听到音乐旋律，我才发现这个女人不是在跳大妈级的广场舞，而是在舞她心目中的蹈，很专业。

深冬的黄昏时分，虽有温柔的落日却不显美好，因为寒冷，还有城市边缘被冷落的人气，冻缩了许多的浪漫情怀。

小院里独舞的女人像是专场对我的会演，舞得专注与投入，让我不好意思从她的门前走过。我以执着的神态，从容地走过她家小院前的路，因为这是目前唯一通向停车场的路。

她目中无人，尽情表现。

我旁若无人，轻松路过。

一个中年女人，戴着个近视眼镜，长得很自恋，不算好看，也不难看。我瞄了一眼，心想这一场表演早已不是预演，是她心中蓄意已久的理想境地。观众也不仅是我一个路人，而是周围密集的园林果树，还有远离城市喧嚣的静谧。

虽然不熟悉这随机播放出的音乐旋律，但从认真、自恋的柔姿中，我深切地感知了这个女人的温柔世界。

小路的对面走来一位成年大哥。

"还跳……！"河南话。

他头套黑帽，上衣口袋里传来收音机播报新闻的声音，两手提着盛满东西的塑料袋。我根本就没联想到他的口语与姿态与这小院之间有何关系。

错过了的身后，听见他对着院子里的黑衣女人用河南话厉声喝道：

"还JB跳！木（方言）有见我两手掂着东西？！"

黑衣女人惊恐得像个幽灵似的跑向院门，打开了低矮的院门。她接过男人的食物，快速扭身又进了院里的家门。

一切比舞台幕布间的换场还要快十倍，只有小院子中的音乐播放器继续延续着未完的曲目。

我没有马上去停车场。

伴随着小院子里传来的音乐声，我远远地耐心等待着黑衣女人再度出场，重蹈自己的舞台。

寒冬的落日褪去了看似温柔的色彩，继续以冷漠告辞世界。许久许久，那个戴着眼镜且目中无人的女人，没再出现在院子里，没有自在的尽情表现，只有小院子里那台音乐播放器传来的音乐声久久不息。

莫名的爱怜，本能的惆怅。

# 胖 三

我是胖三，家里老小。

姐和哥对我很好，有时强于我的父母。

1987年姐姐让我去当兵，那年我二十岁。

哥说姐对。当四年武警，出来一定是个不同于乡下农村的人。

姐和哥今天我想起来（他们）都对。

我的老家很穷很穷。

村前有条河，小河。里面有小白条（鱼），家家户户都喜欢吃，所以村子叫白条村。好几年前开车回老家，河上修了桥，桥下早已没了白条鱼。

小时候我很孬，好打架。我曾帮村里的队长去打人。我以为帮助了最大的头儿，就是做了最了不起的人。性格至今仍保持着多帮人就是做人的概念。

不太对。

帮别人去打人不如去关心人，这是我四年当兵最大的收获。不求回报，不去评议人，自己委屈自己，不靠别人评论我的态度，掏心与人交友，真的是只有当过兵才能悟出的道理。

自己的心靠大家去评。

对别人好，是句土话，小时候村里的老人常这样说，今天的感受，对。

1994年办厂。当时村里人说我是个小屁孩。借七万，相信当年挣十四万。最终花掉了十七万。小屁孩没办成大事。

后来不是小屁孩的时候，我在媒人的菜谱中选了最憨最笨的一个女人。我怕最漂亮的嫌我，怕聪明点的指挥我，怕钱不是钱，是争执。

妈说我是最幸福的人。

我也觉得我是最聪明的人。

今天我是一个老板。

我有一个到处称赞我的老婆（媳妇）。看到她，让我信我妈说的话："胖三，你真是个幸福的人，不是因为今天你有点钱，因为你很聪明。"

我今天是个小老板，虽然一个月挣十几万块钱，可我仍然认为自己是个草根。

我舒服，也很满足。

为啥？因为我读的书不多，见过的世面也不多。

# 无　语

长宏建材二十周年庆典之日。

到处是红色地毯和背景，红色条幅在阳光下异常耀眼。

一个捐赠贫困区学生基金的环节。

主持人半蹲着身子在询问站在前列的一位乡下小女生。

"你是哪个学校的学生？学校离家远吗？"

"我是××学校的三年级学生。从我家到我们学校要走四十分钟的山路……"

"你能讲一下你家里的现状吗？"

"？"

"也就是让你给大家说说你的家里人现在的生活现状，你爷爷奶奶呀，爸爸妈妈呀，弟弟妹妹呀！"

"……"

红色地毯反射着阳光，让十分紧张的小女孩满脸通红。

"你的爸爸怎样？"

"我的爸爸耳残，不能跟（村里）人出去打工挣钱，只能在家种地……"

"你的妈妈怎样？"

"妈妈……妈妈……"

许久没发出声来，嘴在嚅动却发不出声音，眼里却涌出了泪。

"……"

全场寂静无语。

小女孩最终也没有说出什么。

阳光下的红色条幅异常耀眼，映出了许多人的泪水。

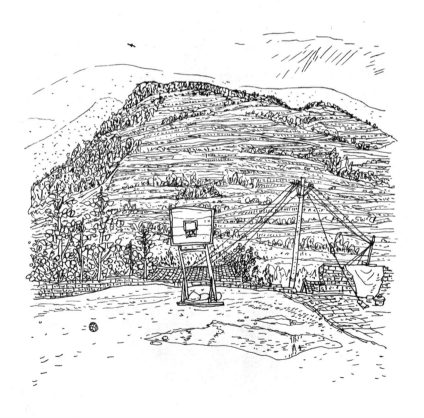

# 厨 艺

小时候我生活在非常偏远的大山深处。

山里没有什么记忆点，连棵怪点的树都没，只有山洼里一个小小的煤矿。父亲是那个小煤矿里的厨师，给矿里的一家之主做饭。矿长在矿区待的时候不多。有钱人都好往外跑，我们那儿矿长也是闪着空儿往山外跑。

由于矿长好跑，他吃不着的好菜好饭，都让我年轻帅气的爹如诗如歌般地带回家了。

那些年，他把矿长吃不着的好菜好饭愉悦快乐地做成他心目中的"诗歌"，让我们这些儿女们去欣赏。

到这儿，就已经让我泪眼蒙眬。因为只有在我稍显得意的今天，才深刻地体验出当年我爹对我们这些儿女的展示中是费了太多的心机。今天懂了，这一切来自内心的真爱。

那时年龄小，还难体会出爹的用意，只感觉是时时在炫耀"小涮一把"的手艺而已。现在知道爹当年的表现，也叫表演"爱"吧，我一律都给他打个"√"和赞。那不叫吃，叫享受美食。

爹的手艺，让我从小对吃寄生了深切的嗜好，而且养成了我今天好吃、喜吃、评吃、悟吃的境界。因为爹的"自私自利"，我们一家子在那个没有什么能为之展示的岁月里，隔三岔五地享受到了一个山里人谁也不会想、不会欣然为之的"烹饪时代"，在今天不缺吃的日子里，为我提供了一个"没有爹做的好吃"的口头语，这也成了今生我显摆于城市品酒共餐时惯用的评论语。

今天我已是中央电视台驻扬州地方台的新闻随机记者。几乎每天我都会应邀于当地不同的名店受宴。当然南方菜系与北方家乡菜系大有不同，但在每一次特约餐评时，我都会不由地感慨："这不是我儿时舌尖上的记忆。"

当年父亲若上一道菜，他都会预先自编一个菜名，得意地宣读出自己臆想的菜名，然后才会放在桌上让我们瞧，再让我们吃。记忆中的那些菜名，今天想起真没创意，全是抄袭来的，例如鱼香肉丝、糖醋里脊，今天各店比比皆是。

不过让我泪盈的不是这些菜名和菜品，而是当年没有什么创新力的爹，知道贫穷的生活中能让我们觉得小有意思的惊喜和留恋靠的是什么。他知道儿女们吃喝之后尚能留下的简单记忆，中颇有一番难忘的情感。这个单纯又朴实的爹，今天才让我知道他当年狡猾的用意。

哈哈！

今天，吃到好吃的仅是一种生活的简单模式。关于吃的模本，会让我回忆过往山里曾经的平凡生活，今儿显得是那么幸福。为了"吃"，父亲的用心，还有赝品级的平凡厨艺，竭尽全心覆盖着我们儿时的平凡生活。

父亲的厨艺，平凡无华的菜香，留在了我的味蕾中，至今存于我的舌尖，构成了我舌尖上的记忆，其实更多的是我心中对父亲的记忆。

# 思　念

有点饿，九点多钟下楼去巷子里吃早饭。

假日的早晨，街道上很安静。

坐在我对面的老人吃完了早饭。

他缓缓地拿出自己的手机，认真地拨着号码。

是个老手机，老得不能再老，像他。

通了。

没人接。

又拨了一个号码。

"您拨打的电话已关机，请稍候再拨。"

手机虽旧但声音很大，很适合老人使用。

手机响了，老人快速拿起手机放在了耳边：

"是红吗？哦，是磊呵！"

"今天忙吗？哦，不忙去看看恁妈吧。"

"……"

"呵！孩儿。"

老人缓缓摘下花镜，用手绢抹着眼泪。

忽然我也泪奔，因为我知道今天是清明节。

# 婚纱照

华淮小区里来了帮自主创业的大学生，他们经营的主题是专为老年人补拍婚纱照，打出的条幅是"迟到的婚礼"。他们用普通的相机，提供非专业化妆师的服务，为老人们拍着所谓的婚纱照，八百元。

有一对老人兴奋地告诉大学生们：

"你们今天来得真是太巧了，今天是我和你大妈结婚五十周年的纪念日呐。"那位老爷子手里握着早已备好的八百块钱交到了孩子们手里。

阳光普照的日子里，老人很兴奋。

一对一的化妆开始了。

老爷子掩不住昔日的感慨，在断断续续打粉扑面的时候，他断断续续地说都五十年。

"那年我背着行李在西安火车站见到了她，她当时像我一样也背着许多的行李。我们都是前来西安交大报到的学生。我帮助她一同来到了学校。到了学校才知道，我们竟然是同一个班里的同学。"老人尽情回忆着当年的幸福。

"五年后我们结了婚，至今已五十年啦。"

他反复重复着五十年，在孩子们的眼里五十年是一个幸福数字，而人生又轻易地容得下几个五十年呢？

一对一的化妆师把两个老人合在了一起准备拍摄时，那位老爷子望着新妆下的老伴激动地说："老伴，我爱你。"

有学生捂着嘴似乎不理解地在笑。

老爷子也一脸笑意。他对孩子们认真地说："五十年啦，该说这句话啦！"

有人说给父母请保姆，带他们去吃大餐，陪他们去旅游就是孝顺父母。可在老人们看来物质上给父母的享用，这仅是俗化层面的"孝"。而高层面的"孝"，应该体现为对父母精神上的敬重和情感上的安慰。

八百元，让今天平俗的老年婚纱照传承着太多的追忆与美好，它也为今天的平俗生活加着"分"，也让早已褪了色的难忘时光重添了新色。

# 探　监

　　建刚偶从监狱外的探视室前路过，见不远的台阶上蛄蹲着一位白发老人，身边放着一个略鼓的塑料编织袋。

　　身为多年监狱长，他本能地走近看着她。

　　正午的阳光仍然让秋日燥热。

　　"老人家，你在干什么？"

　　"我来看儿子。"

　　哦！

　　露在晌午阳光下的白发老太有八十多了吧？

　　问她看到了儿子没有，声音明显大了许多。老人家头也不抬地说一早到现在也没看到儿子。

　　"他们说为啥了吗？"

　　建刚俯下身子仍然声音不减地问，老太太抬起头来说今天这里开会。

　　哦！

　　回忆起好多年前的事，建刚说起来今天记忆犹新。多年前的这天，只要想起这个场景，年迈老人的忧容清晰在目。揪心的面容让任何一位男儿心里酸痛。记得当时给了她十元钱，让她花钱去吃点东西，并建议晚上让她住在对面街里，那里有专门应对监狱探视的旅馆，睡一晚才几块钱。老人手握着钱说不会去住，在哪儿旮旯一蜷蹲都是一夜。

下午询查监狱日志，的确是例行监管内部会议，会议要求所有监管人都必须到位。

为什么不设值班人？特别是面对这种特殊需要的探视者，需要特殊的安排，何况是这样一些来寻找痛苦的老人。

从此至今豫东监狱规定：访问日的当天，无论监管内部开什么会、组织什么样的活动，都要有探视室值班人的值班制度。

我问建刚，当年那位探望儿子的老太太身边略显鼓鼓的编织袋里有什么，建刚说仅仅是些从乡下带来的青苹果。那是她给儿子带的探访礼物，也是她探视日里唯一的食物。

# 母亲的电话

Yan 的母亲从淅川乡下打电话给我，说女儿的电话打不通，自怨说是她村里的信号不好。

我疑惑，你女儿的电话不通，打我的就通？

Yan，我多年前的助手。

我耐着性子听乡下那位母亲电话里述说。

"今天是 Yan 的生日，怕她忘喽！"

哦？

我问她还有啥，她支支吾吾地说没啥啦。

"为啥她不接俺的电话呢？"后隐约听到。

我知道 Yan 的爹胃癌去世已两年多了，家里只有她一人留守贫穷寂寞的老家。清晨落日、夜里梦里，城里的女儿是她心头最挂念的一个人。除此，还有她刚出生的儿子。

在等中州大道与郑汴路口的红灯时，我与 Yan 通了电话，问她为什么不接母亲的电话。

Yan 说正谈事呢，知道母亲打就挂了，过一会儿再回。母亲又打，又挂，正在关键时！

我追问后来为什么不回？

电话里的 Yan 说忘了。

今晨听广播，说重庆的一位年近八十的母亲，为了晌午十二点到家来看望她的儿子一家人的到来，一早颤颤悠悠地去不太熟悉的菜市场买回一只鹅，准备给儿子炖上。因为鹅是"凉性"，可以缓解热温。老太太坚信儿子喜欢。

结果还是忘了回家的路。

在一个过街桥的桥口，老太太一手挂着拐杖，一手提着一只剥得净光的"秃鹅"，在太阳下边无声地坐在台阶侧面，像一个雕塑。

有人叫来了交巡警。

交巡警大声地询问、启发，在弄清了具体地址并送老人回到家门口时，时间已是中午一点整了。

我很感慨。

母亲再笨再傻，心里装的全是儿女。

儿女再能再精，心里却不全是母亲。

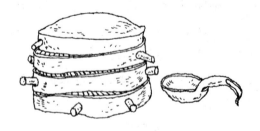

# 孝　心

早晨，我在司家庄喝牛肉汤。

一位成年女人，一手替母亲拿着折叠马扎（凳子），一手挽扶着母亲的胳膊，慢慢地走上铺子的台阶。

母亲想喝牛肉丸子汤，女儿低声问多少钱。

"十块！"声音很大。

"恁贵？"那女人自语似的说，"可以分成两碗吗？"她声音很小。

"可以……"声音也低了许多。

"多放点汤！"那女人声音大了起来。母亲也应声道："多放点汤。"

"不放葱！"母亲说。女儿大声重复说："不放葱。"

"不要油！"母亲说。女儿大声重复说："不要油。"

那盛汤的男人无语，他像个孙子似的认真地撇着锅里的油，他知道这世上母亲的要求是至高无上的，何况这世上无论任何一种裙带关系，唯有母亲的要求是最低的，大多不求什么回报。

今天下午我就要飞往德国了，母亲去世十天，她已不能为我送行了。那天悲痛之余，父亲说："你妈好好的时候怎么就没想起来带她出去旅游呢？现在什么都晚了！"

是啊，现在什么都晚了。

我们总以为忙过这一阵儿再去会怎么怎么样，真到了那阵儿，已不再想怎么怎么样了。多像我们省吃俭用的生活，想喝牛肉汤，待挣到许多钱后，牛肉汤也不再那么香了，更不会买一碗分成两碗。

错失着时光、错失着需求与回报，更错失着母爱与父爱，真是人生的一种遗憾。

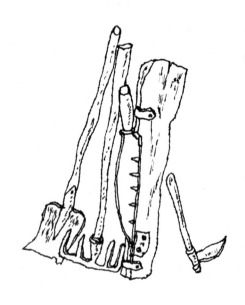

# 很想吃牛肉

很想吃牛肉，特别是今晚出差要坐夜车。

办公楼下的街边有家开封五香牛肉店，味道很正宗又不咸，但卖得贵。别家四十八元一斤，她家卖五十八元。

也许是周末，前面的第一位老太太买了不少。除了羊肉，还买了羊肝、羊肚，还让切得薄一点。

有点烦了，我的车停在路边好像有点碍事？

第一个老太太终于付了钱，提着战利品晃晃悠悠地下了台阶，第二个老太太又晃晃悠悠地上了台阶。

背影像我妈。

她手捻两张五元钱，轻声问店里女人："妞呵，我要买五块钱的羊肉。"

"不卖，五块钱不卖，最少十块！"

"我只夹一个烧饼吃。"

"不卖，五块钱不卖，最少十块！"同一个女人重复说了同一句话。

老太太停顿了一下，毅然晃晃悠悠地下了台阶。

她同我一样，今天很想吃牛肉。

我想如果此时她儿子看到这，再穷也会给她买十块钱的牛肉。

　　此时我 SB 似的眼里模糊了。

　　坐上车，远远见刚才那位背影像我妈的老太太，去了一个推车卖五香卤肉的小摊跟儿。我猜想她今天原本真的是"很想吃牛肉"，时令不好改为今天真的"很想吃肉"了。

# 华 总

那年那月，他走了好几个村子去借钱。

每户开口只借两块钱。

借钱是为了走出这个村子。

一是穷，穷得可怕。谁家煮了点肉，全村的人都能闻见香味。除了闻香，门口还有好多望香的孩子。华总说小时他就是常在人家门前闻香的人。

二是想走出村子，去外面学木匠。因为同龄的许多一起闻香的孩子们去了外面，过年回家时说外面多好多好。

多好？

多年才知外面真好。不闻香的人，去吃香才是生活的奢望。吃得饱，饱好几顿，但吃不香。吃到（肉）香，那才算活得好的人。

华总叨着鱼，问服务员这是什么鱼，为什么这么脆。服务员说这是内陆的鲩鱼，由于海潮它们被强行推入公海。在公海，它们失去了内海的生活状态，开始捕食公海中的小鱼。鱼型已由内陆的小鲩鱼，开始演变成庞大的身型，肉质也由松软变脆。

"不管它长得多么强壮，每年繁殖的时候，它都会奋力重游内陆河，在它熟悉的内河产下自己的卵。"

华总说今天自己的性情也像盘中的脆鲩鱼。"（小时候）村子里没人瞧得起我，因为在我懂事起就没有了父母。我跟着我奶奶一起长大。"华总举杯说那年村里闻香者中，只有姑姑把他从众孩子群中挑拣出来，邀到屋子里让他坐下，给他的碗里盛上了一大块肥肉。

三十三年啦！

今天村子里八成的人，结婚、盖房、医病，都找他借过钱。当年借三四百的人都不再要了。还钱的人不足三成。每年过年，华总都会偕家人回到老家去过年。每年都会去看姑姑，给她带上过年满满的肉和酒。

不论有没有，回家就是展示，其次就是回报。"当年对我一点点好的人，我今生会以百倍的心敬他。"真心的，华总补充说。

后天清明。

华总说他早已嘱咐过老家的姑姑，同往年一样，让她派人给奶奶扫墓，费用先垫上。

"我不懂父母情，奶奶是我今生的父母。"华总摘下花镜抹了一下眼角。

大后天四月四日，清明节。

# 穷儿子

黄河菜市场的街边，有位坐在老年手推车上的老太太，从背影和花白的头发上看，真像我的母亲，老一辈儿人都这般模样。

老太太今年八十一岁。她坐的老年手推车，是他的儿子亲手制作的，没有什么技术含量，也不值什么钱，更谈不上什么美感，只是结实。

他的儿子1959年生，比我大两岁，今年也五十多岁了，退休无事，就在菜市场对面的街上卖饼。自制的手推车是去年送给自己母亲的生日礼物。这辆手推车所用的全部材料，加上请人电焊的焊接费一共不足五十元。最难的地方是踏脚用的角钢向内侧切角九十度弯，弧度大，做工很粗糙。箱子面是拆的旧桌面拼成的，虽旧但是免漆面，光滑。板与板的接口处上的是合页，合页再与不锈钢架氧弧焊接。四个塑胶轮已磨砺得旧了。

老太太逢人问起自己坐着的这个山寨的手推车的来历时，都会不厌其烦地微微笑着回答："孩儿弄的！"

有人问："这车这么笨，推着一定很沉吧？"

老太太仍微笑着答非所问地说："得劲、得劲。"

我看着就很沉，一定很沉，但老太太不一定会觉得沉，一口一个"得劲"，因为这是他儿子亲手给她做的，而且还是件"生日礼物"。

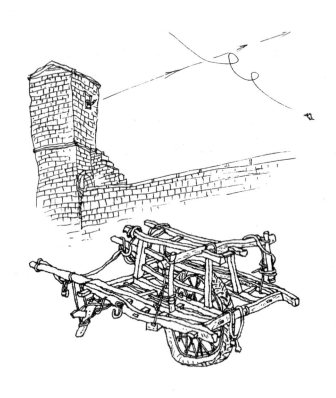

# 修理大王

北四环车管所的验车码头上，我隔窗看到了一张熟悉的脸。好熟悉的一张面庞，怎么也想不起来他是谁。

郊外田野上等待审验的长长车队，在下午即将到来的落日时分变得越来越短。在最后的验车场上，我又一次看到了这位熟悉的大脸哥。我们一同下车交验行车档案，一同打开前车盖，让办事协警核验车辆。

熟悉的哥，他开的是辆崭新的奥迪 A6。从我对车的见识中我知道这大概是国内生产的技术最先进、性能最佳、国情适应性最强的高档豪华商务车了。

哦，想起来了，他是当年我家那片的摩托车修理大王马哥。

当我们退出警戒线时，我与他打了个招呼，我叫他马哥。他愣了一下说："哦，你好！你是？"

初夏的黄昏里有风刮得可得劲。我笑着不以为意地说："你一定不认识我，我却认识你。"

"西郊？中原路上的苟岽王（村）？摩托修理？"我提示性地说，"你还给我整过车呢。"老马哥"哦"了一声，笑得可冷，接着说："想不起啦。"

是呵，花事一季，过往流年。

我说你绝对想不起老弟啦，因为你修的车太多啦。"你是西郊摩托修理大王，怎会记住恁多人来？"那时的马哥真牛B！西郊的走私摩托车几乎都在他那儿维修。当年国产摩托都少有人修理，他却敢听听声音，把一辆进口车拆了重装。那会儿，许多车的质量与估价都是他说了算。

我与马哥一边闲聊一边等着办事员叫号。

"红军你应该认识吧？西郊摩托车的倒车大王？二砂的？"

"噫，乖乖来？咋能不认识，太熟啦！"老马像寻到了故人般亲切了起来。

"这货当年没少撮事（挣钱）。那年郑州禁摩以后，原来倒摩的人，现在都倒二手车啦！"黄昏的光色中，让当年不太高大的马哥真的成了老马。头发白了一大半的哥更显老成敦实和沧桑。他说当年的人太爱玩了，虽然钱不少挣，可也没攒下几个。

"（当年）穷JB折腾。"老马点一支烟吸着说，哥们儿意气让那么好的青年时代糊里糊涂地糊弄过去了，真亏！

当年我们共求峥嵘岁月、壮志凌云。骑着前倾翘腚的雅马哈CBX250，与桑塔纳每小时一百二十公里的速度PK，戴着全包头盔，眼泪仍"唰唰"向后飞。今天相逢，英雄仍存壮志，壮志未酬，人已暮年。

老马还记得当年那次与红军去管城街硝滩二手摩托车市场。放着修理场那么多活儿不干，替红军参谋走私摩托的车品。当他与红军对着一辆劲龙250太子摩托车窃窃私语时，一个头盔甩到他的脸上，嘴里顿时吐血。老马指着左脸说："尼玛×，这颗牙就是那货叫彭哥的人打掉的。"

今我思矣，夜长漫漫如人生，想熬时艰难不见黎明，回眸时已年过半百。

前些时我回老院时见过马哥说的当年那个比我们小的"彭哥"，今天他已早早坐在了轮椅上，推他的仍是当年的那个她。当年他是道上的哥，真风光，但也真没少惹事。交警骑的是轻骑望江250，怎能与他们的进口走私车PK。郑州自1997年发了最后一批牌照，至2007年后，所有的摩托都成了黑车。一段日子里交警一般不抓，他们主要驻守在十字路口查汽车，但要是不知死活送到他们身边，那他们也不介意在没有老虎（汽车）打的时候拍死一只苍蝇。那时我们这些摩友们在等红灯的时候从不敢大意，预留后路随时准备跑路；在路上行驶的时候也要时时观察后视镜，骑摩托巡逻的巡警会悄悄迫近，把你逼停在路旁，他们是查摩托的主力，一经扣车，无论是按照没有驾照还是没有车牌照处理，都是罚款一千五百元。彭哥神通，黑白两道，只要你肯出点血，他都可以帮道上摩友逃过一劫。

乱世出牛B！

嗨，不说啦，马哥拧下烟头，极富满足感地坐进自己刚买的更豪华、更动感、更成熟的座驾，骄傲地打开车上的BOSE音响和电视/DVD屏，手握方向盘蹿了。

今天的老马再也不是过去的西郊摩托修理王，他说他是西郊前进汽车改装厂的老大。我想他今天不仅仅是被奥迪A6的multitronic无级/手动一体式变速箱的迷人之处所倾倒，更重要的是男人心怀壮志，心力一致终有所回报时的骄傲，还有从他面色上察觉得到这个江湖老男人内心的洒脱。

岁月浅浅过，心志乾乾不忘。

我往日胸怀，就在山水云间。

# 吉　喆

当首席小提琴家吉喆演奏完门德尔松的《e 小调小提琴协奏曲》后，观众长久地报以热烈的掌声。这位年近五十的小提琴家，在舞台强烈的聚光灯照射下，冷静微笑着向前深鞠着躬。

意犹未尽。

门德尔松的小提琴曲精妙绝伦，华丽的技巧达到了登峰造极的艺术境界，相对于贝多芬的小提琴协奏曲，本质上更显女性的优美。

掌声还在持续，退场。

四岁随父学习小提琴，至今被誉为"通过小提琴去表现激荡起伏的情感和丰富内心世界的抒发和表现"的吉喆，今晚第一节演出到此已获得了首成。

当剧场慢慢安静下来的时候，主持人说道：

"小提琴家吉喆是个大孝子。今天在演出前他与我商量能否在演出的曲目间隙，让他插演一首短曲献给他的母亲，因为今天是他的母亲七周年的祭日。"

昏暗的舞台灯下，吉喆重新缓缓走上舞台。

吉喆很激动，充满忧思地说："母亲离开我七年整了。每到这一天，我都会无限地怀念我的母亲。每到这一天，我都会给母亲拉一首我儿时最熟悉的朝鲜电影《金姬和银姬的命运》主题曲。（仅）为了母亲。"

全场寂静，寂静得没一点声响。

"没有母亲，就没有我的今天。"吉喆补充道。

轻缓柔怨的主题曲，在微弱的舞台灯光中缓缓演绎着世上最伟大的母爱。七八十人的交响乐队静止在场上，与几百人的观众一同静静地聆听着这首当年熟悉的曲目。

随着曲目幽怨的诉说，吉喆的眼睛已盈满了泪水，我的眼里也一样有了泪。我熟悉这首歌的旋律，不知道这首歌的词，但最后一句歌词我知道，那是"祝福妈妈"。

小提琴家吉喆在结束曲目的最后弓弦深深下拉的时候，弦上已经无音，但深情已让他和全场人泪眼模糊。

他拿垫提琴的软巾背向观众擦着泪，许久台下一片掌声。

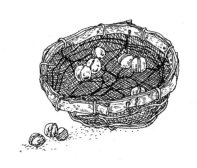

# 大　款

与朋友和朋友的朋友一起吃饭。

朋友的朋友是位涉足房地产事业的"腕",财富的积累给了他崇高的餐位。也许是主位的缘故,灯光聚照使他的脸非常的亮。他也似乎找到了一种表现欲。满桌子的菜肴,像讲台上的鲜花一样陪衬着他。高谈阔论都归了这位房地产朋友,我和朋友们很像在听一个讲座。

几杯酒下肚,孤傲的言谈余韵中则更显真实。他似乎在浮华中偶触到了一点地气,语言也流露出不畅与艰难。

他说:"我们(大腕们)外表看起来很潇洒,也确实不一般,到哪里都很放得开,花钱也气派,但静下来想想,也有难处,也有算不清的地方。也是真难呵!"

树老根多,酒多话多。

"每平方米说起来卖七八千块,除去成本、税收,送礼、利息,加上钢铁、水电等等涨价的因素,每平方米也就是赚几百块钱。不算春节过年,小节小日,亲朋、领导的儿女上学、结婚,一年算下来也花去了百八十万。不敢算呵!老百姓爱过节,而我们最怕放假。马上十一国庆长假,一下就是连续几天。"

是呵,我也有同感。

"如果你想做一个亿的地产,投入起码在八九千万以上。八九千万的银行贷款利息一年就是一千多万呐!每个月是多少呢?"

我们像个小学生似的在旁边一边静静地"啧啧"着,一边听着他的话声。

一阵儿安静。

望着天花上的水晶吊灯,他若有所思地说道:

"每天早上醒来我都在想:现在又开始烧钱了,一直要烧到晚上睡觉。"

辑三　年轻的故事

青春不着(zháo)着趟……

# 又到营地

## 一

对着镜子我突然发现又多了些白发和愈发密密的皱纹。忽地发现这些看似温暖灯光下的房子，瞬间会在心灵中变得空荡。

有节奏的轻敲门声。

营地两位女生，负责办公和接待的。长得漂亮清纯。一个端碗鸡蛋面条，一个端盘青椒炒豆干。

营地的青春，像割掉的韭菜，一茬一茬地展示着岁月的风华。

我对她说："你长得真漂亮。"

"是吗？谢谢老师。"

在岁月的风华中，营地像铁打的营盘，曾经那么多熟悉的美人，如水般一茬一茬地交替在"被"更新的程序中，不知不觉地流进流出。

我来了，你却走了。

你来了，我却不在。

还是那条来营地的路，先是土后是石，如今宽了许多，也许就是岁月的雕刻。情感和记忆混合在一起，让我们几乎分不清哪一个是滋味，哪一种是人生真的情怀。


## 二


课间休息。

难得的阳光。

我步入阳光照得到的护栏中，正在抽着烟的女生与我平行望着阳光。

她说她们三姐妹是开着车从山东来的，为的是能一边旅游一边来学习。到这里才发现旅游不能兼顾学习，学习也不能兼顾旅游。

其实世上许多事很简单。

你不想干的时候，如童话般可以解脱。但你发现你不再是个孩子时，要为自己负起责，你才明白许多现状不是你想退就能退的。许多事到今天，我们已回不到从前了，因为我们已是成年人了。


## 三


下了晚课。

夜十点有余。

昏暗的营地路灯下，一个男孩儿坐在路边石阶上。绿植满街的路边上，他毫无诗意地紧抱女孩儿的腿。是爱恋还是失恋？因为恋爱中的人，得与失时都是这模样。

我轻轻走过，看见女孩儿漂亮的脸，又扫了一下男孩子的脸，帅！

"你不要走。"很远仍听见男孩子说。

不要走？谁走？世界究竟谁在走？

无论谁走，真想对小帅哥说，世间无论友情还是爱情，千万不要追扰那些不愿理你的人，得不到的回应要适可而止。"挤不进别人的世界就别硬挤了，作践了自己，难为了别人。"

何必呢？

自以为很成熟。若有一天不被在乎，要学会转身；不被爱惜，要懂得放弃：不要偏执于不属于你的东西。也许一转身，你就会遇上更美丽的风景。

小帅哥，没人帮你。

# "叫呗，打呗，砸呗？"

阿炎很长时间没见母亲，昨天晚上一下班就回到了母亲家。

父亲不在，母亲自己在。

母亲给儿子炒了一个菜，顺便把晚上自己吃剩的菜，一起端来放到了餐桌上。阿炎不嫌，头也不抬吃了起来。

四楼传来吵闹声，声音越来越大。最大的声音是一个女人的尖叫声。

阿炎的母亲着急地对炎说："你去劝劝四楼的亮子吧！他还是你的同学哩！这一段时间他们老是吵架。"阿炎头也不抬地边吃边说："妈，你管那么多干吗？他们那是在玩游戏。"母亲不解地问："玩什么游戏？哪有这样的游戏？"

传来了"哗、哗"摔东西的声音。母亲急着说："别吃啦！你这孩儿，我的腿不好，要不我就上去了！"

阿炎放下筷子抬起头，眼睛向上翻着说："亮子不错嘛！他恁牛，不是说自己天天过得可'得劲'吗？"

阿炎一肚子的不忿，一肚子的嫉妒。他的家，论什么都远不如楼上的"主"，他媳妇长得也远不如楼上的媳妇。从小时候到现在，楼上楼下地住着，为什么同学会差距恁大？

他对着母亲，也更像对着楼上的亮子说："好好玩吧，可别亏了去年结婚时的八辆奥迪（婚礼车队）！还有那辆'大奔'啊！"

母亲无奈地说："这孩儿！"

四楼上的"主儿"们，好像感知到了什么，声音突然就小了，没了。

阿炎吃完了饭，放下筷子就离开母亲家。出了门，还不时地望着四楼，四楼那家刚闹腾过的窗户里，不但声音全无，竟然连灯光都没有了。

母亲也没送儿子，儿子也没打个招呼，骑上新买的电动车，"呜、呜"地走了，边走边嘟噜地说："叫呗，打呗，砸呗？"

# 珍　贵

儿子得了白血病，去年去世。

在儿子今年生日这天，他终于在百忙中放下了手中的工作，在儿墓碑前给去世近一年的爱子过生日。

有风的阳光中，他流着泪与儿媳妇一起打开生日蛋糕，呓语似的给墓中的儿子说："小××，我来给你过生日了。"

一样泪流满面的媳妇知道，丈夫工作一贯太忙，生前连着几年都没空给父亲过生日。与父母一同过个生日，这是丈夫生前最大的心愿，如今也只有在此去满足他了。

他们真有那么忙吗？

刺眼的阳光中，风吹着两个人的头发，显得世间那么沧桑与无奈。

失去才知珍贵。

# 剩　女

一早，在紫荆山公园的南门见到了辛红。

远看还是个姑娘样，可到跟前儿仔细看，就是老姑娘相了。

"又是好久没见了，一切好吗？"

她顿了一下，笑着说："好呵，怎么能不好呢？社会主义国家不缺吃、不缺穿的。"

她这是从紫荆山公园里晨跑回来的，一身的休闲运动装，充满了活力。

"每天都跑步锻炼来？"

"是呵，每天坚持。"

"个人的事——婚姻还那样？"

"是呵，还空着呢。"她微笑加苦笑说，"没法儿，求不得。"

有两年没见辛红了，每次见都大了一圈。

女人的青春岁月，就像下跳棋似的蹦着来的，变得快、走得急。

如果女人先天不足也就罢了，可她做的"工作"那么好，人又那么有底儿，老大不小了，咋找个婆家恁难呢？

我见过身边好多"大牌"剩女，总是在销售自己时，在打折率上慢了两拍，时间长了，自然多了些心理障碍。

我示意辛红是否如此呢？

人家辛红倒是大大方方地笑着说："我心里很随意，没什么心理毛病。倒是我见过的一些男的，心理疑惑太多。"

她停顿了一下继续说：

"这两年我谈过几个男友，其中谈的还有一个年轻县长。刚开始可好，他们都喜欢成熟点的女人，可谈着谈着，他们慢慢开始喜欢单纯些的女人。他们认为与聪明、成熟的女人交往太累。当真叫他们去与单纯些的小女生谈吧，时间长了他又觉得她们浅薄，太无趣，没意思。"

嗯，我作为男人，心里有时也是会这样想的。

哦，拜拜了，有空常联系吧。

唉，想想也是：男人事儿更多。

# 失　意

杜总的母亲生病住院，杜总和我带了些水果，一起驱车专程回了镇平山里老家的卫生院。

到地儿后，我没进那所卫生院，因为那院子狭小而简陋。

我在对面街上的杂货铺里，顺手找了个小马扎坐下等他。

山里的天气比山下要凉。

行人稀少的街上空气很清新，这叫我的等待多了份耐心。一切静得出奇，知了"知、知"，偶有摩托车蹿过，"嘟、嘟、嘟"地彻底响了那么几下，随着声音的远去，小街又归于原有的寂静。

坐在店铺门口的凉荫里向街上望过去，除店对面的卫生院略有人气外，其他的店铺几乎都关上了门：乍一看像是一条废弃的小街。

我的旁边坐着一位白白胖胖的中年女人，正在有一句无一句地与店铺里的大妈闲扯，以此打发着寂寞时光。旁边还有一个孩子在摆积木，好像是她儿子。

她们说的当地话我听不太懂，也无心去听。

我无聊地注视着身边这位嘴不停地说话的白胖女人。

她长得挺白，显得富态。

望着她自满和悠然的闲情，似乎叫人感到这里是条繁华如意的街。

一会就熟了起来，她开始问我们是哪里人，从哪里来。

我们说是郑州人。

她像中了体彩般对店铺里的大妈说："看看！我就感觉到人家是大地方来的人！"

她来了兴致，接着说："大地方的人，并不一定穿着很高档，也不在于他会不会说话，从人家的动作和言谈表情，就能看得出！"

她自我介绍似的呓语说："想想俺自己这辈子真是可惜呵！西安（中专护校）毕业后，就一下子分到了这儿。从这两年业务培训，一直就是南阳镇平、镇平南阳地跑。好像全世界就那么大。"

哦，她这个年龄竟从没去过省城郑州。

店铺里的大妈说："现在的人，若想去哪儿转转就去转转呗！"

她无限失意地说："你这话要是刚毕业时说多好呵！现在有了孩子，每天事也不多也不少，天天都那个裘样，不来（上班）也不中，这辈子一切都去裘了！"

我插不上话。

我知道现代人应无拘无束，只要心到，只要稍克服一下身边的生活惯性和基本困难，就能轻而易举地走出现在已习惯了的家园。

这应该不是一件难事。

可她叹了一口气后，费力地站起身，缓缓地走向对面的卫生院。

　　杜总有心远路而来，肯定是情深意切不愿走。

　　许久，我没见他从对面的卫生院出来。

　　我试着走进对面空荡的卫生院去找卫生间。

　　院小，刚走进卫生院，便见到那位刚才坐在杂货铺里的白胖的女人。她换上了医用白大褂，穿着个拖鞋，双手拿着准备换上的药瓶，步履缓慢地向北边的病房走去。

　　从她无聊的行态中，能感觉得到她心里充满失意。

# 十八岁

1958年拍的这张结婚照片，今天虽已褪尽了颜色，但仍能让人遥想到GG的二姑当年的美丽容颜。

那年她十八岁。

她清晰地记得这张结婚相片，是在南阳内乡拍的。

那是段让人难忘的记忆。

今天GG的姑姑已七十岁。

现在，她的眼睛得了白内障，本就昏花的老眼，今天看上去就更差了。

GG的二姑，一辈子不停地开地、种地。以往记忆的岁月中，村里人经常在黄昏后见到她仍独自一人在田间劳动，有时见她竟用自己的双手在地里扒呵刨呵。

二姑在七十年中，历经了人间的艰辛，一辈子哺育了三男三女。

看着模糊不清的相片，她感叹地说："那个年龄的人，谁不漂亮呵。"

感叹的话语，其中更多的是人生的感叹。

# 自由人

晚八点二十分，听楼下一男孩子哭。哭声很大，边哭边说："你打我了！"一位父亲打了孩子。

"你打着我的牙啦！"孩子很伤心。

黑夜里我看不清孩子父亲的脸，曾为人父的人，心里都会有一丝心痛。这位父亲黑夜中声音仍很坚定地说："就打你了！"他要坚强，并且要坚持。

"三点多就出去了，现在才回来！你是怎样说的，忘了吗？！"父亲说。

哦，我忙晕了，今天是星期天呵。

孩子的声音小了许多，说："同学几个都是一块的，都晃到现在才回家。"

父亲一定是个被这个社会逼得不讲"自由"的人。

孩子仍哭，声音小了，父亲的语音也小了，慢慢地楼下也听不清什么了，只有两楼之间的混音。

也没必要听清什么了，只怜惜这孩子。这有什么呵？我们那时候才真叫"疯"：环绕院子的砖墙上谁没上去乱跑过，谁没点着油毛毡在防空洞里乱窜过，门前那棵歪黑的柿子树谁没爬上过。

不论这是个什么世道，不论这个时代是先进还是没落，我们都不可能把二代甚至三代人合并在一个图层，何况这又不是一个完美的世道。"高人"也不行，我们更没那本事。你试图引导或强迫、威逼他向你走来，他便试图弱化或被动、谦让地离你远去。他们现在不会去理解你世界里的悲欢与关爱，他们没那能耐。你也无能耐去体会他们世界里的自由与放纵。真的，他们单纯，因为他们是现实世界的自由人；我们老道，因为我们无法放下不得不干的事，无法放下不得不想的心，连想念"自由"的信念都没有。你没有那福气去享受"你想不去做什么你就能不去做什么"的自由，更别说当个自由人了。

我怀念我的童年。

但我也知道总有一天，他们这些孩子们，也会像孙悟空一样，到了"自由"的极限时，一定会被这个世道上的"如来佛"强行戴上现代的"紧箍咒"。

想想真是一种悲哀。我们不会飞，也不会变，又不是妖，是人。是人，自由就是有限的。

孩子们不懂。

但愿那父亲不要再轻易地打孩子，更不能打他的牙。

# "假　的"

　　一位外貌极其普通的中年女人，手推一辆极其普通的自行车，在学校的大门口耐心地等待着。她准备接自己的儿子放学回家。

　　这所学校可不普通。这是郑州一中。

　　这个校门里的学生，几乎是百分之百都能轻松考上个全国重点大学。

　　中年女人望着校门口。

　　孩子出来了。

　　她踢下车子支架，推着车子正式地准备迎着孩子。

　　孩子走近了，看上去他已远远地高于母亲。

　　他拿着一件暗蓝色运动衣，是"耐克"，我看得很清。他使劲地摔到了母亲自行车的前篓里，一脸的愤怒。

　　孩子严厉地对母亲说："假的！"

　　母亲愧疚地望着孩子的眼睛。

　　"全班都看出来啦！"

　　母亲无语。

　　她静静地推着车子，跟在自己的孩子身后。

孩子一往直前。

母亲紧随其后。

我有头有尾地目睹了这一幕。

曾看过中央电视台《新闻调查》节目讲述一个少年奇才的故事。说的是姓魏的这个孩子（1983年出生），两岁就认得一千多字，四岁就学完了初中所有课本，八岁上重点高中，十三岁考上全国重点大学，十七岁就考上了中国科学院的硕博连读。但是，他很快被中国科学院劝退，因为他生活不能自理，生活能力太差。那年他十九岁。

眼前这个孩子，看他的那个世俗劲，我想会比姓魏的这个孩子强些。但照此发展下去，他未来的"青年时代"，也好不到哪儿去。

# 生　日

雪儿返校后的第三天便是自己的生日。生日后又是第三天，便有男生在寝室楼后的花园里送给她十二朵玫瑰。

一切都很突然。

当她接过这十二朵玫瑰时，她内心中隐隐多了些幸福感。虽然本能地接过了他的花，可内心中自己知道并没接下他的感情。

他，很认真，似乎还说了些什么。她没有听清一句他说的话。雪儿点了点头，轻声地转身离去。

回寝室的路上，她一直躲在一侧上的楼梯，她不愿让其他的女生看到自己掖着的花。

花瓣零零散散地飘落在楼梯的边上，没人注意。更没人注意楼下的花园里的那个男孩子。

他傻傻地站在那里，许久望着雪儿离开的方向。刚才他似乎说了句自己才能听见的话："你觉得自己想好了，再来告诉我。不过我决定从现在开始追你。"

她回到了寝室，望着楼下雾气腾腾的校园，心里除了有一丝感动，更多的是一种失意。她在不到两年的校园生活中，已历经了关于爱的许多情节。

她从床头拿出自己的日记本，随便地翻到一页空白，写下几个字："嘲笑我自己。"

她流下了泪。

她知道一个女孩子的恋爱，终点是要嫁一个人。嫁一个人，就等于嫁一种生活方式。

当晚，她的博客中多了这些字：

我不知道自己到底想要一种什么生活，可我明白我要的绝不是现在这个样子。

我现在没有资格接受一份很真挚的感情，没有资格伤害别人。

# 搬　家

"巧云，搬哪儿啦？"

"搬西郊了！"

"那么远？得倒几趟（公交）车吧？"

"倒两站就可以坐60路直接到了，不过从出门到公司需要一个多小时呢。"

"这样你上班不就更远了吗？"

"是呵。"电话那边的话语顿了一下，"但这样离他上班就近了！"

"为什么不选一个离你们俩都近一些的地方呢？"

"那样两个人都不方便了。我辛苦点没啥，他受不了这！"

"哦。"

放下电话，她对我说："巧云天天这样死心踏地的爱着他，真不知为了啥。那个孩儿（男友）的个子矮矮的，立那儿还没她个儿高，成天迷迷瞪瞪的。他家在许昌农村，穷得没法形容。"

巧云家也在许昌农村。她的家要比他老家富裕些。

今年年底她们就要结婚了。

约好了明天她们一起去逛婚纱店。

现在照一套婚纱相得要两千多吧？三四千的也有。

他说太贵照不起，她也真觉得有些贵。

巧云她们俩在一起好几年了，从上大专她们俩就好上了。俩人目前工作都相对稳定，每月都拿两千多点工资，男的在一家电脑软件公司跑业务，她在东建材大门口一个卖楼梯的店里做设计，工作平平淡淡，生活也平平淡淡。

巧云说她和那男孩子的恋爱，除了高中暗恋过的男孩，他是她的初恋。

虽然那男孩比她大两岁，可她俩在一起时，巧云看上去明显要比他大一些。

也许是命吧，巧云说她喜欢这样的感觉。在家她是老大，底下有好几个妹妹，其中还死了一个妹妹，最后一个是弟弟。她喜欢最小的那个弟弟，但弟弟不缺家里的爱，在家他是最受宠的人。

算算离家也已好些年了，对家和家乡的亲情，随着无助又艰辛的城市生活的积累，压得她已没什么更超越的精神感触了。故乡已简单到几乎是一种名词。

身边的他，是她在这个举目无亲的城市中全力漂泊中的一艘船，不论船新与旧、好与坏，只要能漂浮于水，她便会乘坐在上面，载着她游弋于城市的大街小巷之中。除此，她没有更多的梦想以及同龄人天真的奢望。

有时他真像她的弟弟。

有时她真把他当成了弟弟。

巧云说他无所谓像什么，只要他们能好好在一起平安生活就足矣。

# 失 落

水无常态，人一生漫漫也无常形。

初识女孩儿小文，是在去上海参加世博会时。一米七五的大个儿，人群中一下子就挑得出来。她是我们的领队，什么事都要问她，连晚上和同行 ×× 同住也要在她那儿打招呼。

笑容可掬、大大方方。

记得最清楚的是那天早上，大家等接待车时都嘻嘻笑笑地逗着乐，二三十号人很乱。都是大牌大腕级人物，让她不敢随意指挥他们应该怎样怎样。在众人的哄乱中，她的提包丢了，直到开车五分钟后她才发觉。

望着窗户外抹着泪，那年她二十五。

不同的人面对同一件事会有不同的选择。特别是恋爱和婚姻。她在今天的微信留言中写道："有人甘于平淡，有人执着成功，有人心怀天下，有人游戏人间。这没什么，每个人对幸福婚姻的定义不同，自己觉得快乐就好。我从不相信人生只有一条路。"

好多年不见。

从省城的大公司回到了老家小县城里的小公司，从一个飘逸任性的小姑娘变成了一个少言寡语的大姑娘，全都为了他。为了他成了家，为了他，丢失了自我随缘于他。

　　他富有了，社会地位明显提高了。

　　的确，婚姻会让人改变许多。一起久了，两个人的性格会逐渐互补，甚至互换。爱得多的那个脾气会越来越好、越来越迁就。被爱的那个则会越来越霸道。

　　她"觉得生活的疲惫感越来越厉害，路窄得让我们走着走着就忘记了初衷，迷失了目标"。

　　今天她的无名指上仍戴着结婚时他亲手给戴上的金戒指，但她在自己的微信留言中发出了"也许"两个字。

　　开春的天气万物返青，整片地透着翠绿。

　　"三世缘，七世情，一眸庭阁，几世花开。在我们的生命里有一种纯粹的幸福，那就是深深去爱和深深被爱。年少时爱是一种崇拜，在成年时爱是需要和欣赏，年老时爱是一种依靠。"多美的词句呵！今天在小文的眼里仅是看上去很美。

　　淡淡的失落情怀，让她对春天到来的渴望淡泊了许多。

　　今天她的妹妹结婚。

　　她的妹妹和她当年一样高、一样美。

　　妹妹的老公半跪在闺床前邀她出娘家门。

　　眼前的场景像在重播自己七年前的故事，可一切都不是从前。

　　人们都在从无到有，又从有到无地轮回着。轻易得到的，恍惚间又这么无奈地失去。失去才知珍贵。故事连连可以重写，可世间又有多少事可以从头再来？

在一个没人注意的角落，她盈着泪发了条微信留言："妹妹今天结婚，一生幸福。"

"一生幸福"四个字多短呵，又寓意深长。简短的文字中透着无法用语言表达的失落情怀，还有一个平凡女人对生活的无奈。

# 不愿分离

高铁广州南至郑州东，四点半发车。

年轻高个儿的女孩儿与年龄大得多的男人与我一同登上6号车。

车将离站。

语音催送亲友的人快点下车。

高个儿女孩儿拥抱着那位年龄大得多的男人不愿分离。

分别总是有那么多的悲怆感，许多的镜头都会重复地录下这一段，我也是身不由己地驻足扫描了一眼。

他们距离我两排座，虽然听不清他们的话，但只要随意地瞄一眼，我就能看到他们的全景。穿着相仿的黑白情侣服的这个女孩儿个儿真高，比这位年龄大得多的男人还高出一点。

车厢内继续播报送亲友的人快下车的语音。

她抱他在两腿之间，像两腿间熊抱一棵大树。熊抱的姿态中，戏剧般地看到她眼里的泪水。

唉！也许李宗盛在唱："人生何其短，何必苦苦恋。"戏剧一场，姑娘也就让步吧。

车开了，那个比她年龄大得多的男人怜爱地抚摸着她的肩站了一站，没能下车离去。

很快，"广州北"，又到了一站。

哦，那个年龄大得多的男人又在寻找那个下车的时机。她一步不离地一直紧跟着他，双手仍时时哀求般地抱着他的腰，像一个少女在拥抱着上帝。

比她年龄大得多的男人，再次宽容了他的臣民，满脸爱与哀愁地与她拥在一起。

姑娘的泪水告诉我，她还不会真正恋爱，因为不论你爱得多么痛苦与快乐，真的恋爱不是让你学会了恋爱，而是学会爱自己。

她不会懂，因为爱太浓让她伤心和迷惘。

从开车到现在我看了一下手表一小时整，动车又到了一站："韶关站"。

从他微微拧起的眉头上看，他似乎是已用尽了心计，不愿再周折下去，他决心要离去。

她似乎也是用尽了爱心和乞怜，她痴心一梦，真的不愿意就这样让他走了。

年轻高个儿的女孩儿坚持与身边这位男人相拥在一起，他再一次容忍了她，这也许就是爱的厚度吧！

车再次开启，那个比她年龄大得多的男人抚摸着她的手又坐了一站，没能离去。

"耒阳西"，很快又是一站。

因为这位年轻高个儿的女孩儿与身边这位男人的纠缠，让我一直在观察着这些与我毫无关系的站点。"耒阳"是哪里？不是山东的莱阳吧？莱阳梨太有名啦！哦，这是湖南的耒阳。

想想人生真不易，世上的人再多，在北方的冬夜里能陪你回家的也许只有一人。人生没那么多的大智慧，世界本就这么小。一个不知名的小站，就可能是你的一生所有。

下面的站，我一没听说过，二没再注意他们俩的后续。爱情是两个人的故事，何况人生的每一个选择都像一个赌局，输赢又都是自己的。

小觉醒来，窗外已是一片漆黑。

趁上厕所的空儿，我看到后两排座中只剩她独自一人。通话中的手机半遮住脸，挡不住的泪水让空晃晃的车厢里显得很寂寥，像我的水墨有些苍茫，似乎动车正行驶在亡命天涯。

感受到了一种迷惑。

武汉站她独自下了站。

从湿气融融的车窗里向站台上望去，人群中慢行的她很显眼。一是走得慢，二是个子高，还有我知道的这分别时段的悲欢离合。人们失恋中那些难以与人诉说的话，太像插在自己心十的痛，真的是"痛彻心扉"。还有一种痛难以表述，就是对方早已收了心，而自己的心仍不肯回来时的揪心之痛。

男人离开耒阳西站到小姑娘哀婉地下武汉，前后历时两小时。时光会替她疗伤。我想她的伤最少要乘以十倍，不乐观的要几年，重者一生都挥之不去。

人生有时就这么沧桑。

# 新　年

　　早早关闭的夜灯让街道更加暗淡，行人稀少。走在寒冬不到七点的凌晨，更像平日的凌晨五点。黄河医院对面的胡辣汤店却早已开始营业了。

　　收款的小女孩趁人少，用拉开的抽屉做遮挡，悄悄地用手机自恋地在照着自己，表情从严肃到微笑。

　　这家出了名的胡辣汤老店，是我这几年常来的店。偷照镜子的小女孩，我是看着她从小女生长到了现在成熟的样子的。

　　她突然怔了一下。

　　她从手机的自拍影像中突然发现身后炸肉盒的大男生在偷偷地看她。

　　"嗨！你瞅我弄啥？"她扭身对那男孩说。

　　那男孩慌乱地说："偷偷看你也不行吗？"

　　"偷偷看也不行！"她扭回身子看着手机笑了。

　　吃早餐的人开始多了起来。

　　女孩子在收钱的空儿，时不时地从抽屉中的手机中回窥着身后炸肉盒的男孩儿。

　　此时我见那个男孩子一脸的认真，像雕塑般做着炸肉盒的动作，眼睛不敢再有一点斜视。

也在此时，女孩的脸一直呈现着冬日里新年第一天最美的微笑。

# 年

王道远，信阳固始人。

二十多岁，在郑州当了四年消防兵。

四年没回家过一个年。

今年仍不能回家过年。

他说妈妈从来不怨。

"一个农村的毛孩子，今天穿着军装这么威风，真有出息。回不回来过年没啥！"妈妈这样说。

王道远，名字似乎注定一辈子任重路远，几个年不回家也没啥。

"（消防）大队长对我很好，他对我们说越是过年越是任务重要。"他兴奋地说他很理解他们的职业不同于任何一个职业，非常重要。

他还说每年过年时，他的母亲都会在年夜饭的桌上给他摆一套碗筷。

说到这儿，这位穿着军装的孩子眼里涌出了泪。

年，心中不失的一种情怀。

## 幸福的模样

营地下晚课很晚。

收到位女生发来的微信：

"冒昧地问老师个问题——你的脸是不是？"

哦？我习惯性地挤右眼，这么远学生也注意得到，一定是电视转播的原因。

"我也有一样的症状，四年多了。"这位女生仍继续发着信息。

我说："我是毛病，其实我是倒睫。"

她说"我是面瘫"，发了一个"哭泣"的表情。

"我笑起来好丑的。好长一段时间没走出这个阴影。"

"……"

她写道："时间久了已基本上很难治愈了，看了很多医生，都说让自己多注意保养。"

"没啥。"我说。

"看到老师这么正能量，突然觉得这些也没什么！"

"真的是没啥！直面人生，喜欢你的这种心态。"

"大学里一直为这个很自卑！同学们都因为我不爱笑觉得

我很难相处。我也把自己封闭起来一段时间，后来觉得这样不行，就自己去夜市上摆摊，跟路人交流，慢慢地就放开了。"

发了个"调皮"的表情！

隔窗看到黑夜中营地的公寓楼还亮着许多灯光，此时这个女生一定也在某一扇亮起的灯光之中未眠。

前些时在（西班牙）巴塞罗那圣家族大教堂广场上，熙攘的人群中有位身高不足一米五的伤残女孩，她的面部变形，露在外面的四肢多处明显地留着刀痕。她微笑请旁人替她拍照。镜头前，她努力微笑着，让僵硬的面庞充满着美好。

她的身后是高迪的伟大作品圣家族大教堂。

这个用各种石头做成的生命之树，寓意着生命的高贵与死亡的迷途，充满着上帝赋予人类生命求存中的希望，还有上帝的慈悲与关怀。

她在认真地取景、拍照、留影。

在组合着的世界各种不同人的广场上，她在我的眼前最美，因为她是在死亡、希望、慈悲中备感幸福的人。

"人，应该诗意般地栖居。"

的确，人活着无论遇见什么，都是生命赋予的典藏。

"纵然我们做不到清心寡欲，但至少也要学会淡然优雅。无论何时，无论何地，我们都要努力，把脚下的路途走成幸福的模样。"

幸福的模样，生活的美好全在于此。

# 老 爸

我举起奖杯。

在我获得华中区 MSE 创意奖时，谁都不知道我心底里的激动，以及我第一个想把我的荣耀"耀"给谁。

我的老爸。

十年前的今天，我考上了一所没什么名气的大学。大学报到那天，老爸陪着我去了这所在他看来犹如"北大"般的校园。

一路都是我从来也不曾看到的兴奋。

老爸晕车，吐了一路，真的是丢了一路的脸。下车后他不顾"丢了的脸"，还有劳累，兴奋地帮我搬行李，找宿舍。

学校规定每个宿舍六个铺位。我的宿舍送孩子来学校的家长包括我爸有三位。两位家长安排好自己的孩子就到学校门口旅馆住了。父亲磨叽到天黑也舍不得去住，说夜里他不用睡，坐一会儿就第二天早上了，一早就回家。

虚荣心让我感觉在新同学面前有些丢脸。

陌生的校园天黑下来，别说老爸陌生，我也陌生起来。看着还在兴奋的老爸的脸，我好心疼他。今天想起来眼泪就止不住。当时并没现在这么矫情，我就没吭声地望着他。他看出了我的心思，轻声说咱俩挤挤吧！

只有默许。

当晚我和他挤在一个一米五的单人床上。

那是我记事以来直到今天，我与父亲最近距离的接触，也是今生的第一次。那个平凡的夜里，我感受到父亲的温度。他的喘息声，还有他喘息中的舒坦，我甚至诗人般地感受到了他对我如赌徒般的期待。

熟睡时的呼噜，那一夜我一点也没厌烦。违心地说我没听到。

好多年啦，结了婚，有了一对龙凤胎的儿女，却越长大越希望能和父亲离得近一点。可真近到我激动地见到乡下来探望我的老爸时，我竟没好意思给他一个拥抱。

感叹世上有种真情的爱，当我真的面对爱的人时，竟不知道该如何说出口。

老爸，此时我真希望 MSE 的创意奖领奖者是你！

## "过日子"

已近深夜，一个夫妻小饭店仍开着门。

夫妇俩在吃晚饭，男的自己坐那儿喝着小酒，女的靠在灶台端着个碗吃饭。

男的对女的说："孩子寄来的女朋友照片看了吗？"

女的不吱声。

男的话里已有酒劲。"看了吗？"他大声地问，"咋样儿？"

那女的低声说："不咋着。"停了一下说："样儿（长相）长得中看，但一看就不像是个过日子的样儿。"

"过日子是个啥样儿？"男的已明显有了酒劲，他慢悠悠地对他的女人说，"过日子？哈，现在的女人知道过日子是个啥吗？她们还会像你过去那样过日子吗？"

女的声音比刚才大了些，说："甭喝了！你每次喝酒都耍酒疯，都怕死你了。"

"……"

没再听见他们往下说什么，静得只听见那个厨房里的破排烟风扇"吱、啦啦，吱吱、啦啦"地一个劲儿响，还没有一点节奏感。

# 离　家

从北方的棉衣时代，飞到了南国的广州，满大街都是短袖。在等待行李到达时，我趁机脱下羊毛衫，却没短袖让我换上，老远一看就是一个路客。

芳茗见我时穿的短袖。

嫁给广州的大帅哥好多年啦，今天的芳茗已经成了再正常不过的广州人。当年为了"爱情"不顾亲人、朋友的反对，毅然跟着一个她认为可终身依靠的男人，远嫁岭南花城。

今天穿着短袖长裙的芳茗，依然不失当年的热情，洋溢着当年拥有的女神姿态。可不管换个朦胧角度怎么看，都让我忆不起当年骄傲的亮点还存有多少，显现的仅是一位走在花城街道中的普通女人。

当年她母亲的泪水和她爹在婚礼上故作坚强的尊容，都在那次婚姻殿堂的五颜六色中崩溃。她带着父母二十多年的养育之恩去到这个地方重新开始了不熟悉的生活。

又是二十多年。

芳茗的远嫁，为了一个钟爱的男人，来到离家上千公里的地方生活，以一个女人的姿态扮演一个妻子的角色，以一个家庭煮妇的姿态扮演一个主妇的角色，多年后同时扮演起一位母亲的角色，让我叹为观止。

过去十几年甚至二十年的朋友如一道风景，往事如浮云流水无法驻停。朋友们一一惜别，相见无期，一南一北，多年往事只能成了"当年的回忆"。

芳茗点了几个广东特色菜。

"唉，结婚后我曾和老公说过，一年起码要回去一次，看看父母和家里的人……"她静静地说每次回去的时间要在半个月到一个月之间。

几乎全是素菜。

她边吃边说前两三年还行，后来身边多了一个孩子，母性发作，不忍孩子劳累，丈夫也抽不出时间来，可能这时还能勉强支持。直到第二个孩子出生，你已经完全不记得当时信誓旦旦立下的规矩。两三年也不曾回去，即使回去也是匆匆来匆匆去，留下了父母无边的念想。

望着窗外，芳茗的眼里满是离愁的深情，像是街的对面随时就有父母向这里走来。神情落寞的芳茗，也只有今日为人母，才知当年母爱子之心是多么的忧苦，忍心伤己也不疏忽儿女，这就是父母。

漆黑的街道东边，高楼中透出斑驳的亮光。遥望着那些光点，芳茗掏出手机拨打老公的电话："喂，你过不来啦？！"

停顿许久，她皱眉责问："你真的这么忙吗？"

直到分手，芳茗的表情一直停顿在责问中。

# 恋 爱

她终于恋爱啦！

她和喜爱摄影的大欣相爱了。

在一次海岸游的日子里，大欣竟像魔术师似的，在无人的海滩上，单腿跪地为她递上了一枚大小合适的结婚戒指。

她为爱和情流下了眼泪，至高无上的"爱的歌声"让她留下了泪水。特殊的环境和时间，让爱充满了浪漫多于畅想的储量，她显得异常矫情。矫情很快破碎，她根本不理解，他为什么回到省城不到一个星期，这么戏剧性的"爱的演绎"就突然破灭掉。他的妻子发现了他身上的同程机票。时间、地点、人物，故事的发生与结尾，一切这么清晰。

他为她上演这么一出戏？

女友们劝她，失去的就让它失去吧。她含泪问："你没有爱过，你怎么知道失去？"

这是大欣的故事。

生活中我身边也有相仿的故事。

前些天我和刚认识的她一同去找东区的房子，我问她为什么这个年龄了才想到去买房。她望着车窗外说，一切都是自己作的。那年在一个小城他喜欢她、爱她，让她很心动。但他因种种原因最终去了省城，就是我所在的城市。她有些失望，毕竟不在一个同心圆上。也许真的是距离产生美吧，他每周回返一次见她，她也几周赴省城一次见他。

最终，在父母的强烈不认同下，她竟独自迁居到省城投奔他。她是奔着结婚而来，不嫁不归，嫁了也不想归。

爱的力量无限大，同时被摧毁时的力量也同样大。

他背离了她。

他挑剔出许多她身上的毛病，他不再爱她。

她不解，她说爱能包容，如此挑剔已是不再有爱了。

如电视剧所演一样，她含泪说："我的电视剧更精彩，因为它就发生在我身上，演绎就在我身边。心痛的是我是主演，一切都是我造成的。"

哦！现实与理想背离，一切都是反向。

过去了就让它过去吧，我说。

她抹着泪心痛地喃喃自语说没有真心爱过，你怎么能过得去。

是呵，没有爱过怎么知道失去。

许久长长的沉默。

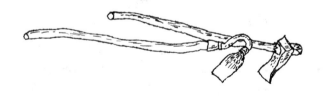

# 颜

那年，商家邀请我们设计界的几位大腕去欧洲考察。

带队的是商家的店员"颜"。

颜不同于我们这些经常到欧洲旅游的常客。作为一个小店长，她是第一次带队去欧洲，而且是自己以往想都不敢想的。

颜很兴奋。

一个好品牌的店员，因老板事务太多，又看中自己的能力，让自己代表甲方带队去欧洲，说起来运气真遛呵！别说哥、姐、爸，那么好的时令温差也没有如此佳果品尝，靠自己从业的年限来算也是有幸之人呵！

哥和俩姐都给了颜一些人民币带上路，算是"哥姐情"吧？大姐最壮，给了五百块。老爸在临走那天，悄悄塞给她两千元（人民币），说外国的花销比国内大得太多，虽说这次老板安排了全程的费用，但这些钱留在身上也以备万一吧。

空客从北京国际机场出发，由迪拜转机。颜是接待方代理人，随团队导游跑前跑后，要护照，讲国约，乐此不疲。

进入法国及意大利，我并没有太多地注意到颜。

经常出（国）门的人都知道，旅行中除应该有的项目旅游费用之外，组团的旅游哥会安排许多自费项目。对于我们这些号称"大腕设计团"的人来说，太知道这里的"弯弯绕"了，不论到哪儿，我们都会有自知力地选择"√"或"×"。

法国、意大利，到处是"胜利"美景，即使你不得劲不参加导游自荐的"自费"项目，闲散于其中任何场景，不花一分钱，你也会不同程度地感知到欧人、欧式的快乐与闲适从容，还有欧洲古典文化之美。

我们沉浸其中。只要是该参加的自费项目，心里觉得值就去，毕竟来一次欧洲不容易。

颜在哪里，我们无人关注与知晓。

那天一早，全队早餐后大巴车从瑞士"gegeng"出发，前往阿尔卑斯山瑞士登顶山口。这是一个瑞士小镇，人烟稀少。导游宣布：这是这次旅游项目中的最后，亦是今天一整天最精彩的自费旅游项目。

这次我虽然是第二次登阿尔卑斯山，心里仍然兴奋无比。上次是从法国山口坐缆车登顶，这次是瑞士。下次有可能就是德国山口啦！

随队人员兴奋地鼓掌、付费。

因为是自费项目，去留自由。不去的留守小镇，待我们下午回返。

三人不去。

两个是一老一少的设计师，一个是颜。

一老一少去年已从此山口登过顶，一个是从没"到此一游"过的颜。

随着登山缆车的前行队列，有人劝颜一同上山。颜推辞说"山上太冷，"不去了，"你们好好玩！"

我路过颜身边时，见颜穿的是一身牛仔装，比我们队中许多人的衣服都厚实。我心里知道颜是不想花这么多钱自费登山，折人民币七百多元呢。这么难得的一次欧洲之行，说放弃不值怪可惜呀，不过我又想颜还年轻，以后会补缺的。

最后一天，我们也玩够了劲头，众多人渴望回国，不是因为我们的中国心，更多的是我们的中国胃。好多人集中在瑞士的钟表店，闲来无事地转悠着，靠欣赏着瑞士钟表业的精彩打发着最后的欧洲时光。

在瑞士表店一个拐角处我看见了颜。她在认真地俯身看着展柜里的手表。这是表店里的低档展区。

人际稀少的展柜旁，我与颜打着招呼。

颜抬头见我很兴奋，她让我参谋一下这块表。

"TISSOT"（瑞士天梭），男士表，价值折合人民币二千三百元。

颜低头看着柜台上的手表，强烈的射灯折射着她一脸的认真。我知道颜一定是买定这块表啦。

她自语似的说这是准备买给父亲的一块表。

第二天在机场，随团导游告诉大家，若购买了三万以上的单件物品，为了免费通关，请主动拆除包装盒。例如手表拆除包装盒后，可以将手表戴在自己的手腕上出关。

颜说手表包装盒不能去，这是来瑞士的唯一标志了："我不怕，我的手表不超三万。"

看着一脸认真的颜，我心里想：有人说父亲对女儿的爱是深沉的，其实世上许多女儿对父亲的爱也是深沉的，只是表现方式太过单纯吧！

# "情人节"

还早，去黄河菜市场买柴鸡晚上回来炖。一是情人节的夜晚陪媳妇吃点好的，二是午饭到现在都没吃，饿！

点杀。

那杀鸡的女人是被她男人从远处的菜摊处搂回来的。生气啦！因为自己在赌牌，媳妇嫌烦又没处去，躲在菜市场口通风处闲喳喳。过了上客高峰时间，站在菜市场任意一角度，都可瞭望到岁月里大热天儿下的大老爷们儿，一水儿的赤着脊梁。文明点的收听着收音机里的戏，有的仰天长啸般地睡在梦乡，野蛮点的就像他们这一堆儿打牌赢钱。

那杀鸡的女人哪儿是在杀鸡呵？在剁人呐。

我对那杀鸡的女人嘱咐着不要剁得太小、太碎。"知道了。"一刀一刀的节奏明显慢了下来，但刀法越发雄健有力。

现在的女人已经不是旧社会的女人啦，"哪里有剥削哪里就有反抗"。何况新世纪女性不比男人差，干的活、挣的钱也不少来！

打着"十三点"的男人们，手握十、二十，还有五十、一百元（人民币）的手，听着剁鸡的刀声，手也有些抖。那个剁鸡的男人更是心由声出，连着输了好几十元钱，一手握牌、一手抠着脚。

兄弟，抠脚的手指头运气会好吗？

另一个赤背的男人在输了两百元后主动退出了，去他的摊上继续磨小磨油去了。榨油机轰隆隆地响，今天起码是白干啦。

剁鸡的女人瞪着鱼眼看着她的男人，把装着鸡的黑塑料袋递给我，那意思也雷同地告诉他那晦气的男人："这鸡又白卖了！"付钱后我毅然离去。

不喜欢打牌，更不喜欢赌博。

今天是"七夕情人节"了，菜市场里到处是没有"情人关怀"的男人、女人们，因为他（她）们都是些太需要钱的人了。太需要钱的人，自古到今都不需要"情人"，何况这些没有任何保障的小小草民们。

"情人节"，奢侈的、吃饱了的人的节日，你们去快乐吧！

# 分　别

首都国际机场。

T3出发厅。

行李托运签证处不远，有个手机免费充电处。

一对青年男女。

男生给自己手机临时充电，女生远远地望着他。在一起的时候那女生笑得很甜，男生依附着微笑像有心事。许久他们都是这样拘束地对望着、微笑着。

女孩子双手紧握着胸前双肩背的背带，静静的心绪让她笑容可掬地端详着这位男生。

他忘记手臂里还挎着那女孩子的花包，双手不自觉地搓揉在一起。

周围人越聚越多，不同年龄的人、形形色色的不同国家的人，还有不同心境的人，前前后后，你来我往，各自为自己忙活着。

看上去女生像是准备远行，因为所有的行李都是女生的。

男生双手穿过女生的长发，抚摸着女生的脖子，女生微笑着无语。

男生双手滑过女生的耳鬓，抚摸着女生露出的双肩。

女生抬起头满足地望着他无语。

她双手仍然紧握背包带，踮着脚尖主动与他接吻。

纷乱的场景中，他们因为爱在互相示爱。

川流不息的人群中，没人注意到即将分别的爱有多么珍贵。

女生拿着自己的相机与他自拍，笑容更加灿烂。

男生忽地想起什么，扭身去取回充电台上自己的手机，几乎是同样的动作，又重新拍了一张他们的合影。

时间到，孔雀东南飞。

在出关检查站，队列里我远远地又看到了这位背着双肩背包的女生。她的臂弯里多了本该自己挎着的花包，随队低头本能地一边跟着队伍前挪着，一边专注地按着手机。

分别，总是让人有那么点淡淡的失落与忧伤。

辑四　城里乡间的故事

# 乡下大春

乡下大春，儿时的小伙伴。

打我很小很小的时候，大春在我们这些孩儿们中就是有着鲜明特点的人。不能称之为特色，是因为他没特色，只是个儿长得比我们高，而且高得多，在一群孩儿们当中，显得很有特点。现在想想这世界真不公平，同是一般年龄，吃着同类的饭，个头竟让我们有恁大的差别。

大春儿的个儿高点也没啥，只是这货儿太会利用自己的个儿去欺负人，这让孩儿们愤愤不已，想起他就知道"劣质"的意思。那时的我们，只要不在他顺从的意念中，他的举止里都会对我们这些小伙伴们简单地谩骂，复杂的就是手脚相加。用现在的话来形容当年的大春，"强势霸道"应该是对他最确切的描写和总结。如果写篇当年那样的作文，一定会这样写：

"当年一个没有什么实力的大春，毫无能力，全靠他比我们高的个儿，还有那个比村里任何一个女人都高出许多的娘，就能一统我们的孩儿天下。"今天写起来都觉得毫无厘头，可笑无序。

不过当年玩的许多游戏当中，主角的确只有他。他要扮演毛泽东，我们就是毛泽东身边的工作人员。若要扮演胡汉三，我们一定是他身边的喽啰们。总之，主要人物不论好人与坏人，显些眼的全由他演，配角永远是我们。

记得那年有天早上天气冷得很，我在熟悉的路上拾了不多的牛粪。被他娘一早骂着起床的大春，在村子的第二个拐弯口，强行抢走了我拾的牛粪。这一幕，还有他当时霸道的脸，至今难忘。

他是我少儿时代的"孩子王"。

中学时，他的"威信"在我们的心里逐步降低，原因主要来自他娘。他娘不知是什么原因，也不知得的是什么病，头发开始慢慢地掉。大春他娘，一个高大好强的女人，从傲视村雄到唯唯诺诺地谦虚搭讪各路村人，像变了一个人似的。那蜡黄蜡黄的脸，即使强装笑脸，也让人害怕。下垂的眼袋，因消瘦变得更为突出的颧骨，还有黑黑的嘴唇，都让我们敬而远之。最让人诧异的是，她的头发开始一缕一缕地掉，掉得如我们记忆当中的三毛。

乡下人听都没听说过有假发这一说。大春他娘用围巾包裹着自己的头，老远看上去像个"夜行鬼"，更让人觉得害怕。背地里，我们给大春他娘起了一个绰号，叫"秃二娘"。

曾经牛得不得了的大春，随着他母亲日益消瘦的张狂脸，慢慢地也在消磨着自己的张狂，意志品质里真是母子同难啦！

还不到四十岁，大春他娘的头发就真的比三毛还稀。她已不再有任何掩饰地任光头裸露在这个无奈的世界里，从容地去掉了所有遮挡的围巾，坦坦荡荡地生活在村子里，毫无理由地行走在村东村西，任张狂自由发挥。

大春他爹在这个时节中提出了离婚。离婚的原因是传说他的老婆是"克夫相"，他说他怕被大春他娘克死。村子里多人在劝不要就这样离婚，虽然她面相凶煞，实则可怜。一个身有不祥的病人，本身就已经很难忍，怎么会要求让她的心情同常人一样好呢？一个无奈地活着的人，内心的苍茫，直到今天我才会有能力看到当年这个平俗无助的女人心中真切的哀怨与无助。

许多平凡的人，他的人生却不平凡。许多情节，轻易地布满了戏剧的前中后，回忆起来都是故事。

没两年，大春爹真的去世了。不是简单的大春娘的克夫相，但一定也储蓄着大春娘每天赋予他的负能量。大春爹内心的愁绪和心力交瘁，还有那些挥之不去的烦躁日子，摧毁了他本就无奇的平凡心灵。

大春他娘从此更加暴躁。

她见谁，一不对眼都动吵架的脑子，行走在村子的不同地方，到处都是一片不和谐。她似乎觉得乡民们个个都是大春他爹的帮凶，甚至她亲生的儿子也是她生养的一个死对头。

回过去想想，大春他娘活得真是不容易。因为有病难受又无从就医，心情自然不会很好，加之又没有家人对他更多的安慰，遥遥无期的生活，让她无力解脱自己，更无法控制自己的厄命，连守望都充满了悲怆。

大春不再张狂，更没有了任性。村民们对他有一点好，他就知足得不得了。大春娘像个生活大师，导演着儿子且能容忍且不珍惜的失意生活，远默地审视着儿子的耐力，并让他在别人面前彻底地失去尊严。

大春在我们当中的"威信"，也同样是一天不如一天，比乡下秋天里的落叶还要飘落得爽快和寂寥。

那天黄昏时分，大春回到家见到母亲一个人坐在院子里低头不语，只是问了一句"怎么没有饭"，一句话惹恼了她娘。她像对待一头猪和一只狗一样对着他狂骂一通："想吃屎你还来找我要，我都是个甚了，你还来这样要求我？！"大春扭头就往外跑。她娘喊着："说你跑了就行了吗？似乎全世界都想离我而去，都把我存在这个破院子当中。"她拿起屁股下面的小马扎，扔向儿子跑的地方。

世上真是无奇不有，那个看上去不起眼的马扎，被他娘毫不娴熟的投掷，砸在了大春的头顶。

大春从头到脖儿全是血，而且一直在朝胸上流着。

院子里一点声音都没有。

大春他娘没有吭声，立在那儿望着儿子吓傻了。院外有人看到，进来把大春扶去了村子的小诊所。多日后，摘下绷带的大春才知道自己的头顶如娘般也从此多了一块逊于他娘的空白领地。

大春真的多了一块像娘一样的一块秃地。

这个被人戏称"秃二娘"的女人，亲手送给了她的儿子一块秃地儿，不过没人给她的儿子起任何与她相关的外号。

早已没有了什么威信的大春，从此陪同他的母亲，一起携手进入了一个充满了负能量的生活通道，随着他同母亲成双成对地就此随波逐流了。

后来我进了城，我的许多小伙伴也进了城。为了照顾他一天不如一天的母亲，大春一直留守在村子里没有远去。

很长很长一段时间，回村给母亲扫墓时，在村口那个拐弯处我又见到了大春。

"听说你现在混得不错，比大嘴、皮合他们好多了？"大春对我说。

"还可以吧！"我问大春这几年没有出去转转吗，他说没有出去，因为他母亲身边不能没有人。母亲在，也许他这一辈子都不能走出去了！他的母亲现在已经像男人一样彻底光头了。

"比你们那年看到的还要惨。"大春低头呓语似的说，"俺娘现在比过去更加恶劣，见任何人都不放过。"

"结婚了？娶媳妇了吗，你？"

"媳妇好吗？"

"不好。"

大春说她正在跟他闹离婚，闹得很厉害，主要原因还是因为他娘。

"我娘老是与她叽歪，吵和闹是常事。"

大春无奈。

当年被称为"孩子王"的大春，像个少女似的羞涩万千。他说："俺媳妇也钢钢的，一点也不放过她。但是很多事情都是俺娘的不对。"

阴影里大春，眼里似乎含着泪。

他说每次当他娘睡着时，她的那个面容让他看着可怜。

"这就是我娘。这就是一口饭一口饭把我养大的娘？我心里很难受。媳妇的对和错，都不是最重要，重要的是我怎么做都要向着我娘，因为她一辈子太可怜！"

大春娘的病到底是怎么了？问题在哪儿呢？大春说娘得的是肾阳虚，从年轻时候就是这儿。今儿就是村里有钱人也治不了，何况大春也没有什么钱。

"我娘一辈子，就我这一个儿子。我也没人去商量。只能这样一天一天挨着日子等着她。"

从前我们孩子当中，那个最有特点的、最骄纵任性和霸道的高个子男孩儿，今天成了一个懦弱无奈的大个儿男人。远远看大个儿很傻，而我们的思维上又附加了他母亲的沉重。

一天一天的春夏秋冬的日子，永远挨不过去的无奈生活，还要坚强地活下去，这是要定义成一个什么样的生活？同时又是一个什么样的坚强人才能度过的人生。

我做不到。

院子里，我见到了久违的大春娘。她老人家认出了我。她拉着我的手，眼里含着泪对我说：

"大春要像你一样多好啊！"

一个疯狂放纵有余的乡下女人，如此的谦卑自疚的话语，似乎瞬间让我对过往的岁月评语打了一个 ×。黑影中面对大春娘远远的阴影，我看到了她那张麻木的眼眶里，充满了懊丧和晶莹剔透的泪水。

乡村风景，本就凄凉和寂寞。大春和他娘在一起时的镜头，让我感觉到乡村风景中更加凄凉和寂寞的平凡实况。

乡村田野，还有行走于此的父老乡亲本就是这。特别是我的乡村儿伴大春，更是神情中满满地涌向寂寞、寂静，还有他不会懂的寂寥与无尽的苍茫，还有无奈与无助。

乡下的大春，我儿时的"孩子王"。

# 山乡早晨

　　山村的早晨，到处是公鸡的打鸣声，有些声音来自很远的地方。太静，静得你在坡上放个屁都会被坡下的人听到。

　　王老二大把年纪了还扮嫩。一早骑着个破摩托车在阳台宫街上横窜，带着个别人家的媳妇，双臂内悬耸着个肩，迎着个早上的灿烂阳光，一副骄傲自满的神态。

　　我与媳妇发着语音微信。

　　媳妇回过信息说我的语音留言中还有鸡叫声做背景伴奏，怪好听来。是呵，还有天上划过长空的飞机轰鸣声更好听，录不上呵！

　　石礅的母亲早早坐在院外对面的台阶上一动不动，像个雕塑般。她的眼睛几乎失明，只能看到大概的明暗。我大声地与她说话，她却伸出了手。我拉着她的手感觉很柔软，柔软让人亲切。我驱车去王屋街转了一圈，买了些山里的苹果。回来时见她已挪了窝，又坐到了台阶的对面。她虽然眼看不到，却能感知温暖，她是跟着太阳在转。我洗了一个大苹果给她，她接过就吃，连声谢谢也没有，却看到她两眼湿润。她边吃边朝地吐着皮儿，身边一群鸡在抢着吃。

村子的西南边有电子报时的音乐，它传得很远，很像我城里二七纪念塔发出的钟声，半点和整点报一下。我的手机和手表都对不上时间，不是快得多就是慢得多，连我的 TISSOT（瑞士表）都让我怀疑，时间都去哪儿啦？村长说在这里知道个大概时间就行了。哦，差不多就是标准，没人去关心村委会里的那个报时表准不准。

刘老汉六十多了，天天开着个三轮奔马乱跑。开春的山里早上阴冷得很，他戴着个宝塔帽，一只手揣在胸中的棉袄里暖和着。从车后看他的姿态，酷似一个立着的乌龟，嘴里还喷着雾气。

做铝窗店的大章关门闭店来现场给安装窗户。镇委对面的店就他和媳妇俩的店，平时媳妇看店，他在外跑。有活儿了媳妇就是帮手。小本生意，收入低得雇不起人，所以白天、晚上一直用的都是媳妇，真值。媳妇也不怨，而且每次出门干活时都带两双鞋，干活不干活穿哪双鞋分得很清，通讲究来。

石村长农忙时开着比亚迪早出晚归去地里干农活。同普通百姓不同的是他开四轮，别人大多开的是两轮或三轮，别人的车无顶棚，他的车有顶棚。他感慨地说："农村没有真正的领导，忙不忙都要下地去干活。"说话声很大。

石礅在一旁愁眉苦脸。小儿子今天从山下回来了。石礅对老婆说他一定是没钱了，平时打电话都不接的主，自动找上门，肯定是没路了。"你看孩儿的脸又瘦又黄，一定是在城里混得不好呵。"石礅的老婆说。

山里乡野间虽阳光普照，凉意比山下狠得多。世上大多是有失有得、有得必有失。冬天虽冷，但夏天超凉快。侯医生说夏天的晚上，有时半夜还要捞条被子盖盖。我问侯医生是乡村医生吗，侯说是乡村兽医，给人看病也绰绰有余。

　　站在山坡上环望一圈，地里有好多的人在移栽着自家的白菜苗。石礅的老婆说这两天家家都在忙这，这是山里人能挣到现钱的门路之一。望着自己家两亩地，她充满希望地说："快

收麦的时候，这些菜籽大概能挣快一万。"石磙一边打电话一边不屑地对着老婆说："哪个呀？瞎说，最多六七千吧。"石磙的老婆不高兴啦，见他一直电话着，挑起他的两筐菜苗，忽忽悠悠地跨着田垄走向地头。我夸她能干，老远听见她说自个儿再能干，养出个儿子啥也不能干又咋啦！是啊，有多少儿女并不知道自己的母亲用劳苦想换回什么。

坡下的农家院里有母鸡下了蛋，"咯咯答"地叫着，老远都听得很清。石磙的老婆说母鸡平时是不吭声的，只有泛了蛋才嗷嗷嗷地叫，也只有这时候才最显摆吧！

晚饭时，石磙的老婆大声叫石磙饭后去地里浇水。石磙说今天累了不去了，老婆回应说不去就不要吃饭啦！声音太大，让别人听见了。石磙觉得没面子甩手走裘。

第二天的清晨，山里乡野依旧阳光普照，凉意仍比山下狠得多。

石磙的老婆小声对我说，石磙昨夜浇地很晚才回，今天早上一早又走了，早饭也没吃，看来赌上气了。

中午我吃饭早，准备下山去。

我开着车摇下窗，石磙的老婆手捧一碗热腾腾的米饭，上面盛满了大烩菜，随我一个方向朝前走着。她笑着说石磙太忙了，她去地里给他送饭去。

有时想想人生活的地方就算什么都有，若没有情感寄予其中，也没什么意思。何况在这穷山沟里生活着的人，使足了劲也刨不出个金银物件，若真的是没有什么情感寄托于这平凡平静又平淡无奇的生活中，活着还真没什么意思来。

# 春日乡民

老爷子电话问那条狗好不好的时候，那条狗像死了般躺在院子的中央晒着太阳。

又快到晌午啦！

乡下的春天，明显没城里的春天更叫春。除了比城里苍蝇多，哪儿都是不同城里的寂静。天瓦蓝，云洁白，人稀少，车更少。

那条狗见着我，依然尊敬得如一个大臣见到皇上似的匍匐着靠近我。

乡际公交好多年都没涨过价。山上的人不知道山下的猪肉涨了多少钱，因为下了山也不会去吃猪肉。车票贵了也不认，反正上了车，总不能让半山腰下车。

春天里第一个小长假，低速路上驶满了下山的农家车，高速上驶满上山的车。宽放弃了与老婆的争闹，下山直接与那个对老婆好的人干一架，打了他个 T 娘的底朝天。

"发泄了！"宽满足地说，从此以后回到山上，不再对老婆折腾了。

宽不怕乡际公交车票涨不涨价，他像个获奖者，在春天里的第一个小长假，毅然回到山上那个再熟悉不过的小小村庄。

到站了。

远远看见了村子。在熟悉的村西南，宽看见了淡淡的炊烟，那是他媳妇在做晌午饭。

建国家的小侄儿在太阳下边哭，哭个蛋似的没边没涝。方权已三分之二的白发，夕阳中却像个书童，在认真地迎着风玩着手机。

我在院子里整菜地，院子外的平台上有群女大学生背对着我在写生。穿着低腰裤的小女生弯着个腰，边说边画，后背露着屁股沟。她们兴奋地说着关于假日网购的活动，其中有女生嘴里一口一个"我靠、我靠"，也有女生应和着"我靠"。远远地看到她们的画，大多都还是一片洁白，像瓦蓝天中的大白云，没几笔颜色。

真静，听得见沟对面六儿家的狗叫声。

不画画，不写作，不工作，不接电话。

没啥画，没啥写，没工作，也没电话。

突然觉得浪费时间也是一种享受。

乡下五月里的阳光中，我远远见宽骑着电动三轮与老婆一同去街里闲逛去了。迎着春风、扮着幸福的姿态，真像我三十年前刚认识他们那会儿，满满的都是文字上的"幸福模样"。

乡下的春日，远不同于我住的城市，无论景色还是人，还有我那条狗。

# 乡下的年味

新年的第二天，山里的天空格外蓝，阳光好。从村东到村西远望过去，家家门前都在晒被子。

媳妇也感慨地晒上了被子。没算好太阳的旋转方向，刚把被子甩到晒衣服的铁丝线上，阳光就缓缓调了头。

媳妇佩服地说村民们太聪明，他们很清楚晾衣服要在晒场地的中间，我们叫"开阔地带"。这样不论太阳怎样转，被子的前脸和屁股都能晒到太阳。

隔壁家的媳妇刚洗了头，头发也披散着，阳光下很潇洒，看上去像有高兴的事。她的老公在阳光下对着远坡上的人在大声地喊，还向这里打着招回的手势。说什么听不清，感觉挺高兴。

去了乡里的街上（市场），把车停到了街的边远处。买了夹蜂窝煤的煤夹子，还有猪腿骨和肉，准备晌午回去好好炖一锅。街口老两口炸牛肉丸子，老远就闻到炸锅飘散的香味。十四块一斤，我买了二十块钱一大包，可得劲。老两口可有成就感了，有我这个城里的大户人家的认可，称秤时可认真来。添上五个拿下三个，仔细地在匀着称。

二十块钱在乡民中是大钱，能办好多事儿，也能买到不少特需的东西，这就是乡村吧！

天空一片湛蓝，是心情吗？很感叹新的一年的开端竟如此清晰和自然。

今天虽然没有画画但是很自在。我在街上买了一桶清漆，回院里亲手刷了两个马扎、一个古旧的马车轮子、两个方凳，还有六个石头。准备刷第二遍时，媳妇儿在三楼的平台上朝我喊不要再污染空气了，赶快上来一起晒太阳吧！

天气的状况真的是能调节人的心情，但有一个前提很重要，就是只对那些生活中没有更多挂念的人。鸡也是，狗也是，就连奔马三轮车的声音也是，只是你发声，都会被传得很远。

我对媳妇一边大声说一边打着手势："你继续晒吧！我回屋睡觉去了。"

"睡觉去了。"

声音响彻山谷，媳妇说我又喝多啦。

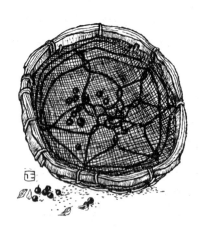

# 王屋街

小雨后的王屋街，虽是礼拜天，人稀少得很。乡下人没有礼拜天，天天都是休息日，天天也都是工作日，这种状态常常是时令季节说了算。

拉着家人一早街上转，主要是想买个炒菜的锅。家里那个锅"锅把儿"烧掉了，让炒菜变得不顺手。小店里挑锅的主儿是岳父，重不重、大不大、啥样式老爷子说了算。决定是买烤瓷锅还是选不锈钢档次我岳母说了算。买贵的还是便宜的，我说了算，因为我付钱。

街东边卖小号地锅灶的爷们儿，对我很客气，笑脸相迎、点头哈腰，貌似他挣了我很多钱。石礅的媳妇说他就是那味儿，见了弱的直着腰，见了强的弯着腰。他这辈儿两男一女，"你不知道他与他俩儿子打架时有多厉害，老当益壮来"。这种姿态，也全让两个儿子传承走了。两个儿子之间也打架，两个儿子同他们的媳妇也打架。"他的小儿子刚收了彩礼、订了婚，结果俩还没结婚就打得不可开交。女方的家长说彩礼也不要啦！拉倒算了"。

有人谈起文化，似乎觉得文化神圣得不得了。其实文化就是传承，传承就是文化。流氓还有"流氓文化"，痞子也有"痞子文化"，一代一代，精彩得很。

文化还真没啥来！

这家卖地锅的主儿，师道尊严地传播着家族的打架文化，也不失乡村特色典范。

山里的秋天本就萧冷，雨后湿漉漉的街上更显寂寞无聊。大眼望去，空空无客的店铺连成南北一顺儿的街，很像秋天的心情，比起开春时的街景，真的是差忒远了。

我家从前的保姆小红开的电动助力车店，今天只有空荡的太阳伞挡着秋雨，店铺的大门紧锁着。不是因为秋雨后的寒气，邻居说她的婆婆刚刚去世，回家迎丧事去了。无奈在家留守的婆婆，一生养了三男一女，全在山下的城里，连老头子也背井离乡外出打工去了。耐不住无人村舍的空虚寂寞，又加上身体的半身不遂，她在前几天感冒发烧后，把媳妇开回的两三天的药片一口吃完后，长睡而去。待媳妇发现久卧不起的婆婆时，她已冰冷至极在天国悠哉去了。可惜年仅五十四。

没在街上待多久，我们就回来了。

回来的路上，石磙的媳妇指着街道口的儿童服装店门口喊人的那个小媳妇说，她就是那个从小被家里人生下来送人的娃儿。

"她的亲妈家远吗？"我问，"她常回她的亲妈家吗？"

石磙媳妇速说不回，从来不回。

"吃谁像谁。"意思是说谁给她养大她就向着谁。在乡下人的眼里，母亲生个儿女没什么，就像母鸡泛了个蛋，没什么了得。把儿女养大成人，才是恩德无量。言外之意，生而不养，让人心记恩怨，不当仇人就算积德。

乡下一村一景，看上去平俗无奇，其中深埋了太多的故事，娓娓道来，每一曲、每一段，都让人心悸。这不是因为秋才这么说话，春夏秋冬在人们心里都是一个样儿，因为每个季节里都有收获与付出。

乡下的王屋街，深秋雨后更甚些。

从王屋街回来的路上，我们都没什么说的。

# 二大爷

摇下车窗，望着沿途田野六月的村庄，周围一片金黄。

一个收麦子的季节。

田野中偶然飘来烧麦秸秆的味道。

那年，我和我妈一起来到了泰安老家，在田野中也闻到了这种味道。

在二大爷家，二大爷见到我妈来，非常高兴，言谈举止中似乎他的生活无比惬意。他给我妈展示着他最新打的一些铁皮壶。

母亲也很惬意。

在村子里面吃晚饭的时候，二大爷最小的儿子"六儿"说："俺爹的高兴都是装的。"

六儿说："俺爹他今年收麦子，比村里谁家都快。他割完了麦子就急着烧麦秸秆，想快些种上玉米。"

省出时间干什么呢？虽然来山东老家时间少，但我知道二大爷一直靠给村民们打铁、做铝皮活儿混到今天的，而且在北黄这片十里八乡很有名儿。

"然后呢？"

六儿说："俺操它血娘来！那天烧秸儿时风忒大了。"

六儿说那天的风真的很大，他爹根本都不知道"顺风火"的厉害，随性开了个头且结不了尾。风吹着火苗"呼呼呼"地从自家地里的最南头一直烧到了最北头儿，又从北头开始烧到更北头的邻居家。从北头的邻居家又到了北北头家。

那真是一个人祸的天灾。

大火烧到一半的时候，有村民们开始出来帮助扑火，但是几个老乡根本无助。最后的结果惨不忍睹。

向北望去，黑黢黢一片模糊，二大爷懊悔之中的泪眼也模糊。他知道这一下子可赔大了，不仅要向北边邻居赔上自己刚收的几亩地，而且还要向北边的北边赔上近一年来打铁皮挣的钱。想多挣点钱的人，最后赔得还不如从不去挣钱的人。中国乡村，看似没有法律条约制约，论起吃亏和享福，比法律严格、讲究得多：谁弄事谁扫尾，谁屙的屎谁擦腚。人情世故，乡里乡亲谁也改不了。

夜晚的乡村比城市要黑得多。

借着微微的灯光我悄悄问二大爷："你烧了自家的地儿，又烧了别人家的地儿，你为什么不跟我妈说呀？我妈可以给你点钱补贴一下呵！"

二大爷低声说，这种低能的事儿，本来就叫别人瞧不起。"丢人的事儿本来就丢人，为什么还要说给别人，让自己更丢人？何况你妈来乡下又这么少。"

是，有人做的丢人的事已经够丢人了，说出来又想得到什么？同情怜悯，最多的还是同情怜悯。即使获得了别人的资助与关怀，不但没让人舒服许多，还拖累了别人，加重了抑郁。

二大爷没什么文化，但知道这些。一个乡下人，出于对自己的尊严，维护在我妈心中的形象，再难也坚决不说。

# 两个妞

她微微弯着腰，手抱着一大堆柴火，静静地看着我画她家的堂屋。

晌午的农家小院非常安静，偶尔有几声狗叫。

阳光照在我的背上，暖烘烘的。

有一个变了形的影子，投在我的画板上。

那是女主人。

静静地过了好大一会儿，女主人告诉我："下雨了，墙上湿了。"她逆着阳光，我无法看清她的脸。我扭身面朝她问："正堂的中间为什么是这样？"她慢慢地说："原来有幅画，挂了好多年了。去年暑假，俩妞放假回来，都说这画难看，便把中间的画撕了。"

说话间，我注意到她的双眼微闭，像个盲人一样。我问俩妮在哪里上学。她想了想，像学生给老师背课文一样，说："两个妞上的都是大学。一个在长治，一个在新乡。"我吃了一惊，一个地道的农村女人，竟养出了两个大学生。我继续问："她们学的啥专业呵？"她像个答不出问题的学生一样，扭捏地说："不知道。"

不知道就不知道吧，这没有什么，她的一生中不知道的事太多了。有多少母亲，以为知道自己的女儿从那条路走了，还以为她会再从那条路回来。那是多么的可笑。至于她从哪条路回来，或者不再回来，一切都是天意，老天早有安排。

生命中，母亲们常常自觉不自觉地走在女儿曾离去的那条路上，女儿却全然不知地泰然漂游他乡，流连忘返。生命早已注定某种安排。看多了世间百态，撕去了正堂上的挂画的女儿也属正常，随她去吧。

母亲忽然想起了什么。

整个过程中，她都是微微地弯着腰，手抱着一大堆柴火。

女主妇告诉我，下雨了，墙上湿了，中间字画撕了，不好看。两个女儿都上了大学，一个在长治，一个在新乡学的啥，不知道。

# 一户人家

　　很多次路过这里，静静地俯瞰这户人家。周围很少见有人走动，从门前随季而修的田地上看，可以证明这里有人，而且看出这户人家，在远离村庄的山沟沟里活得挺好。

　　回到村子里，我耐心地打听这户人家的故事。

　　老乡们支支吾吾地告诉了我一些片段。当我把这些片段串联起来时，真的知道了老乡为什么会"支支吾吾"了。

　　这户人家的女主人是个哑巴，而且她还上完了小学。很少有人知道她的名字，很少有人与她交往。她的男人常年在外打工，过年时才会回来几天。有老乡说她的孩子都出了山，有一个孩子（不知是男是女）上了"大专"还是"大学"，山沟沟里很静，但对于一个"哑巴"来说，安静实无意义，她的生活原本就安静。山沟沟里常常由"寂静"演绎出"寂寞"。我想，她肯定也会有这种感觉罢。

　　没有更多的关于她的内容，怎么打听她的故事也打听不出更多的细节。这户人家和这户人家的哑女，没有故事。去镇上的路从远远的公路边就分了岔，走向村子里的路宽些，岔向她家沟里的路很窄，而且很长。从高处看下去，很像谁拿着枝丫，在大山上随意地画了一笔，这一笔很想画直，可怎么也画不直。但这不直的一笔，在夕阳映照下的山谷中，特别的亮。

老乡还说，（这户人家所归属的）村里的村长，曾经建议她们搬上来和村里的人一块住，哑女摇头不答应，后来也就再没人管了。

我想，也许那门前门后开出的一块块地，是她家前辈自己开的才舍不去的吧，也许她很爱这里？更深一些讲，也许因她是个哑女，才不想回到口中满是是非的芸芸众生之中的村落吧？

别的我想不出更多的原因。

东海有种鸟叫"意怠"。它动作迟缓，好像不怎么会飞。它常常是混在众鸟中结伴而飞，栖息时也混在众鸟中。向前飞翔时从不飞在前面，返回时也不敢落在后面。吃饭时从不先尝，一定要吃剩余的东西。所以它从不受众鸟的排挤，因此避免了许多祸患。

夕阳映照下的土坯房一半亮一半已经暗了下来。淡淡的炊烟飘在山谷里。

想起古人的一些话：

笔直的树木先遭到砍伐，甘甜的井水先会枯竭。你粉饰才智来惊醒愚笨的人，修养自身来显明他人的污浊，明亮的样子像是在举着日月行走，所以不免于祸害。

天色有些混沌。

细见山洼的这院里亮起了一片微弱的光亮。我慢步离开了这户没有故事的人家，走向远处的村庄。

# 收　麦

六月，又是收割的时节。

小富已不是当年的小富喽，叫老富啦！

我仍叫他小富，不论他在山下包多少活儿，在我眼里大小富都是富，何况乡村无领导，再大的村长，这不也得开着富康车下地收麦子。

小富也谦虚地回到了这儿，还叫上了他妈和他的媳妇一同到了地里。

远远看见小富在地中央与雇用的收割机主儿捣鼓着什么！收割机哑炮啦！

快晌午的收割季节，不用说谁都能想得出什么叫燥热。看着蹿前躲后的小富，心里真的感叹农村没村长！不对，农村没领导！也不确切，应该说农村没富人。山下挣那么多钱，收割机收一亩地一百二十块，小富硬是搞到一百一亩。

小富的母亲端坐在树荫下，腰板子笔直。从阳光里猛转看上去，穿一身的黑褂子的母亲像一尊旧佛像扔在了地里。

快晌午啦！真的不用说谁都能想得出什么叫燥热。

快八十的老母亲缓缓地从哪儿摸出了半个半拉子是咖啡色的苹果，明显是剩的半个苹果，又不知从哪儿摸出了削苹果的刀。老人家看都不看一眼苹果与刀的关系，一边削一边眯起眼来，眺望着双镰收割机旁的儿子。

有不少乡民陆续开着电动三轮来到地头，树荫外的地垄上热闹起来。他们是来预约下几轮收割机的日程。石爷老实巴交约到了晚上九点，费用是一百五一亩。

小富的母亲与石爷打着招呼。

两个老人看上去竟像两个小学生般腼腆着。

乡村有故事。

坐在树荫里的小富媳妇不屑小富娘，斜都不斜一眼石爷。小富发给娘媳的两个苹果，她早上第一轮歇息时就吃完啦，这会儿只能可劲地喝水。她也眯着眼望着收割机旁的丈夫。她今天特意带上了大女儿淘汰下的苔丝帽，不管能不能遮住老脸，漂亮显摆还是值的。

一直没给小富说上话，倒是见到收割机旁的小富朝这边挥手，示意人过去。

媳妇手捂苔丝帽的大帽檐先跳起来，径直奔向地里。远远见她开始把掐在收割镰中的剩麦，用镰刀一镰一镰地叼回来，扔到没被割到垄地里的麦子上。

小富的母亲没有动窝，可能是剩不了几垄了，她在倚老卖老地显示着她的尊严。她一手握着四分之一的苹果，一手熟练地削着苹果片递到自己的嘴里。在她眯起的眼里，我看到岁月的云清雾淡，在她眺望着田野里站在收割机驾驶舱边儿子的眼神里，我似乎听得到她在对儿子自语："你们都这么忙吗？有这么忙吗？"

我知道今天是麦收的最后几天，好多家的麦子早都晒干入仓啦。

收割的季节，燥热时分，随时都会有雨来临。

# 山里雨

山里开始下起了雨。

与我一起去街里的臭臭，舍不得自己的一身狗毛，犹犹豫豫地掉了头回去了。

石碾他爹驼着五十度的腰快速向臭臭的方向走着。别客套了，快点回吧！

山里下雨和下在山下的雨不一样，从老乡们的眼神里，你可以看到安定与坦然。特别是六月里的雨，焦黄的麦野和墨绿的树林，在飘飘的雨中像没下似的。湿了水的田野还有民房，色彩都比平时重了许多，更显得静默、超然。

石留国他爹雨中挑着两桶大粪，忽忽悠悠地向着自家地里前进着。雨中施肥对这位七十有余的老农来说，真像是儿子在帮忙干活。

不到五点的山里，已像平时的七八点，乌云遮天，乡村田野更加寂寞。

街上的大伞下，有群老乡兴致勃勃地在打纸牌，不顾天在下雨。其中我只认识退役的石村长。黯淡的人群中他在与我打着招呼："郭老师弄啥来？"师发着"si"的音，这已经是当地标准话啦。

啪嗒啪嗒的雨声，仿佛大地在唱歌。

我 kao！

一个闪电之后还伴着一串的雷声。

没有谁躲让、退避、疾步而逃，山里的雨稀罕着呢。每一滴雨，仿佛都下得很有意义。

村子沟对面的财旺和老婆一人一把伞地站在街中心，他俩在等今天下山的最后一班车。雨伴着雷声和电闪，让雨中的财旺两口显得很悲壮，因为山下城里医院里的老爹情况不好，电话里说不清。

石磙穿着漂亮的短袖站在树下遮着雨对我说，财旺他爹食管癌已住了一个多月的医院，快完事了。

哦？那个每天潇洒地骑着电动三轮从我家门口路过的老帅叔？

山里的雨越下越大。财旺的心绪，此时伴着柔软的雨，心悲的词语飘荡在昏暗的天空中。

写到这时，山里的雨小了，只能听到屋檐下有节奏的雨滴声。从画室的窗口向北望去，山那边竟亮起暖黄色，像一个不会画画的人在修改一幅朦胧诗意的画。不过诗终究是诗，它不是我们习以为常的平俗生活，因为太多低头劳作的人，都把身影埋进土里，你也在岁月的诗里找不到他，何况雨中。

# 意　外

星期天去母亲家吃饭，进院就听见一位老人在号哭。听说院里雇用的一位年轻的民工，在粉刷院招待所的外墙时不幸触电摔在平台上。等"120"急救车到院时，人已不行了。

一小时前还在嘱咐老人中午吃点啥的儿子，一小时后就与这个活生生的世界没什么关系了。

悲怆是真切，但一切真的是意外呵！

晚上在家门口的"广东打边炉"与好友吃饭。席间王总接媳妇电话，说儿子在家滑"滑板"，不小心把鼻子划破了。

王曰："这有啥来，你看看周围的人，谁头上没点疤来？！"

不错，谁小时候都那么安稳？周围人谁没点意外，谁头上没点疤来？！

今年从欧洲回国的飞机上，孤寂无聊的途中闲来无事，在机上看了一部国产电影《一路有你》。

内容是描写一对生活平稳幸福的夫妻，在无大事记的生活瞬间，男主人公驾车意外撞死一行人。原来拥有的平静生活状态由此而改变。

在公安交警处置所里，处理此件事故的交警对男主人宽慰地说：“你不要太难过，从事发现场看，你的确没有超速行驶。我从业十年有余，处理过许多的交通事故。在我的生活经验中，'意外'是生活的一部分。”

是，“意外”真的是我们生活中不得不为之、不得免除的一部分。

# 公园一角

开春，紧靠顺河路的紫荆山公园里，天仍然有些冷，但知春的闲人明显多了起来。

白兰花孤独开放。这是我至今最不喜欢的一种花树，它让我不由自主地想起小时候清明扫墓时给每人临时发的小白花。桃花好看些，白刺啦的一片。

公园门口，有位母亲坐在轮椅里急切地向这里赶。眼里却不至于这么渴望，一只脚不使闲地向后撮着地，她在帮推她的儿子减少用力。木讷的大个儿子心不在焉地抬头望着天，全然像一个诗人在畴思。年轻啊，注意力根本不在这儿。他觉察不到向前一拱一拱的轮椅是母亲在为他助着力。

公园里，柳絮先挂上了绿色，像心情。

年轻母亲带孩子转悠着玩的最多，一堆儿一堆儿的。她们的老公这时候大多都为了"革命"而努力地工作去了，革命工作似乎让他们永远都没有空闲。

唉，正常。

君不见这个社会男人真"难"吗？应付了工作还要应付朋友，应付了老板还要应付同事，弄不清再有个副业，讨个小三高兴也不足为奇。

负责卡丁车游戏摊的男主儿没那么多事。从早上来到晚上走，除了上厕所尿泡尿，基本不动。仔细瞅原来是个下肢残障者。她的女人过了饭点才刚刚送来午餐。这不，这货饿得狼吞虎咽地抬不起头，她却在偷着乐。

周围的树都吐了芽骨朵儿，用不了几天一脱秋裤，满园春色了。

退休老妈老爸们，有的戴着个大口罩，有的戴着个帽子和围巾，像学生上课似的按每日课程计划表，包裹着严严实实地一如往常呆坐在公园休息椅上，迎着阳光，任时光从身边匆匆流过。坐在身边等待约会的年轻一族，似乎老人们不存在似的低头摆弄着今生再也离不开的手机。在举国上下的"手机时代"，唯年老体弱的人和学龄儿童是"无手机"族，也只有他们才静享着"我行我素"的"我的时代"。

这里无论谁谁谁，在这个开春的公园里，都在一同听着循环播放的"阿门阿前一棵葡萄树，阿嫩阿嫩绿的刚发芽，蜗牛背着那重重的壳呀，一步一步地往上爬"的乐曲，茫然无趣地看着立体环形跑车围着中心柱一圈一圈地转着圆圈。

对于老者们来说，漂泊到今日，他们感叹人生仍没让自己脱去重重的壳，岁月却让人快爬不动了。

年轻人的世界自古就是山花烂漫、永无止境的青春岁月。对他们来说，人不会老，更不会死亡，青春无限期。"死亡"一词仅是一种戏剧情节，与虚拟相差无几。

有不服老的老人，他们在远离公园中心的侧翼，对着来人倒车般地走在树林中的小道上。树林中的高台上，有组织性的"集体老人"在拍手、背扛树，练太极、耍大刀。今天他们又找到了组织。他们的一生太渴望组织，太渴望组织的关心和爱护。今儿没人理的日子里，他们仍不论时令地严格按照"组织"的约定，即使PM2.5再爆表，也不能随意变更。这是从年轻时熏陶至今的坚韧性格，今生是不可改变了。

我在等你，你怎么还没来，竟然没一点消息。

"我在这儿等着你归来，等着你归来看那桃花开。"

身边慢慢地坐过来一位母亲，帽子下边是一头白发。她谨小慎微地问我几点了。我说："两点十分。"

发传单的年轻人手拿广告单，向我身边这位老人迂回过来。

这些都是在校的大学生。他们与本山叔的最大区别就是少有幽默感，本性善良、单纯，一眼望去让人怜爱。这是他们仅有的本钱了，同样也是对付这些老太太们的"杀手锏"。

身边的这位老母亲，今天显然不在状态，她无心再听他放言。

有民工哥们儿手提小塑料袋从我们身边幸福地走过。他们一边嗑着瓜子儿，一边迎风丢着皮儿。不成形的队伍中有人看我，有人看正在发传单的女大学生。看我一定是因为我梳着辫子，新奇。看她一定是她长得比村里的哪一个女人都漂亮。

没人注意我身边的这位老人。

这位老人又问我几点。我说："三点二十五分了。"

远处的树林子中传出了歌声，这是"业余自由拼装歌唱团"每天组织的活动。

"我要把最美的青春献给你，我的母亲，我的祖国！"

这个时候坐在我身边推轮椅的最多，坐在轮椅里的大多是母亲级。

问我几点的老人终于等到了约会的人。

哦，是一位比她还老的女人。

来晚了，老太太？

我闲来没事，看着她与她道歉时互相拉着手。

忽然发现老人与老人之间互相握着手时的情感体验，绝不同于我们以为的"江湖"之手。她们如孩子般纯粹，似乎松开了今天的手，则意味着失去了明天一般让人不舍。

听见那个迟到者伸展出自己的右手对她说："你看看我这手，一天比一天粗了。不干不中啊！孩儿们哪个不忙？"

我的电话响了，终于要出发了。今天一定又要晚了。

听到最后一句话是那个先到的对那个迟到的老太太大声说："你不干咋着来？孩儿们又能咋着来？离了你他还不活来？"

唉，这地球上离了谁都一样，地球该咋样就咋样。

远处的树林子中仍然传出歌声，歌唱团的合唱者们拉开了嗓子，有了感觉，调子也越唱越亮了，激情也越来越澎湃了，声音明显压过了"阿门阿前一棵葡萄树"，根本不去理会哪个"阿嫩阿嫩绿发了个什么芽"，可"蜗牛背着那重重的壳呀，一步一步地往上爬"的歌声确实是在那儿播放着，而且还是连续循环往复地重复着。

开春的紫荆山公园里，知春的闲人的确多了起来。

# 不眠夜

楼下的这个孩子站在那户门口守候着。

我回家后许久，听见这孩子高一声低一声地哭喊：

"妈妈开门吧？妈妈开门！"

想起刚才上楼时楼下大门外蹲着的那个男人，他一定是这个正哭喊着的孩子父亲。

世间冷暖，谁知多少？

算了一下，从见这孩子到现在，已一小时有余了。

又听那孩子哭喊，像孩子自己自语：

"妈妈，我渴。"

"妈妈不要我了？"许久又听见那孩子哭，"爸爸也不要我了！"

我关上窗。

一切又寂静如初。

我们喜欢文字，似乎文字优美。可当我们用那么优美的文字去描写我们身边不可思议的事时，它却显得那么无能为力。

# 大　军

与大军结婚二十年后离了婚。

今天从出租车的车窗里，她偶尔望到了大军。晨阳中，他（一个警察）站在路中央，像尊城市雕塑，目光冷酷、坚毅。

离婚后的人，想得最多的是曾在一起生活过的熟悉面孔。可今天的偶见，让她备感生疏。大军，在她看来，今天已变得那么陌生，竟像一个与己毫无关系的陌路人。

大军，近来不顺吗？怎么那么不高兴？

前段听女儿讲，他又结婚了，而且又快有孩子了。

快五十的人了，还有那个劲头吗？她知道他有多懒，女儿从小到大，他几乎没给她梳过一回头，从没陪她去过一次课外辅导班。

车窗外的非机动车道上，都是一早赶着去上班的人。望着十字路口匆匆忙忙的人流，她联想到许多年前，她也是混同此景骑着自行车，带着大军一起上班。后来大军有了交通巡警的专用摩托，有时也会一早带着她一同顺路去上班。

大军的巡警专用摩托，还曾同时带过她和他的女儿。

唉，不再想了，满眼都是泪。

# 身边人

## "闺蜜"

快晌午。

秋天的林荫道下很惬意。

清洁工 A 见比她还大的收废品 B 女，客气地打着招呼：

"嗨！"

B 女虽然费力地蹬着人力三轮，仍天使般地用河南话迎合着说：

"哈！你（现在）不太忙呵？"

"是呵！我在等着迎接你啊！"

"那你有没有迎接我的礼物呢？"

"有哇！"清洁工 A 一脸的真挚如少女。

"我的礼物就是希望你停下来，咱们俩一起坐坐歇歇。"

B 女突然改了河南话，用娇柔的普通话回应道："谢谢你呀！"

走出很远很远，我扭头仍见两个老女人手拉着手，静坐在秋天里晌午的林荫道下，如同大家标榜的"闺蜜"般手拉着手。

与当下的人们不同的是她们都没有手机，更不会相互自拍。

还有一个不同于大家标榜的"闺蜜"般，她们相识甚短，仅两三面的街遇，却彼此相知一生。

# 年轻情侣

360国贸负一层。

许许多多的年轻情侣，各自选择自己喜欢的（国庆）假日里二十多种美食店的优惠活动。这里吸引着没有什么钱却又想小资一把的年轻人。

在一个不起眼的开敞小店中，有对年轻的情侣，每人都用心地用一次性小勺在吃着玻璃杯中的黄桃。

他一勺，她一勺。

还有一小杯冰激凌也如此。

黄桃，也是我最喜欢吃的。

冰激凌我不喜欢吃，看得出她的男友也不喜欢吃。

"吃吧！过几天你想吃也吃不上啦。"

"……"

"这次时间长吗？"

男的低头不语。

许久，男的说大概这次走要到年前吧。

"……"

强光下看见那个小女生抹着泪。

泪啊，就这么流着，强光灯下怎么抹，似乎也抹不干净。

唉，仅是年前！

算下来一生该有多少泪要去抹呵。


# 他

魏总边叨菜边说：

"从小我和他在一个村子里长大。"

喝了口酒，又叨了一口菜。

"小时候他可老实啦，可实在、可好。"

又喝了口酒，又叨了一口菜。

"前天晚上我们在一起吃了个饭，包间里只有四个人。MA 来个 B，我要不说你都不信，黑得很哪！"

有话说透就没有意思啦。

"这哪儿是那个小时候的他啦？哪儿是给了他一个好吃的会还你七八个好吃的人啦？当了个破局（长），我真的不敢认啦！"

喝酒、叨菜。


# 萧老板

萧老板一起吃饭。

一盘饺子剩了。

剩就剩了吧！

萧老板有点不高兴。

"唉、唉、唉，朋友们，这钱也不是刮风刮来的。剩这么多饺子，别浪费。我先吃五个，剩下的大家一人一个咋样？"

他真的连吃五个。

圆桌人人拿起筷子一人一个，很快都干掉啦！

好多年了，忘不了。萧老板那年特有钱，据说市里四五个店，每天纯利润七八万。


## 洁


洁二十八。

谈了两回恋爱，怎么都不合适。

去年大半年都在找合适的对象。

有缘。

有位看上去三十多的男人很喜欢她。

大半年的时间，常在办公的楼下见到他。

临近过年，常见洁的眼红肿、独自伏案哭泣。

过年放假，洁最后一个离开办公室。

窗外飘起了雪花，不大的雪，从二十多层的窗外向城里望去，铺天盖地。雪让洁感到快到的大年下整个冰冰的空间没有温暖。

回老家。

老家的母亲见到洁，仍像对儿时孩子般对她温柔无比，让洁内心也温柔起来。

初一清晨的洁，沉睡在老家温暖的热炕上。家里小院子传来了炮仗声。透过贴了红色窗花的窗外，看到了母亲独自挑竿放着长长的鞭炮。这个弱不禁风的母亲在放鞭驱邪，为家人祈祷。

洁望着烟雾中母亲的背影，流下了新年里的第一行泪水。


# 的哥

那天，我走出车站。

迎我的人送上一束鲜花。

怀抱鲜花，我坐上了一辆回家的出租车。

我想制造一出感动，把抱着的鲜花送给身边的的哥。

我问的哥，今天的日子里你家里有什么值得纪念的吗？

"没有。"

他一脸的冷漠与淡然。

"有什么可以让媳妇高兴的事吗？"

"没有。"

他仍然是一脸的冷漠与淡然。

快到（家）了。

我对的哥说："今天我想把这束花送给你。希望夜班交接后，你能对媳妇编个理由，把花儿送给她。"

"真的？！"

"真的！"

"我马上收车回家。"虽然夜黑，我仍能感觉得到他的兴奋。

"送完你我就回家。"他再次保证。

的哥让我制造了一次感动。

我也被感动了一次。

# 适　应

　　"文氏（笔名）"在院里中层人士聚餐的酒宴上，弓着已不怎么苗条的身段，媚俗地与院长敬着酒，嘴里呢喃着不可复制的恭维话。如果录下一段场景闲时播放片断，她本人观影后不知会有何感触。我不相信这曾是我当年那位真实的大学校友、身边作家，自命清高的"文氏"了。据说"文氏"前段时间，为院长的诗集写了长长的序，序中几乎用尽了世间最花哨的词，让院长倍加赞叹。现在的"文氏"，已不再是二十年前站在礼堂上那位自编自导自演配乐诗朗诵的女子了。

　　偶翻书看到在非洲热带地区的森林里有一种蜗牛，它有一种变色的本领。它利用这种变色的本领保护自己、躲避伤害。阳光下的枝头上，爬伏着许许多多的彩色蜗牛，它们的外壳反射着太阳光谱上的颜色，远远望去，它们与所爬伏的树枝色混融为一体。当它们从一棵树上爬到另一棵树上时，它们的外壳会跟着新的树枝变化，又会适变成这个树枝上的环境色。

　　它们真能自动地感应不同的环境色吗？

　　不然。

　　原来蜗牛栖居在树上，以树叶和树皮为食。

蜗牛行动缓慢，在一个地方长期受到了食物中的化学成分的影响，所以身色也自然跟着有所变化。从一棵树上缓爬到另一棵树上，虽然路程不远，却需要相当长的时间。在这个过程中，食物发生了变化，所以身色也就自然跟着有所变化。

品蜗牛、看"文氏"，突觉人间的一切高雅与媚俗都属正常。

# 心 悲

九点前，路上行人匆匆忙忙。

各有心结和归处。

九点。医学院北门的大桥下，聚集了不同的人。有穿着病号服的人独自早餐，像病号的人在四处巡视着自己的需求，有健康的人在为不健康的人采购必需品。

少有闲来无事的人在这里转悠。

有位乡下哥在与城市车管员争吵，主要还是为了钱。河南话本不属雅语，骂起人时，日他 dei 真本色，绝！

的哥说，这地儿就是个阴阳汉界。在南边的（医）院里，你管他要多少钱都中，说掏就掏，因为那里命最重要。出了这个（医）院儿，日他 dei 钱最重要，你多向他要一分都不中，真的是阴阳汉界。

等待过路的乡下女人无心注意这些，站在桥下路的一侧。缓缓的车流，让她的眼神呆滞起来。不久，满眼是泪的她索性蹲下了身子。

冬季的晨风将她的头发吹到嘴边没再落下，她的双手自然向下垂着。

正常行驶的车，被违章乱停的车制约着，远远望去像是一个移动的停车场。

她无力地一手拿着小提包和大医院常规的化验报告袋、X光照片，一手握着手机蹲着，任凭车流在眼前移动。

有位白发老人似乎看出点什么，弯下腰对她说着什么。

女人木讷，本能地点点头。

蹲在那里的女人在包里翻来覆去寻找着什么。她在找自己的手机，而手机此时紧握在她的手里。

老太太半弯着腰，温柔地拍着女人的肩膀，没说什么，却似说尽千言万语。

我知道医院九点开始发放各种测检报告。她一定是一早在队伍里等待报告的人。

此时九点二十七分。

从她悲催的身姿上，我感受到她似乎是领到了"判决书"。时间仅在二十七分钟之中，世界让她天翻地覆。

心悲的时间。

大桥下开着车赶着忙碌人生的人，无法体会出此时的心悲。一个乡下女人的心悲，一场没有哭泣声的哭泣，让我过目不忘。

再次摇下车窗，我见那老女人将这年轻的乡下女人拉起，两人一同朝路对面走去。在路的对面，两个不同背景的女人无语地对视着，随后相互一个眼神便一个迎着风向东，一个抹着泪向西去了。

很快，她们就分别消失在茫茫的人群之中。

# 城　里

## 一

头痛，晕。

仰天卧在办公室的直角飘窗台。

忽然感到了东西的断裂。同事讲这个飘台下面是室外空调的位置，盖板仅是块石材，很容易断掉。

我竟掉了下去。

二十四层。

从断层到地面好长一段飘浮。

我终于完了，一生就这样完了？！

明天是一大传闻。

人们该怎么活仍然是怎么活。

人死也太简单了。

我还能回到这最没意思的世界吗？

有人敲门："郭老师，有人找。"

## 二

家门口向南的一条小街，这么多年竟南北、东西的都叫不上路名。

南北、东西的路口，小吃店全得很。

朝西的街口，一个老男人迎风怀抱着他的狗。

一条几年前我曾养过的京叭狗。

因为熟悉才关注。

老男人痴呆地注视着南边，狗狗关注地望着南边。老男人兴奋地与路人招呼，狗狗随和地望着路人。

像定格的照片，每两分钟，爷狗俩一同转换着场景模式。

痴呆的老男人，关注主人的狗狗，真的叫相濡以沫，全是因为关爱与深情，没有虚伪。

## 三

强的公司向南长窗低矮。

强说对面的家属楼太多，低矮让别人看不到，我们却能看清对方。

我说这多像过去打仗，我望见敌人，敌人却不见我的身影。

儿时看打仗片知道叫"瞭望窗"。

强说朝东开高窗是为了看树，因为风景最重要。没有敌人的风景是真风景，人们欣赏风景，大多是因为风景中没有敌人。

友善的心希望对面的大树上有候鸟来建巢，互相依偎，互为关心。

美好的心愿，让窗户外的风景更美。

近像伴侣，远的像风景。


# 四


晚，七点多。

单位的值班保安可找到表现的机会啦！

算着这儿上下楼里他喜欢的人去晚宴应酬，两三小时不会回来。

咦？乖乖！赶快帮他洗洗车。

老伴临时替班，吃着麻辣米皮，看着进出单位的人，客气地与他们打着招呼。

值班保安沉寂了三四小时，可找到了一个自我表现的机会，前后忙活着可得劲呢！

夜光下，看清是辆白色车，可不高级呵？

像是个捷达？

或是辆比亚迪，"不咋地？"

值班保安不懂车，他只知道开这种车的人中，每天晚上回来时，都会把当天晚宴吃剩的菜捎带回来给他。

今天晚上一定也不会例外吧？

人的心智和努力的付出，有时就那么符合比例。

# 五

像我五十多岁的人一样，邻桌全是这样一群人。

三男三女，怪巧配成对。

不是对对碰，听对话像是帮同学会。

主持人的声音很浑厚，有点沧桑感，转过来一看，裘，貌不惊人。

这个年龄的人，还有多少人会惊到人呀！不烦人、不丢人就中啦。

吃着便宜饭，喝着便宜酒，人情盛宴可不便宜。

声音很浑厚且有沧桑感的男人，咔了好几次打火机，点上烟猛吸一口。烟雾中我感觉他在回想邀约年轻时的同学。意思似乎很清楚了，在场的仨女人点头相许，两个还互相碰杯。

一人无语。

烟雾在他的脸前似乎定格，许久没看清楚他的相貌。

雾散尽，却发现他总理般执烟的动态中，两眼盈满了三月的泪。

都知道他当年热恋的她，今后不会再来了。

众人不再言语。

# 六

正月十五，年下的最后一天。

大年里，她和妈妈的对话都是：

"你吃这个吗？"

"不吃！"

"你吃那个吗？"

"不吃！"

"……"

似乎是模拟着一种熟悉的情景模式，娘儿俩在有限的大年下无限循环着这些对话。

离开前的最后一天，妈妈还在做着这种无限循环游戏时，她望着妈妈手里的那堆"不吃"的东西流了泪。

常说"不吃"的她，最后还是吃得饱饱的。一手拿着这些"不吃"的东西，一手推着行李箱准备出发。


# 七


席参观桦的家。

桦在一间屋子前停顿，欣慰地介绍，这是老公的画室。

老公继光，油画系毕业。

公务员的继光，事务繁杂，早已丢了专业。多年遗憾，让物质化在今天占领了这个空间。

顶部老木梁下的画案存满画意，绿色的吊篮下画架四十五度角迎着天光。

酒桌上的席笑着说全是新的，画布、画笔全是，颜料和工具新的，多少抹两笔呵？

哈！

崇源说全是新的，虽没抹几笔，但他在心里画着。

曾经迷恋过画画的人，那么多吆喝着将来一定重拾画笔，远不如继光。他们在世俗的喧嚣中早已丢了自己，忘了初心。物化了的今天，从清晨到半夜，那些吆喝着将来一定重拾画笔的人，一点画意都没有。

继光的画室比上惭愧，比下绰绰有余。

八

年底。

老板补贴员工费用去香港旅游。

虎子发微信告知老家人。

香港？家人欣慰。

母亲说一个乡下儿子今天能去这地儿，小时候不敢想。

乡下父亲说要补差多少钱才能完整回来？

虎子说补贴款 +$ 即可。

父亲速把 $ 转现。

补贴款 +$= 苹果 iphone6s 的总价。

虎子没去香港。

他每天用新买的苹果手机，收着同事们发来的香港照，下载后在照片中 ps 着自己的身影，然后发给父亲。

父亲欣慰地让他娘看。

母亲嘴中说得最多的是："一个乡下儿子今天能去这地儿，小时候想都不敢想。"

虎子每天收着同事们的信息，用新买的苹果收着群里的照片 ps 着自己的身影，然后点"发送"。

直到同事们降落在郑州的机场，ps 停止。

# 恋 人

天暖衣少，步行上班。

走在人群中，偶瞥一眼紫荆山公园一角，见满园花开。

春天又到了。

想起一个陌生的小姑娘连比画带唱给我表演的一首歌：

"我在这儿、等着你回来，等着你回来看那桃花开。"

等着你归来，因为桃花今年又开了。

今生在世，这个城市中有谁没失恋过呢？有谁不曾在心中默默等待着他（她）呢？

黑乎乎的美容院门口，一位姑娘神情专注地望天打着手机。

她非常投入。

"叫他等吧。"黑暗中见她似乎在流着泪，她柔情万千地说，"叫他等吧，等死他！"

志刚望着对面的她，不自主地停下了正准备叨菜的筷子。

他的心思回到了好几年前。

夜色中，志刚看不太清她的表情，更猜不透她现在的心思。

她低头认真地用筷子夹着菜，她静默的神情，叫志刚感觉她俩从来没有过"从前"。

志刚望着她的眼发直。

他不敢相信眼前的她，几年前曾对他是那么的一腔衷情。他们所共演的那出呢喃涟漪式的一场戏，今夜叫他真感"秋水无痕"。

红尘往事，恍如隔世。

她是志刚心中多年前曾错开过的花儿。

# 母亲们

一个女人对另一个女人动情地说："孩儿都是咱给惯坏的呵！"

她说她的孩子本来上学骑车骑得好好的，这几天忽然要"马上、立即"地换辆××牌自行车，因为上档次，同学中正流行这种车。

那女人对另一个女人诧异地说："哇！那车你猜多少（钱）？"

那车已远远不是为基本要求而出品的，完全是为了同类中的"另类"而创意生产的。价格也自然成了物质与精神的分水岭喽。

一向以宠惯孩子们而"不由自主"的妈们，已分不清孩子们的诉求为的是什么，只关心"重要的是别人家孩子骑什么车"。就像当今各自家已缺失了真正的幸福一样，我的幸福已沦为"我比别人幸福多少"。

现在的身边，大多的妈们都会用"孩儿都是咱给惯坏了"这句话概述自己的育儿史，且无怨无悔。

"宠惯孩儿"在过去式的妈们不会，因为那时全社会辛苦，人们大多自身难保。女人们没能力惯，有心也惯不起，孩儿们也不比，也没人去比。因为生活叫我们从上到下都太没资本了。

今晨在顺河路喝胡辣汤时，眼见一个五岁左右的女孩儿自己在喝绿豆稀饭，自己还在自己的脖子下面垫上一张卫生纸。那样子真乖！

自己在给自己喝稀饭，本就是再正常不过的场景，而今天为什么看上去却那么稀奇呢？哦，原来陪她来的长辈是位爹呵。

那爹才顾不上她呢！

他先自顾自地喝完胡辣汤，然后开始专心致志地发起了短信，直到那女孩儿嚷着再要一张卫生纸擦手时，他才注意到孩子的"乖"相。看看表约莫时间到了，也估计着孩儿吃得差不多了，起身拉着孩子的小手就走了。

此时因"宠惯孩儿"的妈们不在，父女俩显得极为平等，粗枝大叶让男人没有能力也没心思去惯养。

没心也惯不起的男人意志，让这女孩儿也不去寻求宠惯，自己去吃了。

# 的 哥

还不到早晨六点，的哥就见这城里的街上有人遛狗了。

的哥开着早该退居二线的"的士"，一边用"猫"步绕着街口的红绿灯，一边百无聊赖地对我说："这狗（宠物狗）都穿上衣服喽。"

他说你仔细看看，这些宠物狗们穿的衣服还分男女装呢。

的哥说天天在城里跑车，知道这些，还知道城里的这些狗们，不但服装分"公母"，而且随着天气一天天冷起来，狗们的服装上还连上了不同造型的帽子来。

夜色中，的哥手握方向盘感慨万分地说："日它 dei，这城里人真能显摆呵。在俺那儿，别说给狗一年换一件新衣裳呢，连人平时吃饱都是个问题，十里八村那么多狗，没见有人还给它穿上个衣裳来！"

快到车站时，的哥沉思着似自言自语地说："狗还怕冷来？"

我说："你知道中国有种猪叫'环保猪'吗？"

"环保猪？"的哥显然已落伍喽。

我说："你可上网查查。"

环保猪，不吃通常的猪食，从小吃五谷杂粮长大，喝小米稀粥。从小崽子时，身上就被烙上印记编上号，载入档案。它们从小就被订购与跟踪，长够了数就被"达官贵人"们接走，分头被消费去了。

今年八九月份公布的身价在肉一斤四十元，骨头一斤三十元。近期听说身价涨了快一倍了，且供不应求。

的哥大惛，感叹这城、这人，真作摆。

# 过往的风景

八月间的早晨凉风习习，很惬意。

公交站牌前一个少女和一个老人在等车。一阵凉风吹动少女的柔发，老太太的白发也迎着风，在轻轻地舞动。

少女从不去注视白发的老人，老人却时不时地观望一下身边的这位少女。

如果叫少女去用心地看一下那老人，她可能最多三秒就会扭过头来。在她的心中，她永不会属于"她"的模样，一切还太遥远。而老人却会用公交车到来前的全部时间，细心品味这位稚嫩柔弱的少女，细细赞美青春的美丽，细细地回眸自己已逝的风景。

老人与少女，除了都是女人，她还有与少女相同的一点，就是她也曾是一个少女，她也是从一个青春少女走到了今天，走成了一个腰背微驼、满头白发的人。

# 善由心生

那天在柳州的一家医院的大门外，我看见了一位蹲在那里乞讨的残疾人。

他没有了双手，只有一小截手臂还能弯曲着帮他提提篮子，而且他双目失明。

他脖子上挂着政府颁发的残疾人乘车卡，面前放着一个挺大的黑底油漆桶，它代替了讨钱的碗。

从他紧皱着的眉宇间，你可以感受到这位残疾人对曾经的不幸与今日艰辛生活的抑郁，甚至还能读出他对这世界"不公平"的愤怒与仇恨。

他的身疾，让人同情。而他的神情，却让人对他百倍淡漠，不愿走近施善。

"善"由心生。他不知这些，他只是专注地在听钱币投在桶内时的叮当声。

今年年初，我在许昌设计了一个高档酒店。开业那天，我在前厅、后厨都找不见阿华。许总说最后（开业时）还是让他走裴了。酒店装修期间，阿华（广东人）曾"试菜"试了好一段。

我吃过几次阿华创的几道粤菜，品相味道都中。

许总也遗憾地说阿华（炒）菜不错，人不行。

"见小妮（服务员）就上，喝点酒就耍秉性，自以为手艺高，看谁都成了他儿子啦。"许总反复强调："人，水平再高，人品若不咋地，一概去裘，不用！"

乞讨人很像阿华的品相，不论你身再残，但人残面不善，满脸是仇恨与怨容，一样也得不到路人的同情与帮助。

方步之间，才觉一游学走于自然、乡村之间，景取胜，心中无限感慨。

# 尽头是爱

黄河边的长堤，环环绕绕地向东，没有尽头。

从花园口向东的郎城岗下坝，是去开封最近的路。

长堤不收费，周围也少有机动车和路人，很静。

大堤两侧连排着整齐的防风林郁郁葱葱，有风时，你还会听到树叶摇曳的哗哗声。

周末的大堤上超静。

向东不到十公里处，从郑州方向有两位老人，骑着电动三轮车向这边驶来。

大坝上堆了一大堆土方，"施工禁行"的标牌就插在这堆土上。

没法！绕行吧。

老太太开始埋怨起老伴："叫你不走这儿偏走！这不中了吧？"

老头子叹气后下车，奋力倒车返回。

不久，有一对年轻的自行车"暴骑族"也骑了过来。

望着插在这土方上禁行的牌牌，男的笑了。

女的也笑了。

"我说不走这吧？你偏走。这下不中了吧？"男的说。

风吹动着他们车上的小红旗。

女的笑着说："有啥不中的？只要和你在一起就中。"

呵呵，只要和你在一起就中，多美的呢喃呵。

今年在希腊圣托里尼的岛上，遇到一对与我们同样是租用低廉的三轮越野摩托周游的外国人，在一个风景点的拐弯处，他俩让我帮他们照张合影。

我停稳车，拿着老外廉价的照相机，准备为他们拍照时，这对外国人同时摘下了各自的头盔。哇，他竟是一对白发老人！

那白发老人，像手挽着个孩子般，搂着他的老伴朝我微笑着。

阳光下，燥热的海风吹动着她满头的白发。

这镜头每次想起来都让我感动，让我难忘。

世上所有的爱，大都是轰轰烈烈地开始，结尾却千奇百怪。

我们由于多年的劳作沉积，爱已像一件珍宝一样，压在了每户居家宝库的箱底，很少去翻动它、晒它，更少有人会拿它在某些场合炫展一番。

相比那对欧洲老人，他们不仅是在炫展自己早已拥有的至亲至爱，而且他们还在尽力地修补着它，并不停地给它涂抹着新色。

# 找饭馆

海口这个城市，这两年聚集了全国的各类人，所以也没个什么"地方风味"。王总随意选了一家餐厅吃的饭，看着干净，又是山西风味的餐厅，面食做得不错，与北方人的口味很相符。

饭快吃完，司机小王结账埋单，服务员拿钱离去。

忽见一只苍蝇直接栽入剩菜盘中。

王总指着这个盘子认真地说："一会儿服务员回来，咱们考试考试她，看她怎么办！"

服务员回到桌前，望着这盘剩菜说："给你重炒一份吧？"

"饭吃完了，不用啦！"王总见姑娘一脸的愧疚便满意地说，"算了，小姑娘，谢谢啦。"

服务员见账已结完无法退钱，便微笑着对王总说："我们山西人好吃醋，我们的老陈醋不错，从山西运来的，送你一桶醋吧？"说完就跑到后厨去了。

出店门刚上车，小姑娘便从店门口一路小跑地过来，双手举着醋递到王总车前。王总微笑摇下车窗，接过这塑料桶装的醋，满意的与小姑娘打着招呼。

塑料桶装的醋有三四斤重，算六块钱一斤，也不过是二十几块钱吧。

以后在海口的半个多月的时间里，王总请客或吃饭，基本上都是约在了这家餐厅。有时叫司机去接客人来吃饭，为了说话简约、准确，他会对着手机简单地说："就是送给咱'醋'的那家！"

佛家常说"有失必有得、有得必有失"这句话，想想真的在理儿。

# 蹲在地上

焦作东开发区一眼望去，干净，整洁，气派，但缺少人气。也许是近中午吧，车行很远都瞧不见几个人。

出城返郑。

通向郑焦晋高速路的迎宾大道是又直又宽的六车道。但在那个十字路口的中心，不东不西地斜楞着一辆面包车，一辆旧的电动三轮车侧翻在不远处。出事了：一个老先生骑着三轮车，带着自己的老伴疾速回家时，撞上了这辆也是疾速回家的面包车。老伴已死，尸体侧卧在公路上，哪儿都没有血迹，唯有头部有点血迹，又被白发遮掩。开面包车的司机一边打着电话，一边茫然地望着蹲在地上守候的老先生。他们之间没有语言，没有对视和对话，像两个毫无关联的组合，互相在静止地等待着什么。事故处理前，现场是要保护的，他们都知道，可我不知道为什么在旷无人迹的道路上，两车竟能相撞。他们是互让了厄运，还是互不让这厄运？

正午十二点，阳光笔直地照在公路上，老先生的身体边全是阴影，老远看去黑乎乎一堆。几分钟后，老先生开始迷怔过来，发觉这不是梦，这是真实的场景时，他突然感到这世界变得无情无义，一切是那么的冷酷。天哪，他的身体开始微微地抽搐。他用手拨弄着老伴脸上的白发，似乎是想看清楚看了一辈子的脸庞，又似乎是在整理她的遗容。偶尔有飞快驶过的车路过时减了一点速度，很快又加速驶去。老先生竟无泪无语地一直蹲在老伴的尸体旁，用手整理她带血的白发。

一切都很安静，一切都好像与己无关。我慢慢驶走，远离了这不幸运的老人。

我嘱咐罗师傅慢点开车。

一路我在想：他们是急着回家吃饭吗？老人没有手机，他的亲人在等待着他们回家吗？人的生命真的那么脆弱吗？

关爱生命吧！人命如纸薄。

# 省　钱

我从不抽烟。

朋友德良嗜烟如命。他说他一天三包，一个月要抽掉几百块，一年就几千元。算下来我至今不抽烟要省下几万元啦。可这笔钱我不曾看到，没见省在哪儿，腰包仍然紧张。我不抽烟，但好喝酒，还特别喜欢购买电子产品。这一点比德良兄花的烟钱要多得多。

有一孝顺女儿，在家排老小。每次回娘家见父母总是萝卜、白菜，白菜、萝卜地吃，吃得是面黄肌瘦，那个心酸呵。她有较好的工作和收入，所以每次都多多地放下点钱，叫父母亲多花钱买些好吃的。但以后每每回去，仍见父母我行我素、依然如故。后来感知父母节省一是为了从口中省几个"子儿"，把这几个"子儿"寄给远在外地打工的儿子，二是要花在身边需要关心照顾的二儿子家里。可怜天下父母心，无奈。所以以后她每次回娘家，都把该留下的钱买成实物送之。

几年前，母亲曾在四川成都的兄弟家生活过一段时间。天热得很，兄弟见母亲年龄大，行动不方便，就买了许多饮料放在母亲身边。母亲怕喝不完过期浪费，一段日子里，每日几大瓶地喝，没多久便喝出个糖尿病。看病要花的那笔钱，远比几个省下的饮料钱要多得多。

开封朋友阿辉的老母亲患有高血压。儿子孝顺，在准备外出打工前，特地买来许多降压药放置在母亲身边，咛嘱老母亲每日服之。老母亲内心很感激，因为儿子没多少钱，挣的工资也不高。老人心里想，这药一定很贵，一定是花了儿子不少的钱。儿子在外边打工，多日照顾不到母亲。

一日阿辉急急地给我说他母亲情况不祥，现已送医院抢救，需立即返回。一小时后，他包了辆出租车速返开封。

多日后返回我才知，他老母亲住的院外不远，有一个免费测血压的小店。他母亲抽时便去测血糖，一连数日测的结果都是正常。怕花钱想省钱的老母亲，从此便悄悄地停用了降压药。阿辉粗算这次医疗费和他往返及误工费两千多块，足比那点省下的"降压药"钱要多得多。

完全自我的顺心和顺意，都有可能导致偏执，其结果令我们终生遗憾。节俭相对于奢华固然是美德，但也不能一味地传承。民间有句俗话说得好：瞎子没省下点灯的钱，秃子没省下剃头的钱。

# 歌

清晨公园的河边，雨后的青草挂着些小水珠。石板路上，一个男青年倒退着，双手牵着一位老太太的手在晨练。从酷似母亲的脸庞可以判断出他是老人的儿子。老人的脸在晨曦中流露着一种无奈和默然，对牵手的儿子更多的是一种认同。儿子像牵着个孩子一样牵着老太，但总不像牵着孩子那样轻松和随意。遥望晨曦，更多地流露出的是一种无奈。一切在默默地进行，心和意却是千吟之歌，无边无际。歌中更多的是老太那和蔼的脸庞，更多的是老太一生反牵着他手的时代。

这多像一种轮回，多似一种曾经。但今朝的曾经中，世界互换了使者。这就是一种轮回。生命真似一首歌，有轻松愉美的歌，也有悠远苦涩的歌。

很难说老人一生美好，但起码在今晨，在清新的晨光中，她是一首动听的歌。又有多少曾经年轻的母亲，一手幸福地牵大了儿女们的手，又有多少曾经该是互换牵手的使者，牵不到曾是她牵大的手。

站立许久，远远望去，看见的分明是她老人家的背，却感觉看到的是那和蔼且幸福的脸。

# 是分手时

年初七。

永永就要回北京上班。

女儿蓉蓉在随着手机里的音乐跳着舞。

过一会儿，我送永永去呼市火车站。

永永停下手里的活儿，在房间的一个角落里望着一年里也见不上几面的女儿。

小精灵，才刚刚过了四岁，就这么聪明？细声细语的话音，句句都像是在表演。

两点的火车，已经十二点多啦！我提示着永永。

永永不着急，他计划着时间呢。

下楼时，永永简单地与母亲打了个招呼，孩子又将托付给母亲代养，又将是漫长的等待。行李不多，出门好几年，习惯了这种旅行倒不如说习惯了这种生活。谋生本就是一种无奈，分离与之相比不过如此罢。

永永身背双肩包，手拉行李箱，他不让我帮忙。

永永说的分离不是一种无奈，他说北京是个大舞台，给很多人提供了大的舞台，也给很多人机会。

室外萧冷，也许是午饭时间，楼下的小区里人很少。

汽车发动机的声音很响。

"爸爸。"很远传来一声呼唤。

很细的声音在楼宇间传得很响。

那是女儿蓉蓉在叫。又一声"爸爸"中明显已带着哭腔。

永永身背双肩包手拉行李箱的动作几乎雕塑般凝固下来。他背对着我仰望着满眼都一样的众多窗口，目光停在了四楼打开的一扇窗户。

母亲和怀里抱着的蓉蓉，无语。

此刻永永几乎泪奔。

去车站的路上我们一路无语。

# 不同的爱

昨天出城去山里，路上遇到两件事。

一是出城加油站加油前，我先去了站里的厕所。蹲便的挡板外，有一对老人在门口确认是男厕女厕。女的要进，男的反对，说："这是男厕所呵？"女的说："没人呵？"

没人也不行，男的坚持。

我蹲在挡板后不敢吱声，害怕吓着两个老人。

女的很快又出现在男厕门口，轻声对挡板后的老头子喊："老孙呵！中不中呵？能不能站起来呵？"

"……"没吱声。

那女的终于进来了。拉开了挡板，在扶老头子起来，皮带声。男的小声说："你怎么进来了？"女的说知道你就站不起来！男的说让别人看见多丢人，女的说丢人又有啥来！

我蹲在挡板后仍不敢吱声，真害怕吓着两个老人。

从王屋山回来的路上，雨后的夕阳淡淡地透着温柔。

田野的小路上，一个高高的小伙子幸福地背着一个小姑娘。小姑娘一手搂着男孩儿的脖子，一手挽着两个画夹子。路有些泥泞，但很惬意。

小伙子背着她走了很久。

他们是住在石碾家写生的学生。

他们是春天里爱的使者。

很美的场景，真想拿相机拍下来。

遗憾失去的好岁月，少了那么多的美好瞬间。可细想这一切，也仅存为美好瞬间罢。谁的岁月不在流失，流失着曾经的热爱？我的年龄恰在这对伴侣的中间。过去，我们已不可追梦。

今天珍重。

明天我更向往那对不怕丢人、容忍丢人的老人。因为我们的世界让我们如此现实，现实得让我们许多人失去了自己，不知道你我曾经是谁。

# 见煤老板

一大早去 CBD 中游酒店见一个煤老板。

他是我今生见过的第三个煤老板。一同去的还有与方案相关的一群爷们儿。

煤老板六十来岁。

握手寒暄后，煤老板拿出一个黑皮儿小笔记本，戴上花镜拿出笔，在笔记本上先写上年月日，然后开始做记录。他问身后的项目人说："是这个'郭'吧？"

他在记着我的相关表述。

周围与方案相关的一群爷们儿，站那儿坐那儿的加起来六七人，包括我，没有一个人拿笔、拿纸或拿本儿的，只有一个六十多岁的、最有钱的老人，拿笔认真地做着记录。太多的人都以为自己的记忆太好，不用笔和纸，就能浪迹江湖。眼前就这几件事，还能记不住？笨人才做笔记吧？

煤老板在听完汇报后，平静地总结道："今天郭工谈到的几条事项都很重要。有自己的主张，设计思路也很清晰，很用心。从平面图上看很丰富，很饱满，给了我们很大启发。"最后结束语说："我很感动。"

"我很感动"这句话是出自一个拥有多少个亿资金的煤老板口中。在这一点上，我也感动于今天的我和他，我们在人和人格上是一样的人。

　　最后他要在笔记本上记下我的电话号码，旁边的项目人迅速说不用记了，他们存有我的号码。煤老板不屑地说："你有是你的，我记下是我的。"同时还递上了他的像银行卡一样的名片。

　　从客房去往电梯间的路上我在想：

　　有些人为什么做不大？有些人为什么能做大？而且那么大，一定是有原因的。

# 闽南卤面

福建泉州的王总，在郑州老乡开的店里请我吃饭。菜先不说，只说这一碗糊里糊涂的面叫闽南卤面，是他的钟爱。

传说闽南一带许多的渔夫，每次出海归来卖完打的鱼后，剩下的各种海鲜，回家后汇集一起炖上，最后放上面条烩在一起。每次烩的原料不同样，味道也不一样。久之，便成了家家都爱做爱吃的糊涂面，俗称闽南卤面。

王总停下吃，给我讲母亲生下他的那天，先吃了些鸡蛋，然后就要了一大碗闽南卤面，吃了个净光。

王总盛上一碗给我，自己也盛上一碗。

王总边吃边对我说："我母亲对我说，这一辈子，闽南卤面是她最爱吃的饭。"

王总离乡背井来到郑州创业七年，每次吃到这一口，人就像回到了家乡。

俗称闽南卤面的面，是闽南百姓的挚爱，也是远离家乡的王总的钟爱。不仅是它纯粹的故乡味道，更是味道中散发出的浓浓情怀。

# 攒钱的父亲

许一脸的愁相。

进门后就问买房的一万块定金他们能不能退。房屋面积计算虽然缩水，定金是不会退的。

愁哇。

愁得小许那个脸"嘬瘪"着。

小许是安徽人，家在安庆的农村。

小许骄傲地说："还在用粮票的时候，我就来郑州做装修了。"这样算来，小许来郑州做装修，最少也几十年了。

凭着自己肯吃苦和为人，在郑州交了些朋友，也揽了不少的活儿。挣了些钱就把老婆接到了郑州，随后又把孩子也接了过来。

从乡下来的老婆孩子，一住就是好几年，而且来了就不想回去了，扔下老父老母在乡下留守种田。

平时活儿多，除春节大年不得不回去团聚几天外，平时和家里老人没什么来往，偶有电话联系，也仅是争分夺秒地问询一下。

故乡甚远，寒暄少礼，有心则成。

前几日，小许两口子看中北环一小区住房，二室二厅，五楼现房。

心动房价，加之寄人篱下、身无居所多年的小许夫妇，早已期盼着有个属于自己的窝，这对游走于城市大街小巷的夫妇俩，急心脑热地上午看房，下午就交了一万块的定金，决定买下这套五楼的二室二厅。

当天晚上，心情激动的小许，放下碗就情不自禁地给乡下的父母拨通了电话，把这个大决定告诉了二位老人。

电话里的父亲，心情同儿子一样激动。

他高兴地告诉儿子，为了儿子买房，他存了五万块钱给儿子。

小许的心被揪了一下："五万，老爷子会有五万块钱吗？"

在外多年的小许，真的不知道父亲怎么会有那么多钱，这也许是他攒了一辈子的钱了。

突然间，他的心又被买房的事硌了一下：他从未考虑过接乡下年迈的父亲到这里。

没到过郑州的父亲，今年已六十六岁了。如果接他到新买的房子，他天天能上得了五楼吗？另外还有一个问题：父母住哪间屋子呢？

今天父亲的五万块钱，才真正让他想到了排列在媳妇、女儿之后的父亲，还有那位少语的母亲。

当夜，小许夫妇俩毅然决定，明天一早去退掉房子。真不退定金的话，是否能换套三室二厅的房子，专门给父母留一间卧室，房款贵点就贵点，以后多干活。

另外媳妇嘱托：一定要买三楼或一楼。

# 呼　唤

一

深冬的夜，楼宇间有个男人在呼唤："肖……"

一声一声不间歇。

我看了一下手表，夜一点四十分。

"肖"的呼唤在死一般寂静的深夜里特别响亮和清晰。

测算是酒后的激情让压抑愈积愈闷、欲罢不能的心绪爆发，让寒冷加了盟，更显心底的蕴气火热。

好久的"肖"演绎成了"小肖"，多了一个字，让黑夜里多了许多深情。

关上窗。

失眠让我打开了微信。略看德国留学的小姑娘程捷刚刚发的微文："虽然多特蒙德只有一个大威斯特法伦球场和一个BVB球队最出名，虽然大家都叫他鲁尔区的废墟，但是每次不管我去了另一个多美的城市，回到这里都有一种到家的亲切感。"

太熟悉了，多特蒙德、BVB，黑黄相间的黄色球衣，几个月前我们一起举牌等退票毫无收获的场景。

"原来这个世界最可怕的，还是习惯。习惯一个地方，习惯一些人。"（程捷）

是啊，我们习惯了这个地方和这些人，一旦失去让我们的生活变得那么陌生和失意又无助。

楼下那声音又大了起来，似乎是今夜不变的主旋律。当主旋律一直是"小肖"而不变时，比起原来的"肖"，叫得让人更悲催、悲凉、悲悯，还有悲壮。

<br>

## 二

<br>

肖从睡梦中听到了他的叫喊，肖以为是在梦境。推开窗望沉沉的夜的城市，竟看不到他的身影。

听着他哀愁的呼声，肖失眠了一夜。

快半年啦，肖没与他再有什么联系，只是他偶尔发来些短信，让她觉得他怪可怜的，可这些都是在酒后的失意中才会有的本真发现。

无声中，迎来了又一天。

昨夜他的呼唤似一场梦。

今朝醒来让她想通了一个道理：我们都是时间的过客。人生，空手而来，必然空手而归。在你我的时间尽头，一切都将化成云烟。因此，在拥有时，要好好珍惜；失去之后，要舍得放手。

失去之后还紧追不舍，最终追回来的只有无尽的落寞和悲伤。

能拥有的即使再不堪也比失去的强，只有懂得珍惜，舍得放手的人，才能邂逅越来越好的拥有。

# 乐在其中

路过顺河路上的那家胡辣汤店。明档里男男女女的中年人当中，有位二十来岁的小伙子，长得很高也很帅，戴着一副小黑框眼镜。他在和面。直和、搅和，双手交叉和，和得很投入。

我以为他应该是个秀才，他却以为自己天生就是块和面的料，而且乐在其中。

离他不远的街边是黄河路小学。离大门口不远处有位中年女人坐在街边摆摊，她在卖自制的矿泉水瓶外的装饰袋。路边老人说她家难，送孩子上学后她就开始摆上地摊，孩子快放学她就回去做饭，下午在家勾，晚上再找地方摆她勾的东西。路边上的她，低着头用心在勾着线布袋，没有话也不抬头。只是默默地勾。勾得真不错，还换色渐变呢！

我认为她应该是个艺术家，起码应该是个民间艺术家。她却以为自己是个有点本事的妈妈，为孩子多创收，乐在其中。

抱着布娃娃的中年女人，一副娇姿地坐在男人的电动助力车上从我身边过。娇情的眼神里流露着的幸福感让人羡慕嫉妒恨。

我以为她应该是个受宠的主儿，她却以为自己本来就是天生"女神"的料，有资格受宠，而且乐在其中。

再往东，有位六七十岁的老女人，梳着上小学时就有的辫子至今不变地在那儿卖各种桌布。她几乎是天天"全天候"地在同一个地点卖，除了刮风下雨和过大年时不在，因为那时街上也没人。

她很热情，很投入。只要你去用手摸她的卖品，嗨，走不了喽！她会从八十降到六十，最后降到五十、四十五……最感人的话就是："你相信我吧！我卖的东西不贵，我不会骗你，我是红军的女儿！"

我以为她应该天生就是做生意的料，而她认为自己是努力拼搏的红军后代。一位平俗的老人乐在其中。

王国平是我十几年前认识的老师，在一所民办大学里做艺术中专的辅导员，主抓学生的吃喝拉撒。有许多代课的艺术家感染了他。几年后突然觉悟，辞去工作去了远在郊外的石佛艺术村，租了几层房，创立了自己的艺术家工作室。那年我受邀去参观了他的画室和就地而办的个人画展。我很震惊，特别是他的妻子也是作者之一。来访的城里艺术家的轿车，把村庄里大大小小的巷子都堵得满满的。

我以为他应该是个朴实无华的为人民服务式的好老师，他却以为他天生应该是块艺术家的料而且努力着，并乐在其中。

今天我要去营地为三千五百名学生讲课，讲设计艺术，讲生活艺术。在机场候机时我想，我一会儿的身份应该是这些渴望学习求知的孩子们的老师啦！是大一点的大哥，是小一点的父亲，是集体的榜样，是他们、她们身边成长的参照物。

送我的媳妇说不要骄傲啊，她说网易平台讲了一个哈佛学生的故事。说这个二十多岁的哈佛学生，当检查出自己患了癌症而且只有一年活着的时间时，他没有选择去化疗治病和求生享受。他的梦想是今生一定要在美国读完哈佛大学，而且还要圆满毕业，拿到哈佛大学的毕业证。他用今生仅剩的有限时光，白天加黑夜地苦读大学里没修完的课程。当他选修《死亡学》时，授课的老人得知讲台下有一位真正将面临死亡的青年时，惊讶地望着他无语。

我以为他应该是个濒临崩溃的人，他却是一位拥有人生梦想并能亲手实现梦想的人，今生活多久已没太多意义，追求让他乐在其中。

我问媳妇："最后呢？"

最后他死了。在死之前，他积满了所有的大学积分正式毕业了。最后，哈佛大学的校长在病床前亲自给他颁发了哈佛大学的毕业证。

弟妹陆刚到德国时，曾亲眼看见一位标致的欧洲男人在捡路边垃圾桶里的废品。

她很吃惊。

在欧洲阳光灿烂的日子里，我们印象中不可一世的欧版男人，他们也会像乞丐似的捡破烂？其实都一样，无论在哪一个国度里，不论什么年龄的人，重要的不是别人以为你是个什么，从内心而言，最重要的是："你以为你是谁？"

你以为你是谁，你就会是谁。

# 累　吗

　　从办公室回家的路上，天已黑了下来。

　　身边由远到近传来一阵电子音乐声。路灯下我看清楚了，是一位收废品的哥，他开着辆电动三轮车速度很快地从我身边蹿过，车上拉了好满好高的废纸箱，码得很工整。音乐声是从他的自制车架子上传来的。音乐声像他那张脸，准确描述更像他的心情。

　　今晨六点起的床，六点半来办公室拷资料，七点出发去驻马店上蔡县谈一个项目。晚上六点重回办公室。一个人在办公室整理资料，突然感觉很累。也许这两天事安排得太多太紧的缘故，那明天呢？明天是否依然这样？

　　累。

　　小文的微信上说："又忙了一天，到晚上六点多才结束。感觉疲惫，还是去掉了安排的一些事情，要不非紧张死！国画室的画案进场了，慢慢把画画的东西搬过来。油画室去买两盏打光的静物灯，买个大卫和维纳斯的石膏像，抽空画画石膏像，练练造型！（现在）急着往医院赶，晚上我陪护母亲，越急越堵车！"

嗨，为她赞一个。这么辛苦不知是否感到了累？

真有点堵车。

路边卖红薯的乡下女人，在自己的烤炉边增架了一台充电台灯。傻白傻白的灯光照在刚烤的红薯上很难看，用个傻黄傻黄的光也比这好看呀！人家才无所谓呢，卖十块挣九块，高兴着咧！白刺啦的光照在她的脸上，看上去一点都不累。

我有点累，不，我累。

夜色下，司家庄里的人似乎是全军出动，到处是小摊摊、小店店，小摊摊小店店前面全是人，真热闹，"罗湖口岸"呀？卖水果的、卖烧烤的、卖卤肉的。还有那那那，真是哪里有"都市村庄"，哪里就有服务员。

那削甘蔗皮的兄弟累不累？"那皮你削了多久啦？快堆成小山了，累不累呀？"累？八块钱一根儿，削了多少根儿啦，没数了，才不会累呢！

回到家媳妇也不出门迎接我。

媳妇说一天十几小时的德语强化训练太紧张，离冲刺27（日）北京德福考试没几天啦。"哈，哪有时间去迎接你呢？"

"每天学习好几个小时，不累吗？"

媳妇理都不理我，低头边看书边对我说："喜欢就不累。"

想了一路，到这才有了答案：喜欢就不累。反着说就是不喜欢你就会感到累。

哦！

若
抽不出
时间来创
造自己想要的
生活，最终
将花大量的时间
来应付自己不想
要的

生活。

2017.7.6日

# 雪　花

第一场雪来得特别早。

院楼下的老两口在给她的女儿清除车上厚厚的积雪。女儿一早步行去上班了，为了下午女儿可以开上自己的车，他们在清车上的雪。清车雪，老两口备了两种拖把，一种平底的，一种散花的。用平底先推雪，后用散花的拖把扫雪，远远看像剃头推子推出的光头，推出的轨迹都清晰留在红色的车身上。

通往黄河菜市场的墙边开出了一条无雪迹的路。顺着只有一人宽的路向远看，一个女人与我迎面走来。我想在她快走近我时，跳到路边的雪地上让她先过。只见这位双手拎着菜的年迈母亲先让出了路。我们相错而过，谁都没有走这条没雪的小路。

紫荆山地铁口，一位年轻的母亲在等她的女儿出站。她用大大的围巾包裹着自己的脸，肩上已飘落了许多雪花。她在出站的人群中搜索着她熟悉的女儿。今天的任务很简单，只要把手提袋里的药物和几本书交给她就行了。

小辉辉在这个城里工作虽然没几年，也会时常想念乡下的母亲。城里今天下了雪，她先想到了乡下的母亲。老家也下雪了吗？下雪了就不要出门了！只是心想还没电话，母亲就打来了电话问女儿这里下雪了没。"下雪了就不要去上班啦！扣工资就扣吧！"飘零的雪花中，仍可见小辉辉的两眼红红，她说这一切都反了个儿。

年轻的梅妈妈在紫荆山公园里拍雪人，计划着自己堆个雪人拍张照片，给远在重庆上大学的女儿发个微信。出门时顺手还拿了顶女儿的帽子，准备在堆好的雪人头上戴上女儿的帽子拍照。天着实冷，她便灵机一动，在别人堆起的众多雪人中挑了一尊，兴奋地让雪人戴上女儿的红帽，左左右右地拍着照片，发着微信，还用手在雪人身上抠写了女儿的小名"兰兰"。

公园里母与子的城市雕塑在雪中有些凄凉，因为她头顶一抹厚重的雪，依然慈祥地怀抱着满身是雪的孩子。不少路人拍照发着微感慨，没有人去抚扫那孩子身上的雪，一是够不到，二是这一切与己无关。

雪花在淡淡地飘落，轻轻地抚摸着母亲们的脸，雪花衬托下的母亲们，万般温柔和美丽，因为她们对儿女无私，还有无限的爱和奉献。

# 午　餐

科技市场负一层的美食城，中午迎来了大量需要午餐的大小老板和打工者。

大刘和媳妇同时来到这儿。

大刘说想吃面。

媳妇说："不饿，你点你吃的，我就随便跟你吃点吧！"

美食城小吃丰富，汇集河南不少地方名吃。各个摊位前都是人，想吃也要等待。大刘转了场子的大半个圆，最后决定选一个铁板肉炒米。人群中也在挑选品味的媳妇一百个点头赞。

端上铁板肉炒米时，大刘在柜台前一手端饭一手招呼人群中的媳妇，像部队收尾时集结号中的胜利姿态。媳妇顺势而出，也配送一副胜利者的幸福姿态对老公微笑着。

我的饭还不知多久被召唤。

左侧的餐台上大刘和他媳妇开始认真地吃午餐。当饭菜陆续上了我的餐台时，我听见大刘对媳妇轻声说："不饿咋吃恁多来？"

媳妇笑。

大刘说："我想再去要碗农家杂面条。"

大刘媳妇又一百个点头赞。

大刘毅然又回到了人群中的"乡情手工面"摊儿前，等待一碗候补中的农家杂面条。大刘的媳妇去了很远的摊位前，要回了几瓣免费的大蒜。她坐在摊桌前剥着。许久，她手握着几瓣剥好的大蒜，像手捧鲜花般，望着摊位前的老公和他的农家杂面条的到来。

有人把爱描写得高尚和神秘，其实爱很平凡和自然，根都在每个人的心里。

# 看牙的父女

从牙医的牙床上下来，我捂着腮帮看到另一位白发老人续上了去。

一位比这白发老人还老的女人缓缓地扶他上了牙医手术床，那姿态仿佛是自己在上。老头子抬脚绕线，她也在做着"抬脚"的动作。老头子躺下，她用一只手扶着他最近的肩。张大夫在牙床的聚光灯下让他张大嘴，她也微张着嘴。张大夫让他起身吐水，她扶住他也缓缓地做出吐的动作。

一切都悄然无声，爱在心动。

想起年轻的母亲在喂孩子吃饭时，会微张着嘴喂孩子吃饭。我年少时以为这是在为孩子做示范，成年后我才发现这是母亲对孩子真切的一脉相承，是"同呼吸、共患难"的原始的情结演绎，不是表现，是本能，不是刻意，是不知不觉。

没养过孩子的人不懂。

每当我们歌颂起爱情时，爱情显得那么年轻和美好，看到从头至尾手没离开牙床上老头子肩膀的那双手，我才觉得爱情并不都是那么年轻和美好，却是那么老成和悲怆，那是一种深"爱"的感觉。

前几天看到一篇关于大龄女相亲的故事，说当今大龄女之所以成为了"大龄女"族，是因为她们太知道当今婚姻的软肋，太知道没有婚姻条件的相亲，都是不现实的婚姻。她们讲究对方相貌、身高、财产及品位，甚至他的语言和声音。可样样条件都达到了要求后，仍感觉不对。

其实仅仅在于缺失了真切的关爱，没有那种你痛他痛、你悲他恻的心境。

"爱"说起来很复杂，其实很简单。

画伟光村

画驴里人家发现有人
画俺小院时大呼道：
龙咦？咋还去画那新房呢？这
龙好吗？
正一. 2000.9.

# 和睦相处

午时的窗外，四十一摄氏度，闷热。

邻桌一家四口人在"牛管家"吃自助牛排。

长得很像的一男一女两个孩子对父母很客气，俩高中生都戴着个近视眼镜，言行举止彬彬有礼，特别是对待父母。

相聚本应这样。

男人眼圈发黑，像日夜不闲着陪领导吃饭的主儿。他边吃边静静地留意着对面的女人，看着她很满足地切着七成熟的牛排，一脸的幸福相。

窗外面的街上没有什么行人，只有一排排轿车整齐地晒着太阳。

儿子和女儿一起去"自助"食品了，桌子对角留下了父母二人。

那女的认真地轻舞着"刀叉"头也不抬，似乎他不在身边。

那眼圈发黑的男人停下手里的"刀叉"，默默地看着对面的女人。

儿女又一同回到桌前，一人一杯"可乐"分别放到了父母的桌边，继续吃他们的牛排。

就餐的氛围很和睦。

男人对女人和身边的儿子说："外面天气那么热，在家做饭也让人受不了。孩子们也难得有个假期，以后不想做饭就出来吃！今天的餐卡够你们吃到开学。"

那女人矜持地继续切着她七成熟的牛排，面带微笑无语。

那男的喝了一口"可乐"，继续说："我再办几张对面饭店的卡，你们串着吃！"

对面的男孩子轻柔地说："谢谢叔叔！"

谢谢叔叔？

哦，他们不是一家人。

拔花生

2000.9月

# 都市男女

少年宫前面宽宽的十字路口，除了雾霾中纷纷散落着的树叶和汽车尾部冒出的白烟，人行道上几乎没有行人，老远望过去腊月的冬天更显冷清。

一个年轻女孩，提着新的礼物独自一人走在斑马线上。握着手机在认真地边走边看着手机上面的那封信。此时的世界风云与她毫无关系，管他什么这个转基因那个雾霾，她的世界都在那张纸里。

哦，今晚是圣诞夜啦，她在享受着节日的快乐。

刚交房的中原新城小区入口，零乱的小吃摊在冬日里特显人气，不论卖个啥都是热气腾腾的。一个中年卖饭女腰上围着个自制的兜兜，望着那个正在自助盛饭的民工哥发着愁："娘耶！他已是盛第三碗饭啦！"哥一脸的幸福欣喜相，表情告诉我，哥在窃喜："这下可真叨着啦！""素六荤八饭免费"的诚信预约让这饭摊女彻底领教了"民工哥"的真功夫。看着桌上盘子里的辣椒炒雪里蕻，突悟有文化与没文化在吃饭的混搭上是没区别的，都是高手。

年轻的帅哥在赶着路，比我蹿得快，他手搂着两颗小松树在送货。

美女在公交站牌前目不斜视地等着车，虽不如我快却比我淡定得多。她妆很浓，从容一定是为了今晚的"小松树"下的恋人。想起王朔有句话说："真爱不仅指的是人，也包括事。成功的人生不就是找个喜欢的人爱、找件喜欢的事做吗？"愿寒冷的街边美女浓妆有获。

繁华的街头男来女往。

有一小女抱着个孩子在街头卖唱。她在用母爱来调味，但更多的是用悲怆来感动路边人。她的沙哑不全的歌声，让悲怆更加真切地悲怆。

"谢谢你给我的爱，今生今世难忘怀。"

多老的一首歌呵，土得不能再土啦。也许正是土才是正宗原味吧？君不见我们的首长上任时都在讲"人民"二字，因为他知道，人民，只有人民才是推动历史的真正动力。很像粮食，"得中原者得天下"，因为中原不论怎么制假、贩假，谁也丢不了中原产粮食之本。

那女孩没错，只有母亲的爱，才能像中原的粮食一样让人丢舍不得。

哦，这女孩够不幸的。地上的那张简介清清楚楚地告诉了路人一个不幸的故事：她的丈夫倒在了人生的青春之路上，得了骨髓癌，他的妹妹配型移植骨髓成功且需手术费二十八万，乡亲凑××万，仍需××万。多么痛的礼物，这正是人类的可爱之处，在圣诞前夜，在人们玩笑般地调侃欧洲老人在前往中国送礼的路上，在被雾霾熏倒在路边没人扶的时候，她的祈愿真难以实现了。

寒冷中她仍慢吟着这首老土的歌。"也正因如此，我们的

世界才丰富多彩有滋有味。也正因为有这些美好的意愿，我们才能在这雾霾堵车高价坑爹的世界里安心地活着。"（王朔语）

都说今年的跨年夜很特别，我们共进1314——一生一世，多可爱的人类。我的手机里收到了朋友的圣诞感悟："那一年的今天，我们结婚！两周年纪念日，甜蜜的回忆。"

有轿车从人堆旁缓缓驶过，车里女子慢慢摇下车窗窥望，随着驶去她又慢慢地摇上了车窗。

我也摇上车窗，缓缓行驶在城市的街道上，看着不同样式、档次的圣诞树，想象着更多是烛光点燃时的情景。这将是一个充满诱惑的时代，各种大师们、民工们、法人们、员工们，向我展现了一个多么丰富的世界。这也是个充满机会的时代，只要你朴实就会被人利用，只要你真诚就会当领班，替叔侄哥嫂们去挣钱，挣许多的钱。哥弟土豆粉店的小女孩，穿上圣诞衣戴上圣诞帽站在寒风中的门口扮作山寨的圣诞老人微笑迎宾。

又收到了短信："我用温暖的友情密密缝制火红的圣诞帽和金色的圣诞靴，把最甜的祝福挂满圣诞树，把最美的圣诞礼物堆满你的小屋。过节了，圣诞节快乐！"快乐来自于哪里？

我情不自禁地摇下车窗，我看见了下班途中驻立车群之中的她，我儿时小学乃至中学时的校花秀珍。她有自己的小小会计事务所，却每天努力奋斗从不敢奢想自己买个车，早出晚归的她"就是为了有机会和董事们谈谈人生，和父母说说理想，和大师们聊聊爱情，和孩子们谈谈现实"。你是这么一个有追求而且单纯的人。

感叹青春像流水，每年的圣诞之时都带走了她们曾经妙不可言的光阴，因为她们自创了太多的城市女人的故事。

她们活着，故事里我写着。

# 小 店

玉凤路雨后的中午，杭州小笼包店。

午饭人多，有个孩子把桌子朝店外的门口上摆。这是店主的大儿子，趁暑假帮父母的忙。我坐在店外刚摆好的小桌上，要了一笼鲜肉包和一碗紫菜蛋花汤，十块钱。

趁没上饭闲看，感觉门面装修简洁挺精致的，从我的装修经验上看，里外装修需四五万即可。

吸引我注意力的是与我同坐门外的一对年轻人，他们的T恤衫后背上写着什么什么"房产中介"。

她对他轻风细雨地说要一笼肉包子，他就兴致勃勃地朝老板喊："要一笼肉包子！"

她对他说再要一笼素包子，他就兴致勃勃地朝老板喊："再要一笼素包子！"

她压低声音对他说要碗稀饭，他就兴致勃勃地朝老板喊："要碗稀饭！"

我kao，年轻人！放稀饭的台子就在门口边上。

一位乡下男子出来躬身问要什么稀饭，"绿豆的、玉米的、小米的"种类不少，而且是免费的。那小伙子认真地挑了两种，随后又大声补充道："再要盘咸菜！"

我也年轻过，难记起我那时也这么吆五喝六吗？现在人有点权势就那么"犬"势，想不通。

还有人是拿着小广告来的，说拿着这张纸可以送什么什么，最远是从玉凤路南头的广告材料市场里来的人。我想这一定是那位刚才在门口摆桌子的儿子干的事，据说这叫"营销"。

给我身边那孩子送餐的大军开始啦！

乡下男人是店主儿，愍大的手各端两小碗稀饭，躬身微笑而来，身后跟了他的小女儿，一手一小碟咸菜。我向里看，乡下男人的妻子也是一身洗得发旧的农装，旁边还有一个儿子在包包子。

母子俩一脸的认真。

乡下男人毕恭毕敬，他知道城里人不好惹，特别是年轻人。去年他就在对面楼群里当建筑民工，今年他就在熟悉的地方拉着老婆孩子从老家出来混啦。果然，乡下男人说这个店花了五万块钱。"五万块"，让他借遍了全村人的钱。

大儿子在门上贴上了"空调开放"几个字，这对乡下人来讲是高档次的象征。二儿子在店内调着空调的送风角度，讨着城里人的欢喜。三妮在听着母亲的召唤，好多要点零花钱。一个家，一个社会"共同体"。

我们号称自己是城市人，因为我们这里有房有亲人。我们称这些唯唯诺诺的人是城市"路人"，匆匆过客，因为城中没一平方米属于他，更没有一扇窗、一盏灯属于他。身边俩"中介人"，今天同样也是这座城市的"路人"。大眼望去都一样，都是匆匆的城市路人。

前者"路人"，不久将成为这座城的主人，勤劳善良终会拿回他们的回报。而后者一定是这座城的路人，因为好逸恶劳的人从古至今都难成仁。在当今到处都有失败感的日子里，那些"拿起筷子吃肉、放下筷子骂娘"的人，就更难拥有城市一席之地。

城市不论有多少吐槽、抱怨和怒骂之声，谦卑认真、勤劳和质朴诚善，仍不失为城市的一种光彩，终有其应得的收获。而嫌贫爱富、专横跋扈者，注定难以翻身做主人，何况还是那么年轻的人。

# 瓜　农

凌晨六时半，按计划俺准时驱车出院赴山西。

天色转亮，掩不住雷鸣的光闪。真是罕见的天气，出门洞距上车仅三步远，两步就湿了左右鞋。

雨刷刮着雨水。

在左右的摇摆间隙中，俺看见院门口拴儿的媳妇在雨中独自支着卖鸡蛋饼摊儿的大伞。平时常见她风雨无阻。

不常见的是楼前的侧檐下，还搭着一个野营帐篷，这是院门口卖西瓜车车主儿"瓜男"和他乡下媳妇的窝儿。

昨夜大雨罕见，今晨电闪雷鸣少见。据电台播音员讲昨夜许多人半夜被雷声惊醒，许多主儿半夜起来关窗。俺怎么不知，要不是闹钟叫，一觉还不睡到晌午？

在金水路拐弯时，我忽然想"瓜男夫妇"他俩昨夜咋过的，是水上浮连还是自由水船？昨夜大雨也漫不了他家的"金篷"？

卖瓜的那货我挺熟悉，虽然俺没买过他的瓜，因为他的头像个"瓜"，圆圆浑浑的记得住。这两年几乎每年夏季都来，还带着老婆。老婆真老，似乎是那货的"大姐大"。不过每次见她用五彩编织袋背着一大包西瓜，笑呵呵地跟在比她年轻的女人后边送瓜上楼时，我都会从心底泛起一股酸涩。

雨小多了，刮雨器换成了慢挡，路上车少人少，城市静如这水。

瓜男也不错。我想起院里大李子说那年他吃过早餐后回院，无意地问起"瓜男"吃早饭没，那货说一车瓜在街边放着："吃裹不成！"大李子顺手把吃剩打包的油馍头，一把手都给了他。那年在他收车返乡时，留了几个好瓜不卖，亲自背上门送到他家，然后才离开的郑州。

今年那货又从中牟回来了，说这地方是"革命根据地"，有熟人，还带来了老婆。

车上广播播放"今日网事"，从大雨说到了全城留守的瓜农，说到今日城市中各个角落里"瓜农一族"的不易。想想院门口的"瓜男"，我也有同感。

女播音员说有个姓张的先生说，他有一天很晚回家，见马路边昏暗的路灯下有一个瓜农的女儿在看儿童书。他上前问："孩子看的什么书？是从家带来的吗？"孩子说是在城里买的旧书。孩子的爹愧疚地解释道："妞儿听说俺来郑州卖瓜，趁暑假一定要跟来，郑州一定很好玩。没来过郑州稀罕得很哪，看到那么多的车和人，很兴奋，真是大开眼界啦。"父亲哽咽了一下继续说："妞来到郑州，俺心里一直愁得慌，不是因为瓜不好卖。呀！妞来几天了，从没去过什么地方。不管是天热或下雨俺们俩都没有离开过这两条街。那天我故意带她到紫荆山公园门口卖瓜，给了女儿十元钱，她在公厕旁的旧书摊上买了五本书。没俩钟头俺们就被撵回来了。"

"没事了这妞就天天在这看书，也不乱跑，黑了路灯下也看。"

那个姓张的很感动，跑回家拿了几本自己孩儿不看的书，一早送给了这妞儿，然后激动地在朋友圈发了条短信显摆了一下。

城市有真情，谁说满街都是"que（骗）人"呢？

太阳向西沉，一天又将被划去。

东里路上，那个乡下的女人抱着孩子在替卖瓜的老公吆喝："卖瓜来卖瓜来！"那叫卖的声音很大，隔条大路也能听见。她看着闷屁的老公着急，对着哭闹的孩子说："不卖瓜咱们吃啥！"

辑五　　俺爹俺娘的故事

# 看二大爷

太阳刚照到房檐，母亲就来到了北黄（村）。父亲在城里忙着没来。秋天的晨阳明亮地照在村庄每户的山墙上，也照在了母亲对故乡久违了的心坎上。

阳光好，母亲的心情也好。

母亲的身体今年好些，怕以后腿脚不方便再来，几个月前就筹划着这一天。

走在记忆模糊的儿时村口，远远向北黄（村）望去，母亲感叹这已不是留在心底的故乡了。虽然故乡看上去仍那么平静和寂寥，却不是当年的那种平静、自然的模样了。

"这哪是过去的老家呵？"母亲一边自语，一边心里嘀咕道，"多亏了还有你二大爷在北黄，还能叫'老家'，回来还算有点意义。"

我是体会不到这个层面，"故乡"在儿女心中不过是一个名词而已。今天，不论二大爷是否在老家，故乡都会写在我们心中薄薄的记事本上，不会被轻易抹去。标志性的"故乡"一词，演绎成了我们在城市窗口向天边眺望着的"永远的乡愁"。

走在母亲的身边，我微微感到了晨阳中母亲心中对真实故乡薄薄的凄凉。对着即将消失的故乡，母亲疲倦了，她说今后一定不会常返于此了。

到了。

母亲踏着清晨的秋阳，走进了二大爷的家。

正在打铁皮壶的二大爷手遮阳光，用熟悉的老家话说："谁呵？做么（干什么）？"

仔细看到是母亲时，二大爷像从梦中回到了现实："俺的娘呵！这不是他三婶子嘛！"

蜷缩在屋里的二大娘听到了动静，立刻从门缝里伸出头来："我的天哪！他三婶子来啦？！"

二大爷兴奋异常，在院子里转了两个圈不知做什么。二大爷的一生，忧愁占据了一大半。一生养活了五男二女，忙碌的日子像每日有个监工一样，压得喘不过气来。人生在世，承担了太多的责任。他像一艘船，坚强地承载着忧患和痛苦，还有烦恼，唯有快乐甚少。七十多年如一日般沉重地行驶着，虽有时颠簸不平，却勇往直前。

想想我们的父辈们，谁家没有烦恼？它覆盖了太多老一辈人毕生的经历。尽人皆同，母亲也有同感。

二大爷想他的兄弟，我拨通了电话，他茫然地望着窗外，深情地与五百里外的兄弟（我的父亲）说着话。

父亲兄弟三人，相貌和性情相似，老大和老三却在青春年华时毅然走出了北黄。今天老大已离开人世，我的二大爷留守在了这里，留守在了这个世界上最小的地方。对故土过去的回忆，是痛苦多，快乐少。虽有遗憾，但更多的遗憾是都比不起一天天好起来的生活。

在城里生活的父亲与故乡的二大爷，今朝已有了本质的不同。二大爷知道城市的"阳光早餐"与他无缘，而父亲也知道老家院子里的阳光也没他的份。现在的一切不是谁都能随意享受到的。作为人的精神虽有所差别，但也都有各自的快乐所在。

小院里泛着一缕缕的阳光，投在菜园子斑斑驳驳，让鲜嫩的蔬菜充满了生机。

二大娘看我们用相机拍她，忽地想起什么似的走出屋子，迎着晨光，在院子里的灶台上梳起了头。她梳头时的姿态，让人想到了她那个遥远的青春时代。后来父亲看到二大娘梳头的相片时感慨地说："又看到了她当年的影子。"

不同的生活环境造就着不同的人，天地之间各有乾坤。对旧事的痴情回忆，魂牵梦绕。相思是一种苦，让人心愁。

走出屋子，尽览小院的满目秋色。世间事事，太多磨难。漫漫路上，太多难关。今天能尽享小院阳光，足矣。

二大爷在村里的饭店张罗了一顿饭。

席间二大爷说："今天知足了。老了老了也知道点么了，孩子都大了，还操什么心嘛！这世道要心意平静，离了谁都可以活了！"

在今天的餐桌上，面对一大桌子的菜，二大爷成了主角。

母亲说："玉山（父亲名）他更希望你生活情境每天都更好，不要有什么愁事。"

从不会纵酒高歌的二大爷，谈到深情时流下了眼泪。

谁都不能预知未来，谁都不能知有其时，但人人都愿享高年。母亲认真地说："我也愿你身体健康没有病痛，心中舒舒坦坦的，好好多活几年。"

二大娘也流下了眼泪。

"你若是不在了，我们回老家还看谁呢？"母亲继续说，

"没意思啦，也就不回来了。"

是呵，没了上一辈的人，"故乡"就成了空壳，"老家"在心中也就没有了踪迹，思想再也抚摸不到现实了，那也就真没什么意思了。

天下没有不散的宴席——吃完了。

村里充满了阳光。

在灿烂的阳光下，在远来的弟媳妇（母亲）面前，二大爷和二大娘充满了留恋之情。母亲说一切愁怨都算什么啊，在万物争存的今天，一切都可以随阳光晒掉。不信你看，现在一切不都在好起来嘛。

是的，以往的生活经历，在今天看来虽有失望或不如意，当我们蓦然回望，一切也都无所谓了。今天的生活中，更多了一些积极的因素，消极的事越来越少了。与过去相比，足矣！

走了，好好活啊，这比什么都重要。

再见了二大爷和二大娘。

再见了北黄。

# 金　婚

　　大院的广告栏上贴出了通知，凡在2010年前金婚、钻石婚的离退休老人，且配偶都健在，到离退办登记。

　　母亲送我出院，笑逐颜开地说凡金婚、钻石婚的老人，今天还活着就都有奖啦！

　　我问：“你该轮到什么婚啦？”

　　母亲笑着用山东话说：“金婚！”

　　哦，俺才知道结婚五十年为金婚，六十年为钻石婚呵。

　　“快五十年啦，现在（金婚）可不多啦，以后也不会多了。”

　　阳光下的母亲很幸福。

　　我问金婚奖多少。

　　母亲说每人五十，俩人一百。

　　哈，才一百？

　　母亲淡然地说：“这五十块钱可是很有意义啦！不是谁想要就能要的啦。”

　　父亲语录：比别的不行，我和你妈就是那破拖拉机。可车上拉的都是爱情呵！

# 老人的心境

母亲家楼上的张老伯今晨去世了。

张老伯生前是日语翻译，中国日语快译界的权威人士。

他平时说话很结巴，叫人听着很费劲。但当他讲起日本话来，那真是流畅、清晰。

我一直想，也许日本语中的轻辅音和浊辅音，更利于口吃的人发音吧？看着日本人说话那样，感觉特认真和费劲，点着头说怪虔诚哩？

母亲住一楼，花圈摆满了母亲家的窗前。

周末回家，老远望见再熟悉不过的家门口摆了那么多的花圈，心里猛地缩了一下。

回家后听母亲说，她昨天下午还去过张老伯家呢，还顺手给他带去了两个不大点的小西瓜。今晨则心脏早搏，撒手人寰。

老爷子平时晚上都住在自己的实验室，今天周末一早，从二砂专家楼回家，从院后门一拐弯，就忽地看到自家窗下的一溜儿花圈，一下子没定过神来。

回到家见母亲笑着说：

"他娘来，见咱窗户上这么多花圈，我还以为我死了来？"

母亲认真地说:"别胡诌诌来。"

唉,最近母亲家的大院子里,许多没事在院子里一边静坐、一边晒太阳的老人陆续去世。他们都是些从小看着我长大的老人,一一去世的熟悉老人们,叫我备感生命的宝贵。

母亲、父亲在生命有限的日子里,不停地尽数着伴随了大半生的同志们先后撒手人寰,对死亡之感受一定是彻骨的吧?

我们很难想象与体验到这一代老人们的心理世界。

母亲简单地开了个头,就避而不谈张伯了。她打开先科便携式DVD,续看昨晚没看完的赵本山制作的《乡村爱情(三)》,父亲在满是花圈剪影的厨房窗前,认真地给我做着清蒸鲈鱼,另一个灶上,小火仍慢炖着一早就卤得差不多的牛腩,我老远就能闻到五香大料的味道。

呵,我是多么喜欢这炖肉的味啊。

母亲在屋里大声地对老爷子喊着:

"再给正一炒个青菜呵,不要都是肉呵。"

# 母亲的小小愿望

母亲不在意地提到了黄河滩地上的"思念果岭"，说大院里有人说那个地方好玩。

今天是个礼拜天，天气不错，有阳光。上午到新郑一办完事，中午没拐弯速回了郑，约母亲去她说的那个"思念果岭"，老人家一口爽应："去！"

母亲像准备一件大事一般，备了水果、甜点、水，还有馍。

我走进母亲房间，提醒她带够药，晚上可能在外面吃大餐时，正撞见母亲笨拙地撩开外衣，朝自己的身上喷香水呢。

我问喷这弄啥？

母亲说院子里有个老头，本来还对他印象不错，那天与他坐了一会儿，闻到了他身上有股臭味儿，以后也就再也没什么好印象了。

哦，母亲一定是怕那一会儿自己准备不足，怕会像那老头儿被人嫌弃？

坐在院子里的长凳上晒着太阳的老人，一边静守着阳光，一边望着我母亲坐上了我的车，那专注的神情，似乎在问："这老婆子这是要去哪儿？"

母亲小有得意地微笑着坐上车，我关上了母亲这侧的车门。

车中的母亲，隔着车窗望着那些闲谈的老人，像是说："昨天我知道了个'思念果岭'，今天我就让我儿子带我去看看啦。"

母亲一辈子没理想、没事业、没专业，什么也不会，也没什么爱好。她不像父亲一生为"科学"事业而努力奋斗，耗去大量时间和精力。生活中最大的事，不外乎就是像下跳棋一样，能跳着在每个星期六见儿女一面，其余的时间里，就是简单地注意着自己多病的身体不要犯病。

车快开出大院口时，母亲望着同一方向行走的老人背影，羡慕地说："那老头儿走得多快呵！"

我从小生活在这个设计院里，这里知识分子成堆，大学生、工程师满把抓。但在母亲这个年龄人的眼里，学识、学位，金银、珠宝，一点都不重要了。不论你曾多么的辉煌，社会地位多么的高，今天都不"吃来"了，身体最重要。

车在行。

望着城市的变迁，母亲感慨万千。

她说有一天她曾与院里的一位老年朋友，坐着 BRT 环城公交，围着郑州市整整转了一个圈。

我问她花了多少钱，母亲说用"老年乘车证"免费，没花钱。

我问她对郑州有啥觉，母亲说感觉自己像个傻子。

思念果岭山水，是个建在黄河湿地上的社区，绿荫连片，号称天然公园和"氧吧"。

母亲走在城市之外的"世外桃源"，望着三百万一套的私家独立别墅，感慨地对我说："你爸这辈子是住不到这里了，你们还有一些时间，还是可以办到的。"不过很快就改口了，说即使有了三百万，在这里也只是个壳子呵，还要一百万装修、一百万买东西。操他娘来，别瞎想来，早着呢？！

老爷子打来了电话。

秋风中，母亲握着手机的听筒紧贴耳边，认真地说："玩得好来。晚上一定和他们去吃，我带了五百块钱呐。"电话那边传来一阵爽朗的笑声。

晚饭我们定在了四季同达生态园。

周末的餐厅，客人很少。

大厅里到处是真假组合成的植物绿树林，仿自然园林山水，到处是小溪及流水声。送餐的小伙子头裹黄丝缎、脚穿旱冰鞋窜来荡去地送餐，小姑娘彬彬有礼地朝你微笑着。

母亲很满意。

母亲手握装着药物和钱的布袋，笑着对我和媳妇说："我说晚饭拿三百，你爸笑话我说，'别丢人呐！'我说，那就拿五百吧。"

可我分明见母亲手里握着八百元。

母亲始终要坚持她付钱，她笑着说这辈子虽付不起三百万来，可付三百元是不成问题的。

是呵，该顿饭让母亲付，这样才会让母亲从内心中有一种安慰。儿子再大、再有本事，在母亲眼里永远是个孩子。她内心中真的希望儿女还觉得她行、还有用，儿女们今生还需要她的帮助，这才不愧是一个被人瞧得起的老人。相比自己总让儿女扶着、供着、养着的老人们，母亲的内心要充实、自在得多。

结账：一百四十元。

母亲高兴地说："今天吃得这么好，才用了这么点钱，太值了！"

望着今天城外十五的圆月亮，母亲高兴地说："要是以后每个星期都出去玩一次，都这样吃一次多好哇。"

高兴之余，母亲又很快修正了一句："若是你爸来吃可能就不行了，他是不会点这么少的菜、花这么少的钱的，不过他高兴花多少都行。（这辈子）省下这些钱也没什么意思！"

车开出很久，我听到坐在车后排的母亲自语似的说道："你爸他太忙啦，一般他是不会跑这么远出来吃顿饭的。"

出门时公里数归零，从下午两点出门七点到家，来回计数器显示五十公里整。除了油钱，共花了一百四十元。

"这一天没白过。"这是母亲今天留给我印象最深的一句话。

这句话，使我的内心有所触动。

# 母亲的话


老爷子悟出个道理：好吃的东西不宜做得太多。也就是说，"再好吃的东西，如果做了一大堆，也就没什么稀罕的了"。

红烧鸡，一小盆。

炖牛肉，锅里再多盛一小盆。

调黄瓜，一小盘。

嗨，周六的家宴效果不错，满盘杀来！

老爷子边收尾边望着一桌子空盘子兴致极高地夸起了身边的母亲：

"你妈最近可中来！什么都可以吃点喽，吃什么都香，也不挑了！早上六点多起床，干什么呢？咳，去和一帮老婆子们锻炼身体去了。"

母亲听见夸奖只是低头微笑不语。

老爷子兴致更高起来，立功似的低头望着母亲说："你说说，你最近是不是越来越好了？"

母亲速回话说："是呵，这不都是因为你没死来！"

"哈，你妈真会总结哩！"老爷子大笑。

# 看春晚

今晚就是年三十了。

知道今晚看春节晚会会睡不好，下午就补了觉。

也许平时工作太累、太紧，像猛一"刹车"，一下子静下来，有点不适应。在家里这摸摸、那弄弄，闲不下来。可人的身心，毕竟是两部分，就像一个健壮的孩子，想好好学习，可由于心力不足，怎么努力也没效果一样。大白天我一躺那儿，身不由己地呼呼睡去，任凭不打粮食的祝福短信"叮咚叮咚"地响。

行驶在回父母家的街上，望着车窗外，心里感觉一年下来真的是太累了，身心疲惫。

大年下，熟悉的城市街道，一下子变得陌生起来。路上行人寥寥，店铺几乎都关上了门。这是我一年到头穿梭在其中的城市吗？

无人的城市，像战争即将发生一样，冷冷清清。街上见不到民工，路边也见不到闲散的学生和骑车的上班族。

人有时很贱，人拥车堵的时候，祈盼人少车顺的环境，可真若还原到现在这景儿，在这种状态下生活，这么没人气儿，更没竞争，我还真觉没意思哩。

父母家中人员闲散：我在同城，弟居异城，妹携子早早去男家过年，家中留守二老。

冷清，也有人称清静。

据说无论城里还是乡下，大多老人不喜静，城里老人更喜闹腾。家里老爷子则不喜闹腾，而母亲如此喜闹腾。

唉，无奈。未来的我们也将老去，一定是理论上也喜闹腾。还好，我们此代人中，大多有所爱好、有专业，钻入其中，也许会打发些闲碎时光吧。

隔门听见家有电子琴的演奏声，开门的是母亲，那定是老爷子在捣鼓琴吧？

嗬，自娱自乐，自找茬事儿，兴致挺高呵。

母亲夸老爷子有才，啥东西只要叫他捣鼓起来，都会成点"型"，母亲的言语中，更多的流露出自豪与满足。

一辈子了，都成资本了。

母亲叫我到小屋，看看老爷子买回的炮仗，不理解地说："你爹神经了，从来过年没买过炮仗的人，今年一下子买了这一堆。"

我大眼瞧了一下，天哪，没啥花样儿，全是清一色的鞭炮，好几卷来，每卷都在五千响吧？

大年下，老爷子兴致高，老有所好。我很惬意，这比挣回来多少钱都强。什么官儿呵，职呵，名誉呵，在老人们看来已不是什么了，老爷子常挂嘴上"钱嘛，纸嘛！"

纸呵，都买成了炮仗。炮仗要点呵，点炮？谁点？

老爷子抱着炮仗用山东话说："我呵！"出了大门。

一卷儿炮仗展开，放在门外的地上好长来，好几米。老爷子兴奋，像回到了我的小时候。小时候过年，家里买不起炮仗。老爷子常用火勾子敲盖垫（包饺子用的锅排），在门外的走廊里不规则地敲打，"叭叭叭"一放就是一千响吧？真阔气，爽呵！不花钱就听响儿，听着就叫耳顺。第二天邻居开门瞧，奇怪为什么郭工家放了那么多炮仗，怎么没炮红呢？

老爷子点上火啦？炮声震耳。响就响吧，驱邪！可炮声是真没啥好听的，震得耳膜痒痒的，我盼着快点放完。

烟雾中，我见母亲和老爷子满脸快意，手拉手像一对情人站在一起，看着炮仗的火花激情四溅，我想这就是中国年残留在中国父母心中的年关情愫吧？

五千响终于放完了，好长啊。

母亲一脸微笑地朝回走，准备回屋子里进行下一个家庭节目：包饺子、吃年夜饭。

老爷子跟搭着母亲也朝家走，边走边像孩子似的意犹未尽地笑着说："这炮咋这么响来？"

我穿过蓝色烟雾也跟着父母朝屋子里走，约莫着春节晚会快开始了吧？

自问：过年期间谁最高兴？

自答：大夫。

自解：过年时人最有钱，也最舍得花钱。那些吃多的、喝多的，自己造病的，往医院一送，要多少钱给多少钱，从不犹豫，态度还可好呢。

# 回老家

父亲从老家的北黄村，千辛万苦走了出去。

去年年底全家人重回故乡。望着今天故乡的草木、村舍，百感交集。

当父亲来到儿时村边常玩的大河水库时，心情更是激动。

大河水库，水光潋滟、芦苇瑟瑟。回首前尘，心绪一下子接通了儿时的记忆。

他述说当年与母亲一起在河里逮鱼的情景，听上去很浪漫，很有诗意。

母亲淡淡地打断他的话，说当年的河里不像他说的那样，根本就没什么鱼。

父亲不以为然。他微笑着一边看着母亲，一边骄傲地说："是呵，是没什么鱼，可就你这一条大鱼，叫俺弄到了家里。"

母亲一边望着大河水库，一边迎着风笑着。

# 石榴树

父母家的小院里，曾经种有一棵石榴树。

石榴树高高大大，快占到了半个院子。父亲细心，培植得非常好。每年到结石榴的时候，个个红润，硕大的石榴挂满了枝头。枝干已高高越出院墙，引得院外行人驻足仰望。

父亲说："石榴虽好，但惹麻烦不少。"

时常听见院外的小路上有人向院里的石榴树扔东西的声响。有一晚竟有人爬上了院墙偷摘石榴。父亲本能地小喊一声，那人便"呼通"一声掉了下去。第二天，便清晰地看见院里的一个叫什么"勇"的人，一瘸一瘸地走着路，眼睛也不敢正视我父亲一下。

现在的小院里，已没有了这棵石榴树。父亲砍掉了这个惹人眼的树（父母亲也不爱吃这石榴）。

问起怎么忍心砍掉这棵树，父亲深有感触地说："一棵树，什么果也没有的时候，没人理它，没人注意它。一旦长满果实，便会引起行人的注意。有人摇它，有人欣赏它，也有人向它扔东西砸它，更会有人去偷它。"

是呵，平淡无奇。一旦有了果实，就会有人评议它，摇毁它，偷摘它。

做人做事也是一样，我想。

# 星期天

对于平时里没什么事干的人来说，星期天毫无意义。但退了休的父母除外，他们在这一天里，会希望儿女回来走一趟，吃顿家里的饭。

我的父母便是如此。

我的母亲会在头一天打来电话，一是确认一下我明天来否，二是顺便征求一下我明天想吃点什么。

我通常会顺着母亲的兴致，认真地挑一个，一是天天在外豪吃，没什么太稀罕吃的，二是深知家里吃来挑去也就那几种。

母亲获准信息后，会安排老爷子第二天如此行动。

第二天，不管老爷子在做什么伟大的科学实验，他都会接令一早出发，步行去离家较远的集贸市场，按单采购回来，顺势洗涮切毕，待我们入门。

正午将至，老爷子见队伍入门，开火烹饪。

待俺寒暄转悠小片刻，饭菜便开始陆续上桌。

母亲一旁无言静观，督看老爷子的表现。

父炒儿吃，边吃边炒。

待菜上定，父母同坐时，俺已七成饱来。

母亲入座，因体弱饭量少许就饱。

老爷子体格健壮，饭量深不见底，边说、边叙、边吃。饭桌上的扫尾清盘，就又是他的工作了。

每星期如此。

别人夸我有福，说父母健在，幸福如金。

我想也是，自己每日奔波工作，有父母知己。待将来，俺也挣得千金，那时还炫耀给谁呢？父母第一，富裕丰厚，永远与别人无关。

如此的"星期预约"好多年了，年年如此，月月如此，每星期如此。

一般没大事或大差，我都会如约回去。

我常大声地对着电话里的甲方请假："对不起，明天中午俺要回老太太家吃饭。对，必须！"

连这点希望也没的父母们，他们起码知道儿女今天是休息日，他会思量着、估摸着今天儿女们会在干什么，可能在干什么。

# 陪母亲游铁塔

母亲竟欣然同意让我亲自陪她游铁塔

母亲长年体弱多病没出过什么门

最近没了保姆更显孤单

晚风中的铁塔如母亲的晚年

寂寥中涵容了大度

母亲在晚霞中深情地注视着铁塔

铁塔迎着和风拥抱着母亲

母亲说："多好呵！"

"中午还在家里睡呐。"

"下午就在开封凉快啦。"

是呵，生活要活得好多容易呵

特别是达到母亲的标准更不难

晚风吹拂铁塔湖

凉风吹过湖面水波缠绵

吹拂着母亲逐年衰老的脸

她吃着父亲在家备好的甜瓜

晚风中她无限惬意

无比的轻松、愉悦

落日的余晖刺目却很温情

她微笑着深沉自语

"我要是再年轻些多好呵。"

"那么我会和你爹多多去几个地方。"

"不过这样会多花多少钱呵？"

坐在铁塔湖中的游船上

母亲的心在随波荡漾

"七十多年了没这么玩过"

"也没这么专门来开封玩过"

"给我十万块也没这么高兴呵"

晚风仍轻柔地吹拂着湖水

吹拂着开封九百多年的铁塔

吹拂着母亲七十多岁的脸

母亲曾与父亲商量"过两三年去外面玩玩"

父亲不屑地笑谈："这个年龄还有几个两三年？"

日渐西落

真的还有几个两三年呢？

听见母亲说："有钱好呵。"

是呵，有钱就可以游走

有钱的儿子都可以带母亲游走

但不一定有钱的儿子都会带母亲游走

铁塔目送夕阳西下

铁塔回眸母亲远去

# "有人死了仍让人觉得他还活着"

列车上，当老爷子听到帕瓦罗蒂的歌声，精神为之一振。

他的目光从眺望着的田野中收了回来。

他说："这是那个叫什么来着的那个老头子唱的歌吗？"

我说是，是那个意大利满脸胡子的老头唱的，叫帕瓦罗蒂。

老爷子无限感慨地说："（听）他的歌，能叫躺到那儿的人直起腰坐到那儿。听什么英的歌，能叫直着腰坐到那儿的人躺那儿。"

帕瓦罗蒂，意大利人。在两个八度以上的整个音域里，被一般男高音视为畏途的"高音"也能唱得圆润而富于穿透力，被誉为"高音之王"，活了七十一岁。

由于敬仰，原分贝的旋律似乎被人为地放大了许多，本就气势恢宏的旋律，更加的雄伟壮阔。

老爷子很感慨，他说有些人死了，仍让人觉得他活着。

言外之意是说有些人虽然活着，却让人觉得像个死人。

这话他没说，因为他还活着。

前段时间，老爷子在整理母亲几年来的病历报告时，翻出了一张交过费但未去化验的交费单子。拿到医院后，大夫说仍能使用。老爷子顺势占了个便宜，做了一个近百项的全面检查。结果大夫说七十三的人了，身体好得像三十七，没一点毛病。

OK，老爷子准备就绪，力求第二个关于流体力学高难圆锥分离专利，尽快封卷申报。

毛主席曾说："一万年太久，只争朝夕。"

老爷子改了，"二十年太久"，除了白日里照顾多病的母亲，"只争夜十点整后"那才是真正属于自己科学研究的安静时光。

# 周 六

老爷子在厨房一边炸鱼，一边把炸好的鱼端上餐桌，我们坐那儿等着吃。

看外边餐桌上的鱼快吃不动了，便开始下馄饨煮。一小锅盛几碗端出来，又回去继续煮，然后再端上来几碗。看外边什么东西都吃不动了，便开始坐下自己正式吃。

老爷子望着几乎快"刷新"的餐桌说："这要是再多生他几个，这辈子光做饭那也累死了。"

唉，我说这话不对。

老人家若多生几个，那结果可不一定是个这！若往好处说，里面出一两个当官的或有钱的，成天让你下馆子吃不要钱的好饭大餐，哪儿还用你做来？！

老爷子不屑地一笑。

说若往坏处说："生几个，里面自然会出一两个笨点的，早早下了岗没事儿干呗。他们都会穿上兜兜帮你干咧！"

老爷子爽笑。我接着发挥："不过你虽省了事儿，但不一定省了心。他们虽然都帮了你的忙，但他们也不会便宜了你。因为穷嘛，他们吃得多，拿得多，有时也要得多哈。"

"操他娘来，是不省啥。"

母亲笑着对老爷子说："说什么也没用，把这些吃了。"

我一看，是外甥宾宾剩的馄饨、哲哲剩的鱼、我们吃剩的凉菜、母亲自己吃不了的稀饭。

老爷子边掺和着剩饭边感叹道："谁说垃圾食品不好呢？我的身体为什么这么好呢？操他娘来，就是吃这个呵！"

母亲笑说："你爹总结得多好呵！"

# 盘饺子馅

晌午十二点以后，老爷子开始盘饺子馅。

下午六点前，共盘了四种饺子馅：红萝卜粉条、韭菜粉条、大葱羊肉、大葱牛肉。

我说没必要吧？年三十吃饺子是个意思就行了。

母亲说这年三十的饺子不同于平日，这是一年中最让人盼的事了，不过是现在的生活都好了，人都不缺吃喝了，所以"年三十的饺子"也就没什么（意思）啦。

老爷子听此也感慨地说：

"过去实在是太穷了，那真是'穷出了个水平'，七毛钱过了个年。那哪儿是包饺子呵，操他娘来，那都是在包面皮儿呵！"

三十的夜晚，窗外炮仗声连绵不断，关紧了门也听不太清说话声。

老爷子透过炮声的间隙，仍自语似的感慨道："过去七毛钱过个年，现在好几百过个年，可怎么也比不过那穷时候过年有意思呵！"

母亲心情好，不以为然，笑着说过去是"穷出了个水平"，可现在也没"富出个水平"呵。

　　老爷子不这样想，他说如今虽不算富人，起码也不是穷人喽，不信你看看谁家过年盘四种饺子馅？

　　"操他娘来，这也是水平呵？"

# 120 来了

母亲又要住院了，刚在东建材吃上午饭，老爷子就打来了电话。

随便吃了点，不到两点回了西郊的家，母亲紧闭着双眼，仰天躺在床上。

母亲听见我回来了，开始微微地睁开双眼。

见到我，母亲的心情好多了。

她开始给我慢慢描述起自己的病症：一早起得急，忽就感心慌头晕，吃啥吐啥，不能睁眼，一睁眼就晕。

想起去医院路漫漫，我说叫个"120"吧。

母亲闭着双眼说："这不好，（这个年龄的人了）叫'120'拉走，让院子里的老人看见又该瞎胡猜了，这也不吉利。"

老爷子一手拿着药片一手端着稀饭说："你儿子来了，你就再吃点，再试试吐不吐！"

母亲试着起了身，又试着睁了眼，嘖，没事了。

远远见母亲坐在餐桌边，在老爷子的监护下吃着东西。

母亲虽有文化，但没什么爱好，更不渴望"实现共产主义"。平淡无奇的日子，最大的事就是与儿女每周六以午餐为形式的相聚。在母亲这个年龄，儿女大概是她空虚世界中唯一能看得见摸得着的实体吧。

母亲紧拉下头上的帽子出了门，秋风中快速上了我的车。老爷子也背着母亲常用的红十字医疗箱，手拿以往病历夹缓缓地上了车。在确认没忘记住院所需用品后，我开车缓缓地驶出院门，驶向伏牛路南头的地质医院。

轻车熟路，很快地办理了住院手续，铺好了病床上的被褥，母亲正式住上了医院。

老爷子打开病房窗户通风，楼下时有"120"出入的急救警报声传进窗口。

母亲斜着身子躺在病床上，认真地问身边接诊小护士："做一项无痛胃镜多少钱？"

接诊小护士说五六百吧。

母亲嫌贵。

老爷子看出母亲的意思，便用山东话大声地说："操他血娘来，五千也得做呀！"

随后用总结性的语气向母亲解释："进了这种地方，钱就不重要了，人最重要！出了这个地方，钱最重要，操他娘来，人就不重要喽！"

许久，听见老爷子补充道："现在就是这世道！"

# "穷让人创造奇迹"

母亲透析，星期天的家庭聚餐改在了母亲的病房里。

酱牛肉吃着不错，不大一块也得四五十块钱吧？嗨，老爷子打开了话匣子说："操他血娘来！四十二块五！"

楼下斐家烧鸡店买的，称好后付了钱。因病房没刀切，便嘱咐后厨切一下。待切好交到老爷子手中，老爷子手捏食品袋淡然地让柜台里再称称，看看现在是多少钱。结果柜台里女孩报："三十九块！"老爷子动都没动地提问道："刚才是多少钱来？"料事如神地自语道："早就听说这里一斤肉能切成八两！"店总管说绝不会，我们店里一向有明确的规范。可柜台里的经办人无奈地说刚才的确多收了。

退了三块五后，老爷子手掂牛肉袋举向店管说："真是名不虚传呀！"

我想身边也许只有像老爷子这么认真的人才会去复秤吧？我知道像老爷子这类知识分子一生奋斗绝不是在乎那几块钱，更多的是追求后续的那些个理儿。

果然老爷子胸有成竹说一言定江山：因为穷，能让人创造奇迹！

一笑了之，而我在意，在理儿。

从医院回来我们路过古荥镇时，在路边见到了卖苹果的摊子。摊主说五块一斤。正巧一缺心眼的人质问说："刚才不是三块钱一斤吗？"我听了对夫人说："老爷子刚才不是刚概括了，穷能让人创造奇迹！"见人下菜单，卖个苹果也要动脑筋。

今天去曼哈顿吃过桥米线，旁边一桌要的芋头香酥还没上桌，就被另一个刚来的小男服务生碰掉盘子撒在了地上。小男生正在不停承认错误，此时另一个业务骨干则拿了一个干净盘子，蹲下一一捡起，摆好后径直端向了店里的操作间。而她旁边正是一个大垃圾筒。

我不知道刚才邻桌点这道菜的主儿会怎么想，反正我若点过此菜，是绝不会再要这份菜喽！因为老爷子说过一句话：穷能让人创造奇迹。

# 母亲楼上的母亲

母亲楼上住着位与母亲年纪相仿的母亲。

中秋将至。

楼上的那位母亲，用了正常人无法达到的时间，从 × 楼到一楼异常缓慢地挪到了我母亲的门口。从敲开门到我家三步远的桌边，她颤抖地用了好几分钟挪位。

她给我的母亲送来了三个石榴、三个梨，还有四个月饼。

是呵，中秋节快到了，礼尚往来是常事。平时对嘘寒问暖的老家伙们冷嘲热讽的父亲，竟耐心地陪在母亲身边，静静地听着她的表述。楼上的那位母亲来感谢我的母亲近来对她的帮助。高傲的父亲这次是少有耐性地等待，一贯不屑虚头巴脑的形式问候，只因楼上的人是真心实意，因为都知道她太难了。

我问母亲她费了那么大劲儿是因为啥，母亲说只因为她义务测了几回血糖。虽然都是高龄的母亲，但论起各自福分就大相径庭了。

全世界的子女，大多都是孝顺父母的，一是太多的亲生，二是父母相比儿女，活到这份上大都是弱者。楼上的老太没儿女吗？母亲说有两女，且美女。一个跟爱的人奔了北京，一个在同城的铁路系统忙活着日子。老伴三十年前去世，一人生活实则空巢。旧社会与新社会对这位老人来说一个样，因为自古都是"老病生死谁替得，酸甜苦辣自承当"。

老人能挨得住。

女儿也孝敬买回了自测血糖仪，但她自己抖得厉害也无法操作。比她幸福些的母亲，主动邀请她来家测量。母亲感慨地说有些人一辈子虽说有儿女，可实际上还不如院里那个收废品的，因为没有人真"关心"。

今天中午过中秋，妹妹一家开车来我家吃饭。母亲带来了两个石榴、两块（小）月饼。说这是楼上那位母亲送的。母亲说明后天再去她家看看她去，顺便再带点东西给她。一是不占她的便宜，二是她挺可怜的。我说也行，但不叫占人家便宜。她的东西代表了她的感激之情。

# 打了折的浪漫

全天候的无奈陪护，让老爷子脾气改了许多。同时每日往返医院六趟的路程，也更改了生活属于浪漫情怀的形式。

早、中、晚送饭路程，把老爷子的专注精神从科研研究转移到了大院门口与医院门口的途中。从一次次的步数测量，到反复论证每日的平均值；从每步的单距加之总步点数的总和，认真计算出总步点——五千三百步，并且同时得出总长，以每步多少秒，估算出路程总耗时。至于打吊瓶的每分钟点滴流量速算出 ××× 容量的药剂用多少分钟多少秒滴完，那更是小菜一碟。

呵，至此家里的后院里，那些曾经枝叶盛旺给人欣慰的花儿们，属于老爷子真正浪漫情怀的花儿们，在一天天累积的疏忽与冷落之中悄然落败，败得无可挽救，一败涂地。

偶回家小院探视，竟发现盆中所属的生命意义完全相同，只是种植的花种变成了菜种，一切大相径庭喽。

丰富的花盆中，种满了单一的大葱，感叹丰富的精神被单一的物质所代替的美好场景。

哈！别有一番天地。

老爷子望着自己的新作品风采依旧地说："这也多好看呢！操他娘来，真是又好看又好吃呢！"

　　疑惑？

　　叫妹去找老爷子，私下打听一下，问问老爷子咋想的，为啥种上那么多大葱。

　　不久妹拷贝父言：

　　花儿得天天浇，闲人所至，虚而不实。

　　大葱不怎么管，每天都青青嫩嫩，又帮人所需，实实在在。

　　唉，老人不同于我呵！

超脱的
自然心态
追求自然
走进它。的美仑美奂。
正一 2000.9.

# 小院里的樱花

前几个月，母亲在山西运城的一家医院治疗，一住近一个月。临出院的前几天，老爷子突发奇想：为了让即将回家的老伴高兴一把，在北环上的花卉市场里精心挑选了一棵高一人有余的"日本樱花"，种在了小院的东墙下。怕母亲不识花品为何科，还专门在树上挂了一个牌牌，上面工整地写着"日本樱花"。

白居易有诗："小园新种红樱树，闲绕花枝便当游。"母亲腿脚不好，虽不能远游观花，仍能"闲绕花枝便当游"。

老爷子的心里充满了爱意。

拔掉了石榴树，换上了"日本樱花"。

望着阳光下的"日本樱花"，老爷子很惬意，母亲很如意，我们很满意。

这棵"日本樱花"，虽然眼下没开什么花，但在五月小院里温暖的阳光下，望着它，仿佛让人想到了盛开时节繁花似锦、满树烂漫、如云似霞的樱花，每个家人的心里都充满了温馨与甜美。

"日本樱花"，老爷子的爱心之树。

我问老爷子："这棵树，不，这棵花很贵吧？"老爷子爽快地说："当然了！"多贵？老爷子不说。

问母亲，母亲说："你爸不说！估计几百块钱吧？"

近段时间，花叶自下而上开始慢慢泛黄，不祥之气让人心忧。

我曾到过花卉市场打听详因，养花人不屑地说这没事，植物在换土过渡，慢慢就接上新地气了。

我想这贵树一定不是好养之树，老爷子当初是否太过随意？上网查询，说"日本樱花"性喜阳光，喜温暖湿润之环境，对土壤的要求不高，根系较浅，有一定耐寒和耐旱力。没错，这正适合北方啊，即使它抗风能力弱，小院高墙也无所惧怕，看来老爷子早已心里揣摸周全了。

世上的许多事，尽管事先想得周全，仍会有许多的过失和不尽人意。

"日本樱花"在朝不尽人意上靠。

望树，不对，开始一日日地望"花"兴叹。

这礼拜天回家问起母亲这棵树怎样了，母亲失意地说："你爹急坏了，打的去了卖那棵树的地方，人家给了他一包药，又要了他五十块钱，来回打的又花三四十块钱。加起来一百块钱又埋土里啦。"

我隔窗望见家里的小院子里，老爷子对着这棵"日本樱花"久久扶墙观望，很久一动不动。

母亲无限忧虑地说："看你爹那个认真劲，这棵树要是不行了，那可了得起吗？"

很久又听见母亲自语地说："俺操他娘来！找这麻烦做嘛（什么）呢？"

# 母亲的床头

母亲的床头边有一盏粉红色的台灯，它不用开关，一触即亮。旁边是无绳电话，在家无论坐着还是躺着，都使着顺手。一切都为了母亲病弱的身体更方便些。

多年来，母亲的床头上方一直工整地挂着一张好多年前与我父亲的合影。挂满了公园天地的小红伞下，父母真诚的微笑瞬间，已成为晚年记忆中的经典一刻。母亲已不再刻意地欣赏它，但她常把相框擦得很干净。相框像个永不能离去的人，终日守候在母亲的床边。不论父亲再忙，或几日不在身边，有它在就像有"他"在一样。

相框的正下方，是一个很便宜的小架子。架子上整齐地放着母亲的医疗救护箱，上面带有红"十"字。那鲜红的"十"字在夜晚暖黄色的灯光映照下，看上去让人宽慰。

母亲多年来虽不是百病缠身，也是多病缠身。红十字药箱里放置了母亲所需的全部医疗用品。不论何时因何病，母亲外出或急诊住院，它都会一步不离地紧跟母亲转战南北。

对父亲来说，这医疗箱就像母亲看相框子一样，不论老伴病得怎样，或几日不在她身边，有它在，就像有人在陪护她一样。

架子上摆放着的看似杂乱无章的各种瓶子，在他们的眼里一点不乱，每一层每一个位置放的什么，都了如指掌。

这是母亲的床头，同样也是父亲的床头。

母亲的一生没有什么学问和理想，也说不出什么生活标准，所以一生也没什么失望。当多病的身体时刻被关心和呵护，一生的不完美就会被遮掩一些，留下的一些不如意，在深夜床头灯的光照下，也会淡化许多。

我拿我的生命历程与之相比，虽无多病缠身，却不见优出多少。当我们都褪去世俗金钱包裹的种种外衣后，再剥去各种风华与名利，让我们裸游于自己的江河之中时，我发现我多病的母亲是个幸福的人。

母亲的床头，父亲的床头。

# 父亲节

又是父亲节了。

每年的"父亲节"都会快刷过去，似乎"父亲节"是为了"母亲节"而加设的一个平衡节日，许多人或家庭都如我一般会平淡地度过去。

母亲在"母亲节"那天说："母亲节就这吧，'父亲节'那天给你爸好好过过吧。你爸真不错。"

老爷子"父亲节"快乐。

老爷子坦然，笑曰："你妈好什么都好，只要你妈高兴，她就是天天训我，我也天天是个'节'！"

老爷子的"父亲节"，是儿女的孝敬节，更是我母亲心中的感恩节，因为对于多病的母亲来说，父亲是她精神上的支柱，生活上的病床。

愿老爷子的"父亲节"，全家共知足、共快乐。

# 写在脸上

星期天回母亲家吃饭，老爷子说早上去集贸市场买菜时，有位小伙子喊他："唉，老头。"

母亲插言说："你不是个老头你是个么呢？"

老爷子对那小伙子说："你怎么知道俺是个'老头'子呢？"

"你长得就像是个老头呗！"小伙子挺局促。

哈哈，老爷子笑了。

老爷子说，这世上有钱的可以装成没钱的，没钱的可以装成大款；有本事的可以装成没本事的，没本事的可以装成个教授。什么事不管有数与没数，都可隐瞒，唯有人的年龄是瞒不住的。

"操他娘来，它都写在脸上啦。"

老爷子笑谈人间万象，笑谈人间以貌取人。

人们的思维被世俗习惯所限，少以人的内在去联想人的本质。

母亲还到不了这个境界。

母亲太实际，说家里这房子，将来肯定要拆了。听院里人说，可能先拆院东边的那个中原电影院，在那儿盖个高层，然后再把咱这个院子里的人都挪过去。

这好啊，一辈子啦，也可以住住新房子了。

老爷子说如果那样，俺就再多掏俩钱，给自己弄两间实验室。这样再不去走一千六百步，去（租）二砂的实验楼了。

母亲戏说老爷子"能"得不轻，今生哪有那么美的事。

母亲淡淡地说："还是弄个大点的餐桌吧，再也不用对着个墙吃饭啦，也叫桌子对面坐上个人。"

我说："给我留一间吧？"母亲俨然已大权在握似的说："那还可以！"后补充说："你爹那（要求）不中。"

# 星期天的午饭

又是一个星期天，中午回母亲家吃饭。

每个星期天的中午，除特殊原因，这天是雷打不动回家吃饭的时间。因为在这一天的前一天里，母亲都会专门打来电话，认真询问我这一个星期天的中午想吃点什么，记下后她再转告我的父亲，让老爷子第二天去采购。

好多年来，月月如此，每星期如此。

从办公室到母亲的家，打的士十九元钱，每次来回都近四十元钱。

与母亲玩笑般地说："谁再饿，使劲吃也吃不了四十块大洋呵？"

母亲快意十足地笑了。她用山东话说："操他娘来，谁会去算这个账来？"

母亲退休后，一直待在西郊我从小长大的院子里，几乎常年不远行于市区。

在母亲的眼里，世界愈大，儿女的回归就愈珍贵，愈让人欣慰。

从城东到城西，心是没距离的，对儿女回家的不易，从母亲那心安理得的表情中你觉察不到。

应"观众"的要求，在母亲的指示下，本星期老爷子为我清煮了一锅大骨头，没放盐和花椒大料，小火炖了近两个小时。

到家时，老爷子又出门买馍去了，我便先盛上一大碗吃了起来。

真香。

母亲静候在我的桌旁看着我吃。

她说："你爸早上去集市买菜时，三步并一步地从那台子上摔了下来。菜呵肉呵撒了一地。"

"你爸说真丢人呵，那么多人都看着他，他自己蹲在那拾呵，捡呵。"

母亲一边看我吃，一边叨叨地自语似的说着："我说你爸，这有什么丢人的呵？这个年龄的人啦，还能一骨碌爬起来，够不简单了！"

许久，母亲自语似的说："你爸也真不易呵。"

临走时，老爷子回来了。他又买了面条和馍。他说用骨头汤下面条也好吃，又香又软，正好我的牙这两天不好。

我说不用了，已吃好了，吃得非常好。公司忙，我先走了。

临走，老爷子又用两层食品袋包了些大骨头，让我带回去晚上吃。

我的办公室没冰箱，我也肯定不会为了这几块骨头回家一趟，去放到家中的冰箱里。这样待晚饭时也许会酸了吧？不管怎样，为了让父亲母亲心里宽慰些，我提上了父亲用两层食品袋包好的大骨头出了家门。

父亲站在大门口，叮嘱我袋子口不要捆上，敞开个口通气，这样就不会变味了。

# 动　力


快一点才到家。

　　一边吃着老爷子做的猪蹄一边说："这是我吃得最香的一次！"母亲淡淡地说，这是因为我忘了以前吃的时候的"香"了。这很像现在的许多人吃了点苦，便自叹自己多么的苦一样，都是忘了从前曾吃过多么大的苦，忘了"本"。

　　今天吃饭的人很齐，人比平时稍多些，碗不太够，盘子也不太够。吃完一盘子饺子撤一个盘再洗洗盛。我对父母说我准备再为家里买些碗盘，老爷子速说："别弄（买）那了，多送点钱比啥都好！你妈想弄点啥就弄点啥。"

　　父亲说多吃点青菜，这个年龄了都少吃点肉，特别是肥肉。母亲打 bie 不以为然，她说这个年龄了，只要高兴，想吃点啥就吃点啥吧。生活质量要讲究，不要混，凑合着活不好，想吃点也都不让吃，这样活着也没啥意思。"人呵，毕竟是活一天少一天来。"

　　母亲说我没什么缺点，就是好喝点酒，但是人谁没个缺点？母亲在为我的"唯一"缺点辩护。

　　父亲无意时说到"享受型"的人，他评说基本上都是爱清闲的人，说白了就是些最懒的人。

一顿饭吃了许久，谈到了房子要拆了怎么办，谈到了现在的电视，谈到了是否老了后在山东老家捐一个希望小学的事，还想好了学校的名字。这是一种姿态，更是一种理想，但母亲坚决说不要在儿女吃喝都难的情况下"捐"。父亲说用母亲名字的后两个字起名，母亲很是兴奋，但转念想想说："都是你挣的钱，怎么写我的名字？多那个呵。"老爷子笑着说："这才叫动力呵！"接着突然朝母亲宽大的额头上亲了一口。

母亲很高兴，说这饭吃得好，还说："不亏了你爹半天的忙活。"

# "男人手里提着个家"

大概明天就是母亲节了吧？

我问母亲今年"母亲节"准备怎么过，买点啥？

话没说完，母亲打断说："不过！啥也不买！"随后微笑着对我说："给你爸过个'父亲节'吧？他也太不容易了，这个年龄了还在干这么大的事。"

在母亲眼里女人生儿育女是本能，正常的事，不是什么壮举。而家里的一个男人，要为家里做大贡献可不是什么轻而易举的事。一个男人混得不好，一个女人再伟大也悲苦。

男人手里提着个家。

男人做大事是壮举，那才是了不起的人来！

我约莫着今年的"父亲节"过去了吧？

母亲肯定地说："没过，六月十八号！"

# "多叫几个妈"

饭刚吃完我就要走，因为我要去信阳。

父母还在吃。

老爷子不以为然地继续吃，边吃边说"注意安全"，我说知道了。

母亲停下来扭头说："我送送你吧？"

"不用啦，吃吧。"

母亲看我着急着走，加快了语速说："没事儿时多打几个电话。"停顿了一下补充说"多叫几个妈"，我说知道了。

母亲今儿不高兴。

妹妹刚做完手术在家休息，一家人都没来，媳妇学德语也没有来，我是代表。

炎热的晌午大院没有什么人。母亲一人带着个大墨镜在院子里等我。我第一句就说："要不是为了吃这顿（星期六）饭，我今天一早就去信阳啦。"

与母亲回家的几步路，母亲的脸都嘟嘟着。听见母亲自语似的说："回来怎么是为了一顿饭呢！"

是呵，我在外混到这份儿上，难道还缺一两顿饭吗？

开车去往郑东高铁站的路上，我很后悔。

在老人面前不能太过随意地唠叨，因为他们会从你一个多小时接触中，感知你这个星期过得好与坏、忙与闲。你随意没啥，父母不会随意去理解，他们会认真地感知到你的得意或不如意，因为父母对儿女的关心与爱，远远大于你对父母的爱。

真的，所有父母都一样。

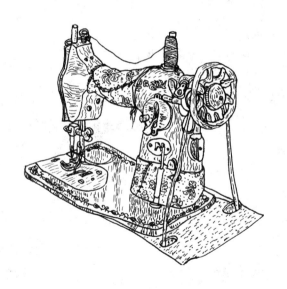

# 平凡的家

星期六中午回家吃饭时，老爷子说："我们家是一个极其极其普通的家庭。"

用了两个"极其"。

我们从前都知道自己叫什么、从哪儿来。多年后我们迷失了自己，忘了我是从哪儿来的啦！

媳妇问："你会迷失自己吗？"

我说也许会吧？不过尽量多提醒自己，让自己慢一些迷失吧！

另外还想到一点：把自己放得低一点，平凡一点，同样的收获会感觉更多一些。

对我犹为重要。

# 义务测血糖

在杭州考察时我对姬总说："每个星期六的中午，我妈都要我回她那儿吃饭，好几年都如此。这是她一个星期中最重要的事。"

明天看来是不中啦。

母亲来电话说："星期六不中星期天也中呵？"

星期天我中，可我媳妇又不中了，她要上德语课。

快中午，我开车驶进了母亲住的大院，远远就见老爷子在那儿慢遛。昨天傍晚的沙尘暴，让今天突然降了温。大院里显然没了迎春的风采，老头老太太们全退回了家中。此时的院子里，老爷子自己显得有点孤零零。见我一个人摇窗锁车，大声地说："她呢？"我知道错过了星期六的今天，家里人少不热闹，少了她更冷清了。

"上课去了。"我也大声吆喝着。

嗨，行啊。

听得见老爷子无奈地说上课比吃顿饭重要。

是呵，穷的时候吃饭重要，不穷的时候，吃就不重要了。特别是在这个啥也不太缺的现在，全村人基本都不爱学习。能自律自己主动地去学习的人，在老爷子眼里就更显重要了。

呵呵，进了家门才知道为什么外面那么冷，老爷子还独自出门遛。

屋里大白天还亮着个灯，母亲在给一个我不熟悉的老太太义务测血糖。久病成医，母亲为一个不便的老人尽自己所能提供帮助，实属不易，因为她自己还需要别人照料。

我知老爷子真爱静，从不喜欢家里人来人去的烦。看见皱着眉的老爷子，我打着圆场说人老了，家里多来些老年朋友也不寂寞呵。

客人走后，我鼓励母亲说这样做好，人活在世多给人些帮助，将来也会多让人念想起的。

母亲无所谓，也不是一天两天这样了。她早已看惯了老爷子那脸色，习惯了。

老爷子习惯不了这样的闹腾，因为现在家里来的人是越来越多了。老爷子隔着门对母亲说："你要是在大院子门口贴张广告，咱家里可以开个店了。"

母亲反驳道："不可能！谁能忍受住你那张难看的脸呢？"

老爷子淡淡地说："操他娘来，为了达到你的要求，以后还得长得好看一点才中来？"

吃饭时老爷子仍不休战，说："你妈现在说话越来越不算数啦！答应谁治好了她的腰，就给他十万块。"

"……？"

母亲像个孩子似的给我解释："我上次扭住腰了，痛得不行啦，我说快推我去中医院吧，他说治腰痛不属于医保范畴，不好报销，不去中医院。我急了，说我这个腰痛得连裤都提不上啦，你还在惦记着能不能报销来？我一急就说'谁能治好我的腰，我就给他十万块钱。'"

老爷子插话说："最后是谁给你治好了呢？"

母亲不理那么多，继续说："他给我推到了二砂医院，花了三十五块钱，烤了烤电就给推回来了，一点儿作用也没有。"

停顿了一会儿，老爷子边吃边说："是啊，可最后是谁给你治好的呢？"

母亲无语，脸上露出了笑容。

老爷子来了劲头，骄傲地说："还不是我吗？是我用热水袋给你一袋一袋地热敷好了。"

母亲也笑着说："是呵，所以最近我老是夸他是个好孩子！"停了下接着说："好孩子他爹。"

"好孩子他爹"也中，老爷子高兴。见老爷子高兴，母亲把自己碗里刚嚼过的一块腊肉叨到了老爷子的碗中说"咸了"。

妞妞见状惊奇地说："奶奶现在有自制力了？！"

老爷子讥笑说："自制力？这一盘儿酱瓜都让她吃完了，她也不嫌咸！"

有客户发来了短信，我停下来编短信回复。

听见老爷子边喝着小酒边发着牢骚，说十几亿的中国，未来一定会毁在这个手机上了。不信？"那天几个人陪我吃饭，刚点完菜，七八个人围着个桌子都耷拉着头。操他娘来，都在那捯饬那玩意儿（手机）呢。"

母亲赞同，补充说："是呵，你看看现在谁还拿笔写字呢？谁还在看书呢？"

妞妞解释说，她们现在谁还买书看呢？网上下载电子书，想看啥就看啥，而且还不花钱。

我要去办事了，凡俗之人，星期天也要来去匆匆。

老爷子让我带上些剩菜剩饭给媳妇吃，说再爱学习，吃饭的事也不能太草率。

母亲用手撑着食品袋，老爷子朝里拨着菜。

二人左右配合不好，老爷子见母亲用手撑的姿势不顺就说"笨"，嘴里喃喃自语地说："这么笨还能生二男一女？"

母亲微笑答道："是呵，俺没什么本事，就会生儿育女啦！"

回来的路上，我仔细地想，母亲的话说的也是来，没什么本事的人，心思不在弘扬"本事"上，所以在"生儿育女"上全身心投入。而那些有些"本事"的人，大多不会全力以赴投入在牺牲自己、成就儿女的宏伟事业之中。

# 父母的问候

老爷子打来电话，问我在哪儿，感冒了吗。

我说刚从山西回来。这时，我其实已开始"感"第一乐章的"冒"了。

怕父母担心，我说俺没感冒。

老爷子陪母亲住院多日，知道医院近日感冒的人多。听完放心地对我说没感冒就好。

总结近年来父母担心儿女的问题，大多是些本能化的小问题："媳妇对你好吧？""挣钱难吗？""吃得好吗？"

随着日子一天天晃过，年龄不断地提升，慢慢地感到了其中一些深情和厚意。这些一目了然的"深情厚意"，听上去都不是那么嘹亮，却会在心底一直鸣响，经久不衰。我深知之所以珍贵，是因为它今生不会一直都吹响在我的耳边。

# 剪脚指甲

母亲住院许久，受"三八节"的任务启发，今天俺百忙之中抽时间去见了母亲。

原以为今儿去得突然与早到，会叫母亲诧异，因为老爷子这会儿也会送饭到此。母亲见俺到不以为意，在她心里，儿子"三八节"见妈实属正常。

推门后才知我的所谓"关爱"之钟，原比老爷子的精神"关爱"之钟为时晚矣。

母亲仰天静躺床上，静享老爷子为她剪脚指甲的美好时光。

母亲同所有老年人一样，都理所当然地静享属于自己应有的那份幸福生活，而我颇感生活如此深层次上的"关爱"之意义。

剪个脚指甲这么麻烦吗？

母亲讲在这个年龄的老年人，百分之八十的人都会患上老年灰指甲，也就是（老年人）脚指甲弧形向肉里长。

父母见我们来，不善言辞的母亲嘴角微笑了一下，而老爷子仍然熟视无睹地继续着他的"工作"。

我也坐在一旁静观着这个"非医疗"程序。

基本告一段落后，老爷子认真地对我说：

"你妈这个脚（灰指甲），每一两个月要仔细地弄一回。今天是看你们在，你妈没怎么骂（埋怨）我。"

母亲默笑。

老爷子捧着母亲的一双老脚很满足。

老爷子淡然也很风趣地说：

"（这）要是在古代（男人）每人娶十个老婆的话，光每天给她们剪个脚指甲，操他血娘来，也忙不过来呀！"

母亲仰天大笑说："行呵，你爹说得怪美来，只可惜没法叫他试试来。"

老爷子也大笑，说："哈！这还用试吗？一个老婆就快把我整趴下啦。"

# 医院聚餐

星期六，母亲虽住院，仍通知我们来医院聚餐。

点菜时母亲一直提醒老爷子多点几个菜。老爷子用心点了四菜一汤，付了七十八元。母亲不是很满足，说自己和你爸来吃还点两个菜呢，老爷子说是呵，你没见吃剩下的我带回家怎么吃的。母亲似乎没听见，一个劲地催我们吃，还停下筷子看我吃。我感受到母亲的深情，我使劲吃。母亲高兴，笑着忘了病痛。

老爷子望着母亲微笑的脸也深情地说："你看你妈越来越好看啦，脸上的褶子也那么均匀。"

老爷子用轮椅推着母亲从医院的后食堂吃饭回来时，阳光和墙边的绿叶让他来了兴致。老爷子提出一会儿等我们都走了，他带她去看后院的桃花去。母亲擦着油嘴满足地笑着。

我相信母亲是真的满足，虽然眼前的一切不会定格，但拥有幸福会让人感受到活着的价值。

院里发友安州的爹昨天死了，母亲在担心他儿子会不会来，说生前爷俩关系处得不好。我想一定会来的，因为人们一旦面对死亡，心灵都会受到莫大的刺激，很像一首音乐的结尾常有音乐休止符去收尾一样才完整。人生也如一首歌，有开头和结尾。

对面走来一对更老的夫妇。男的搀扶着女的，都佝偻着腰。老爷子拦住老两口，大声地趴在耳朵上问年龄。老太报八十九，老头报八十七。

老爷子笑着对母亲说："操他娘来，十年后咱俩就是这样！"

母亲笑容满面地说："咱们还能活十年吗？"

老爷子说一定会，但是否能当上百岁老人，那就要看自己的福气了！

# 红玫瑰

今年过年后，母亲又住院了。住院多日，她早已习惯了每天忍受这寂寞的白色世界。

怕母亲寂寞，趁繁忙的工作之余，我抽时尽量常去闹市中的医院看望我的母亲。

偶有一天去医院，看到安详熟睡的母亲床前的右上方，有一束鲜艳的红玫瑰。晌午的灿烂阳光，斜照在床头交错的线路板上。在线路板右上方的红色玫瑰，插在医院常见的输液瓶里，依然开放。在阳光里很好看。

我问母亲："这是哪里的玫瑰？"

母亲淡淡地笑说："你爸送给我的。"我很好奇："为什么？啥时候送的？""三八妇女节那天。"母亲仍微笑着淡淡地说。

哦，三八节已过去好几天了，我发现我又是几日没来了。含苞欲放的玫瑰，在几天来病房恒定的温度下，已绽放风采。

母亲是若无其事地对我说。我心里知道，这一切，在年逾花甲的母亲心中，比一切都幸福。

她老如获至宝。

母亲含蓄地说："你爸就喜欢些这。"继而又说："不过，你爸对我真好呵！我对你爸说，'你天天看我也不嫌个烦'。"

母亲继续说："你爸也真不嫌个烦，他也就喜欢这。"看来父亲也真是不嫌个烦，在这个百病丛生的医院里，这支平俗的玫瑰，在父亲的捣鼓下，今天开得这么好。

中国人，中国的许多老人，他们都活得非常含蓄。我已很少见其他人真心能像我的父亲这么"庸俗"地表现一把。

不过，我真希望我身边的许多人，多多少少地像我父亲这样，多去表现自己内心的"庸俗"，因为我们的母亲，一生太少奢望这种"浪漫"。

真的，特别是这种发自内心的"浪漫"。

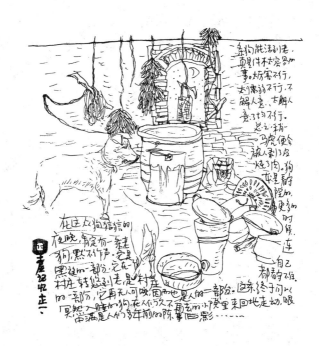

# 一艘老损的船

从医院回家时天色开始暗了下来。

路上我摇下了车窗，把车载音乐调得很大。车窗外的风吹在脸上很暖很舒适，我知道这叫春风。平日里一定是惬意的，而此时并不如此。

母亲的病情危难亮起了红灯，前几日终于扛不住了，生命走到了极限。心肺肾同时衰竭，虽然戴着氧气罩，仍一会儿坐一会儿躺的喘不上气，每一口气都似乎会噎到那儿。我似乎已感受到了生命极限带来的人生莫大的悲哀。

车窗外的城市亮起了万家灯火，城里已进入了寂静。远远地看到了我的办公室依然亮着光，孩子们仍然在加班加点地工作，似乎工作是人生中最大的事。身边有车不停地超过我，似乎他们有比我更多更急更重要的事要去忙活。

唉，生命如人在庐山不知山一样让人迷惑，这也许就是生活吧。

母亲终于透析了。

透析，一个不熟悉的医学词汇，今日消费到此便慢慢地不再生疏。

母亲心情不好，像一艘疲惫的船，再有内力，而船帆已破旧老损，有心也无力远航了。刚才在住院部楼下的车场上车时，妹妹说妈后悔上透析太早了，说以后两天一次透析，已把人彻底绑死，不说要垫付巨额的医疗费，哪儿也去不了是最大的遗憾。

我知道母亲一直想在天暖和时回回老家，去看看她的四个姐姐。母亲姐妹五个她最小，四个姐都已八十在上了。另外顺便陪老爷子在有生之年回泰安老家转转，在泰山脚下吃吃老家的炒鸡和煎饼。

车里的音乐正播放赵鹏演唱的一首台湾民歌《澎湖湾》：

"晚风轻拂澎湖湾，白浪逐沙滩，

"没有椰林坠斜阳，只是一片海蓝蓝。"

以往舒缓的歌，此时听来则掺有淡淡的悲怆。

"那是外婆拄着杖将我手轻轻挽，

"踏着薄暮走向余晖暖暖的澎湖湾。"

母亲坚持到今天，感激一直陪伴在母亲身边的父亲。没有老爷子全天候的百倍厚爱，母亲的船早已沉沦他乡。儿女此时的爱与哀愁的比重与之相比真微不足道。这就是爱吧，是友爱，是挚爱，是亲爱。妹说在决定做透析的第一次现场，母亲在手术室里，专家在预埋永久性透析管时，老爷子在手术室外呜呜地哭，大夫多次出来劝阻。

对任何人从不盲目崇拜的父亲，对任性娇宠的母亲一往情深，让人感动。

透析后有天母亲呓语似的说到还能活十年吗，老爷子肯定地说一定会，"要不然我不就没事干了嘛！"我暗夸老爷子一天三顿饭走那么远送过来真的不容易。老爷子感慨地说："给你妈送饭多好呵！一是可以尽尽心，二是可以借此锻炼锻炼身体，三是可以少挨你妈的训！"

母亲没那么超脱，有天在人少的时候母亲愧疚地对我说，本来想以后给你们留些钱的，现在看来是不可能了。透析每星期三次十二小时，每月除省医保费之外，个人承担五千左右，一年六万元左右。

天色彻底暗了下来，城市休闲似的开始沉默起来，人们的生活像转了一天的陀螺般渐渐慢了下来。

我摇上车窗静静地想，母亲此时可能吃片安眠药开始进入梦乡了吧？

为母亲祈福，活着就好，活着就有希望。

# 养儿防老？

周六回家，老爷子说小毛他妈卖了自己的房子，昨天和她雇的保姆搬到工人路上住去了。一室一厅，不贵，一个月一千多块钱房租。老爷子算了一笔账，这院里的老房子卖了五十多万，月租加上保姆一月三千块钱的工资，活个十来年没什么问题。可是过了十年，身体还是吃嘛嘛香的话，那可就麻烦了。

一生养了四女一男，个个神气活现的都顾不上她了。

老了人嫌，儿女不沾边，无奈呵！今儿搬到了新租的小宅地，最让人牵挂着的事，不是儿女们以后的家长里短、尽不尽孝，也不是住了一辈子的大院子里多少熟人还记不记得住自己，而是住惯了一楼的老人，弄上个五楼。操他个血娘来，能习惯吗？

老爷子感慨万千地说："这不叫离家出走哇，这应该叫背井离乡吧？！"看到小毛他妈的背影心里就难受！"操他血娘来，一男四女来！"

老爷子的哀叹来自于今天自己生活的孝道不减，儿女重视自己，欣慰。儿女再难，千万不要轻易"没落"。父母吃点啥不重要，千万不要活在对世界无奈的乞求中。

我知道。

昨天下午母亲想儿像往常一样打个电话，问我明天来否，吃啥。看表三点，担心儿午睡未起。六点，想儿做饭不妥？七点整自己看电视忘了，八点给儿打电话落实明天回家到底想吃点啥。俺正在艺术中心看小提琴演出，全场自动屏蔽没信号。母亲紧追不舍隔十分钟打一次，无望打儿媳电话。媳妇严谨，学德语下课回家的路上，开车不接。母亲电话转妹，让妹打我电话仍然无信儿。老爷子担心大事已出，欲报警。

媳妇停车后回电，哦，一切出自过度关心。

父母心，全心！

午饭，老爷子喝了一口加了冰的花雕酒感慨地说："儿呵，父母全部的心呵！"

老爷子说父母难，有多难！"陪你妈去透析，怎么感觉越来越热呢？"问护士长。护士长微笑着说："大爷，俺好几个护士都被空调弄得感冒了。"老爷子"哦"了一声。护士长客气地说："你们凑合一下吧？"

凑合啦！谁让你是个求人的。

昨天老爷子又推着多病的母亲去透析。除了正常多带的水和湿润的毛巾，父母多带了一把红色鹅毛扇。护士长见到老人轮椅边的红色鹅毛扇，好奇地问："红毛扇？"老爷子用地道的山东话认真地说："怕你们感冒哇！"

老伴，老来伴。母亲知道，笑了。

老爷子也笑了。他笑有些年轻人不知趣，见老年人就想推荐他们去老年公寓。连小毛他妈这样的人都宁死不去，何况他还有好儿女和好女婿好媳妇？！

今晨在集贸市场买菜出来时，有个小伙子递上了自己的名片，推荐老爷子去住高档的老年公寓。老爷子笑着问那小伙子："你们那儿天天是吃饭还是吃屎啊？"那小伙子诧异，这老头子怎么还知道我们的"食（屎）谱"啊！

　　母亲听后大笑。

# 念母亲

去殡仪馆的路上，父亲打电话说妈的口袋里还有一把家里的钥匙，记得拿回来。触摸到母亲的身体时，她身上仍有热温。父亲说四个小时之间人体会保持热温的。这一段我能记忆一生不会忘记，因为母亲生前爱我，我也爱我的母亲。

父亲说不买墓地，把骨灰放在家里，他守着她。母亲说她什么时候死，她都是知足的。待哪天择日送回山东老家北黄村。

母亲家姊妹五个，母亲排老五。

父亲喊母亲"五姐"喊了一辈子。

父亲心情很沉重，他说什么都想过，但从来没想过死。

拿出母亲的透析表父亲说："你们看看，这尿、这血糖是越来越好，可结果是一口气。"

天开始亮了起来，又一天开始。

而我的母亲已不在了。

母亲的床头有张纸，上面写了一段话：

"在我心目中的丈夫是一个性格豁达，生活乐观，工作踏实认真，爱情纯真，对儿女严谨，特别对家庭勤勤恳恳任劳任怨的人。不惜一切余力地服务于家庭，特别是对待妻子，是一个伟大高尚无可挑剔的人。"

母亲的字迹清晰。

"我是1960年春节与他结婚的，当时国家正处在一个困难时期。可以说当时很难维持生活，更是无暇准备婚礼。我们从厂回家后，家中老人的破房中只有一个床和一领席子。不知从哪里借来的一床大红花被子，住在了一起，就与世人宣布我们结婚了。"

没写完。

天亮了，母亲不在人世间了，去了那个冰冷的地方。开殡葬车的司机在打管理员的电话，说又拉来了一个，在登记时今晚是第三位了，这个第三位是我的母亲，二十三号。

身份证、户口簿在哪儿？父亲不知道，他从来不管这些，保险箱怎么开还不知道。不过我身上带着钱呢，唉！

眼里泪水忍不住。

六点五十，医院没有上班，八点我们分头去医院和派出所开死亡证明。人没了，心里难受，站不到那儿。急诊科盖个章，很容易。"没有你妈的生活真的是不容易呵！"老爷子望着窗外说。家中的一草一木、一杯一物，今晨让人无法面对。老爷子说等我忙过后把那个大床换了，这个床不能再睡人了，睡不了人啦，心里受不了。

昨天周六回家，老爷子说母亲拿着钱为我去院对面交我的人寿险时，从台阶上摔了下来。戴在脸上的墨镜摔出了一米远，母亲笑着说那是"仰泳"呵！头上也起了个包。

"你妈妈善良，我一辈子做不到！"老爷子说得很动情。

天亮了，老爷子哭了，不愿哭出声音。

我心悲，悲怆得难以用语言描述。

我们都哭了，眼泪忍不住。

# 我的母亲

回忆母亲，生前的音容笑貌历历在目。母亲王锦菊生前对儿女亲朋，还有我的父亲都充满着爱。母亲是个幸福的人，生前没有受过一点怨气，从没骂过谁，也没轻易指责过谁。父亲对母亲的细心照顾，让母亲在九泉之下也心满意足。

今天，母亲离我们无比遥远，她去了天堂。天堂，是一个善良、正直的人应该去的地方。因为那个地方充满了幸福和快乐。老爷子曾说天堂是一个好地方，母亲问为什么，父亲说："你没见去那儿的人，没一个回来的吗？"母亲笑了。

母亲一生朴实，节俭，从不浪费钱，但在对儿女的需求上，特别是生活上，却是富裕有加，有求必应。

我爱我的母亲，生前没这么表白，因为母亲不喜欢虚伪的表白，今生我用全力尽情去表现。母亲心里能感知到这种爱。

母亲爱儿女，更赞扬我的父亲。

母亲这一辈子先有好丈夫，后有好儿女，直至去世前的那一天，她都笑容满面。对于纷纷离去这个世界的人来说，母亲是九泉路上一个快乐的人。

母亲不愿意看到我的悲伤，她老人家爱我如爱世界，所以不愿看到我流泪，我知道。至此，如果我爱我母亲，我不会让母亲痛苦，我一定坚持不掉眼泪。

母亲的善良，让她在最后离开人世时只用了不到五分钟，没有痛苦、没有遗憾地离开了人间，这是一种喜，这是一种宽恕，上帝对我的母亲太好了，因为母亲从十七岁时就信这世上有耶稣和基督。上帝今天是她的新管家，新的领导。对于死亡，我从没有太多的遗憾，人生最终都是终结，但母亲是有着大家风范的母亲，她的去世是没有遗憾的遗憾。她养育了追求幸福并胸有大志的大儿子，也培养了一个立志报效祖国的军人二儿子，同时也培养了一个能诚诚恳恳为人民燃烧青春的人民教师——她的女儿。

二子一女携带出了几家优秀的媳妇、女婿和儿女。母亲曾对父亲说："即使我现在死了，我也知足了！"

母亲今生除了早去的晚年，今生无怨无悔，幸福人生。回顾八十岁的母亲的一生，我可以写出无数的话语和文章。母亲的去世，让我感悟到人生什么才是最重要的东西，悟出什么才是最值得珍惜并可为之炫耀的东西。

院里门前一排的花圈中，刘院长一脸的泪水。看到他手挂拐棍捂脸哭泣的神态，我可以感知到母亲生前留下的柔情，整个六院老人都落了泪。母亲是棵大树，她是我们的世界中的那棵大树，虽然离我们而去了，但我们仍会在这里怀念曾经的美好与生活。

如今我体会出那句话："有些人死了却仍然活着。"

母亲去世了，但她永远活在我和家人、亲朋好友，还有当年同她一起年轻过、一起战斗过的朋友心中。

今天我坚强，因为我是母亲得意并可以炫耀的儿子，知道母亲需要什么，更知道我应该做成怎么样。此书到此，有很大的成分是为了纪念我的母亲。遗憾母亲生前从没看过这些文字。今天我为此付出的真情，完全出自内心对母亲及家庭温暖的情怀。

　　怀念一起生活的日子。

　　珍惜这些有限的文字。

**图书在版编目（CIP）数据**

寻常百姓 / 郭正一著. —上海：上海三联书店，2018.4

ISBN 978-7-5426-6189-0

Ⅰ．①寻… Ⅱ．①郭… Ⅲ．①随笔－作品集－中国－当代 Ⅳ．①I267.1

中国版本图书馆CIP数据核字(2018)第006362号


# 寻常百姓

著　　者 / 郭正一

责任编辑 / 陈启甸　朱静蔚

特约编辑 / 李志卿　朱　鑫

装帧设计 / 乔　东　苗庆东　李　颖

监　　制 / 姚　军

责任校对 / 朱　鑫

出版发行 / 上海三联书店

　　　　　（201199）中国上海市闵行区都市路4855号2座10楼

邮购电话 / 021-22895557

印　　刷 / 山东临沂新华印刷物流集团

版　　次 / 2018年4月第1版

印　　次 / 2018年4月第1次印刷

开　　本 / 889×1194　1/32

字　　数 / 290千字

印　　张 / 13

书　　号 / ISBN 978-7-5426-6189-0 / Ⅰ·1367

定　　价 / 58.00元

敬启读者，如发现本书有印装质量问题，请与印刷厂联系0539-2925680。